ミネルヴァ日本評伝選

この世のちの世思ふことなき

北村季吟

島内景二著

ミネルヴァ書房

刊行の趣意

「学問は歴史に極まり候ことに候」とは、先哲荻生徂徠のことばである。

歴史のなかにこそ人間の智恵は宿されている。人間の愚かさもそこにはあらわだ。この歴史を探り、歴史に学んでこそ、人間はようやくみずからの正体を知り、いくらかは賢くなることができる。新しい勇気を得て未来に向かうことができる。徂徠はそう言いたかったのだろう。

「ミネルヴァ日本評伝選」は、私たちの直接の先人について、この人間知を学びなおそうという試みである。日本列島の過去に生きた人々の言行を、深く、くわしく探って、そこに現代への批判を聴きとろうとする試みである。日本人ばかりではない。列島の歴史にかかわった多くの異国の人々の声にも耳を傾けよう。

先人たちの書き残した文章をそのひだにまで立ち入って読み、彼らの旅した跡をたどりなおし、彼らのなしとげた事業を広い文脈のなかで注意深く観察しなおす——そのとき、はじめて先人たちはいまの私たちのかたわらによみがえってくる。彼らのなまの声で歴史の智恵を、また人間であることのよろこびと苦しみを、私たちに伝えてくれもするだろう。

この「評伝選」のつらなりのなかから、列島の歴史はおのずからその複雑さと奥ゆきの深さをもって浮かび上がってくるはずだ。これを読むとき、私たちのなかに新たな自信と勇気が湧いてきて、その矜持と勇気をもって「グローバリゼーション」の世紀に立ち向かってゆくことができる——そのような「ミネルヴァ日本評伝選」にしたいと、私たちは願っている。

平成十五年（二〇〇三）九月

上横手雅敬
芳賀　徹

北村季吟画像（季吟文庫蔵）

宣長手沢本『源氏物語湖月抄』
（本居宣長記念館蔵）

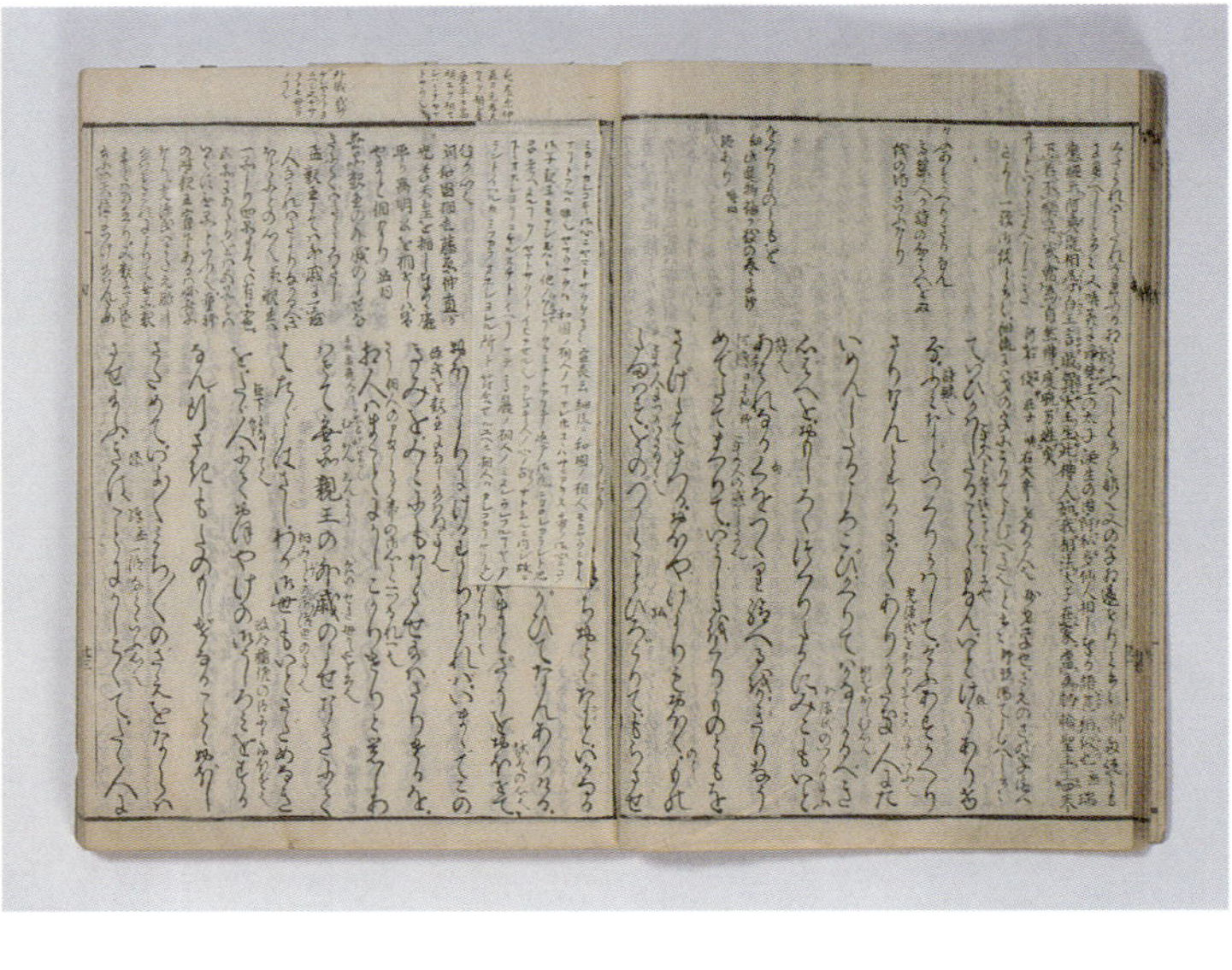

『奈良絵本　伊勢物語』第一段挿絵
（鉄心斎文庫蔵）

住吉如慶筆『源氏物語画帖』より花宴巻（個人蔵）

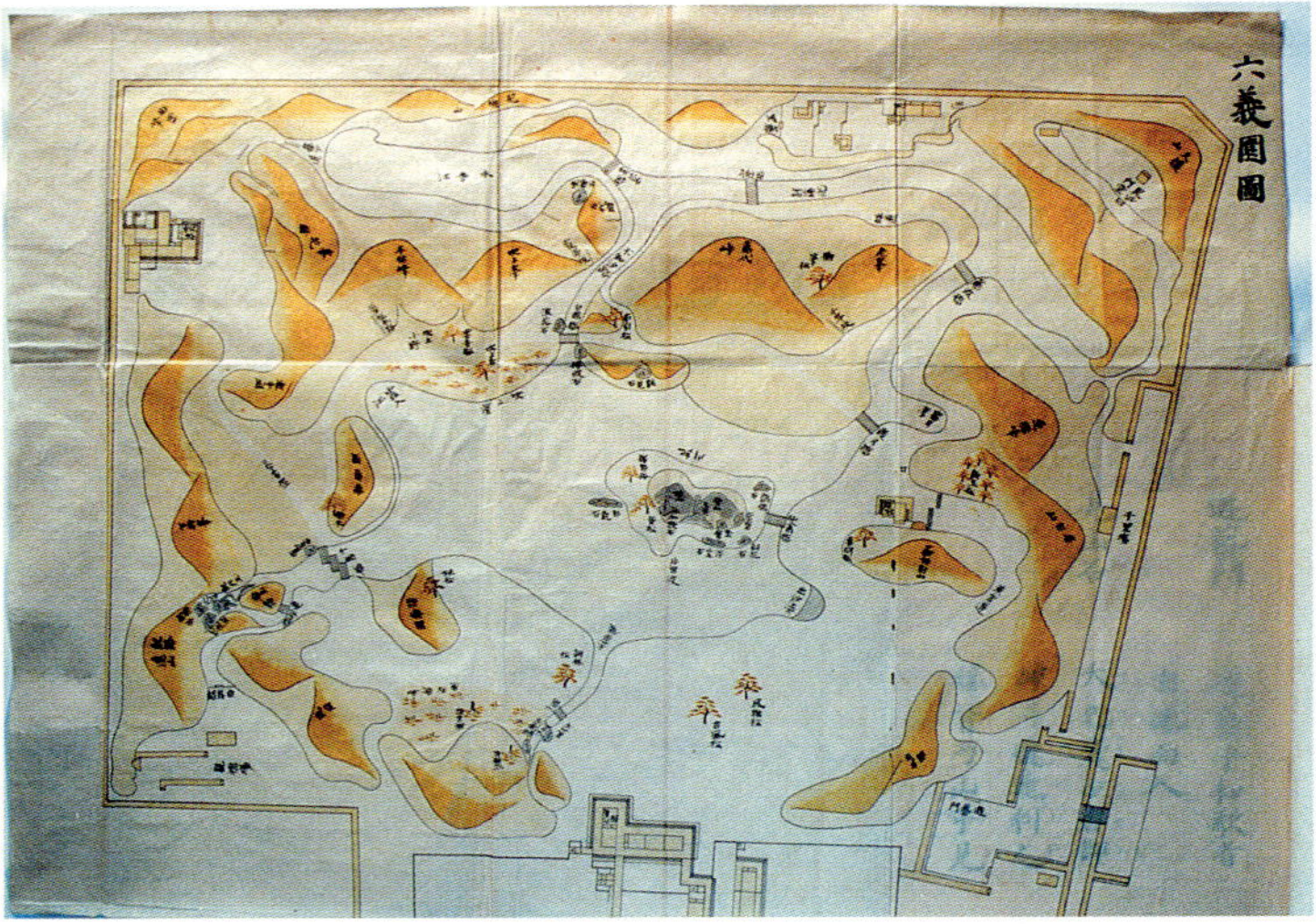

『六義園図』(財)郡山城史跡・柳沢文庫保存会蔵)

『六義園絵巻』より「新玉松」(財)郡山城史跡・柳沢文庫保存会蔵)

はじめに

芭蕉の師、北村季吟

本書の主人公である北村《きたむら》季吟《きぎん》（一六二四～一七〇五）は、当時大きな影響力を誇った俳諧の宗匠である。彼に、次の一句がある。

一僕《いちぼく》とぼくぼくぼく歩《あり》く花見かな

「ぼくぼく」は、ゆったりのんびりと歩くようすを表す副詞で、花見ののどかな気分を巧みに写し出している。それだけではなく、「一僕」「ぼくぼく」と、「ぼく」がリズミカルに繰り返されていて、大変に語呂がよい。水墨画には、小童を連れた老人が山奥で滝を見上げたり、碁を打ったり、酒を飲んだりする図柄があるが、季吟もわずか一人の僕《しもべ》、すなわち従者を従えて花見をしているわけである。いかにも老成した印象を与えるが、この句を詠んだ時の季吟は、まだ二十四歳の青年であった。

季吟は、最初は、俳諧を安原貞室《やすはらていしつ》（一六一〇～七三）に師事した。貞室の代表作は、次の句に止《とど》めを刺す。

北村季吟　『俳諧百一集』
（西尾市岩瀬文庫蔵）より

これはこれはとばかり花の吉野山

「これはこれは」という感動詞ばかりを口にしている花見客の集団を、巧みに言語化した秀句である。古浄瑠璃を思わせる大げさな感動詞だ。吉野山の「絵にも描《か》けない美しさ」を、あえて「絵」にする場合、吉野山の桜そのものを描こうとすれば、現実の圧倒的な迫力の前に、どうしても芸術は二番煎じのものとなってしまいがちである。ならば、吉野山の桜から視点を転じて、ぽかんと口を開けて見とれている花見客を描けばよい。

貞室の視線は、軽妙であり、斬新である。だから、「花の良し」と「吉野」の懸詞が、ぴたっと決まる。

季吟は、後に松永貞徳《まつながていとく》（一五七一～一六五三）に師事することになる。これが、季吟の人生の大きな転換となった。「貞門《ていもん》俳諧」の総帥《そうすい》である貞徳には、名句が多い。あえて一つだけ挙げよう。

しをるるは何かあんずの花の色

「あんず〈杏子〉」の花が萎《しお》れているのは、美しい女性が何かを「あんじ〈案じ〉」ているかのようだ、と見立てたもの。貞門俳諧の特徴は「言語遊戯」だと一般に言われるが、単なる語呂合わせや駄洒落《だじゃれ》ではない。和漢双方の深い教養に裏打ちされ、今、自分の目の前にある景物の本質を、ざっくりと切り出してくる。知性と感性が一体となった瞬間、貞門の名句が誕生する。

そして、季吟は、俳諧の大成者・松尾芭蕉（一六四四〜九四）の師であった。芭蕉は、「夏野画賛《なつのがさん》」という俳文の中で、

馬ぼくぼく我を絵に見る夏野かな

と詠み、季吟の句で印象的だった「ぼくぼく」という副詞を用いている。ここまで、季吟・貞室・貞徳の花の句を紹介してきたので、ここでも芭蕉の花の句を挙げよう。

花の雲鐘は上野か浅草か

雲のような花の塊の中から湧いて来たような鐘の音は、寛永寺のものだろうか、それとも浅草寺《せんそうじ》のものだろうか、という意味。

この芭蕉から、さらに巨大な俳諧の水脈が多方面にほとばしり出ることは、周知の通りである。芭

蕉と親交を結んだ山口素堂（一六四二〜一七一六）も、季吟の弟子である。「貞徳→季吟→芭蕉」とつづく系譜は、「近世俳諧」の大本流である。それは、近代文学へも巨大な影響を及ぼしつづけた。ただし、俳諧作者として季吟が後の時代に与えた影響は、芭蕉のそれと比べれば格段に少ない。逆に言えば、それほど芭蕉は巨大な存在である。

北村季吟の顕彰に努めた新村出《しんむらいずる》氏も、短歌で、

芭蕉には和学の恩師たりしこと先《ま》づ憶《おも》ひつつ大人《うし》を敬まふ　（「北村季吟大人頌」）

と詠んでいる。すなわち、季吟は「芭蕉の師」となったことで、日本文化に大きく貢献したと言える。これが、季吟の創作者（俳諧師）としての役割であり、功績である。

『源氏物語』の注釈者、北村季吟

しかし、ここで忘れてならない重要なことがある。北村季吟は、古人の書き記した古典作品の解釈に従事する和学者であり、古典学者でもあったのだ。この意味で、彼が松永貞徳に師事したことは、実に幸運だった。貞徳は、中世から近世にかけての大きな社会変革期に、『古今和歌集』や『伊勢物語』などの王朝古典文学研究の成果を、数多くの「堂上《とうしょう》貴族」から受け継ぎ、それを「地下《じげ》」の人々へと手渡した。俗に言う「古今伝授《こきんでんじゅ》」の体現者であった。

貴族階級に独占されていた知識が、社会に広く流通して一般庶民に手渡されてゆく機運を作ったのが、貞徳だった。かくて「古今伝授」の伝統と学統は、季吟にも受け継がれ、季吟の手による「出

版」によって、さらに広い読者層を獲得していった。全国津々浦々の町人たち（中級階層）までが、難解な古典文学を数百年前に書かれた原文のままで読めるという、日本文化史上の一奇蹟が、かくて出現した。それが、北村季吟『源氏物語湖月抄《こげつしょう》』（延宝元年〔一六七三〕成立）の意義である。なお、この書は、通常は単に『湖月抄』とのみ呼ばれることも多いが、『源氏物語』の注釈書であることを強調するために、本書では『源氏物語湖月抄』という書名を採用したい。

現在、季吟の名前にかなりの知名度があるとすれば、それは彼には完成した『源氏物語』の注釈書があったという一点に尽きよう。わが国の文化は、どうやら『源氏物語』という恒星（太陽）を中心に動いているようなのだ。だから、『源氏物語』とどう関わったかで、わが国の文化人たちの評価が左右される。現在でも、小説家（物書き）として終わるか、『源氏物語』の現代語訳を成し遂げたり『源氏物語』の評論を残したりするかで、かなりの評価の違いがあるのではないか。そうだからこそ、「知の巨人」である貞徳に、『源氏物語』の本格的な（大部の）注釈書がなかった事実は、不思議でならない。

ところで、季吟の『源氏物語湖月抄』に大きな影響を与えた先行書に、『首書《しゅしょ》源氏物語』という注釈書がある（「かしらがき」とも）。寛永十七年（一六四〇）に跋文《ばつぶん》が書かれ、『源氏物語湖月抄』が成立した延宝元年（一六七三）に刊行された（『源氏物語湖月抄』の刊行は、延宝三年）。その著者は、「一竿《いっかん》斎《さい》」。その本名は未だに明らかになっていないが、学界には松永貞徳その人であるとする意見がある。なお、今後の研究の進展に期待したい。ただし、「一竿斎」は貞徳門人の誰かであって、貞徳本人で

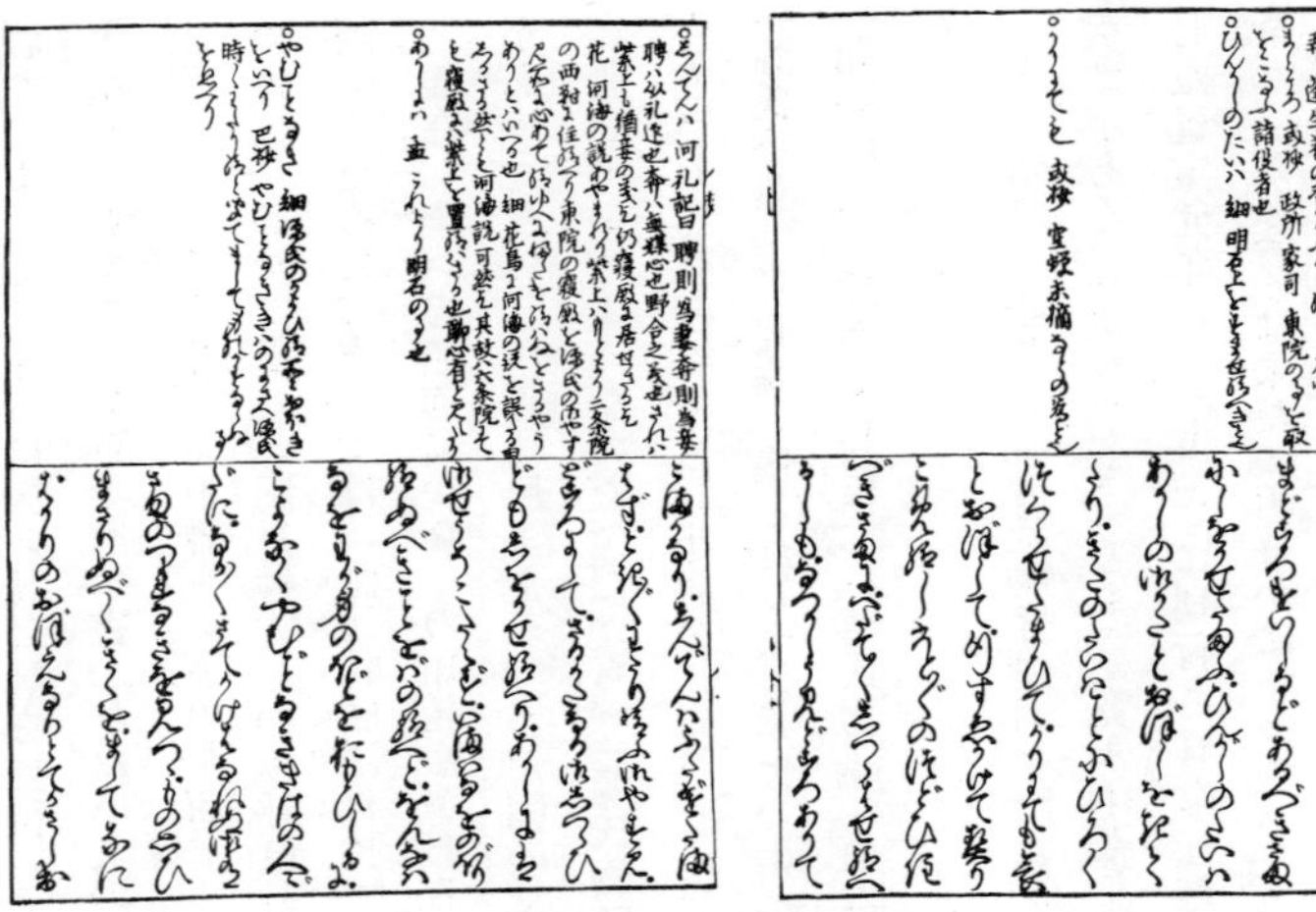

『首書源氏物語』松風巻

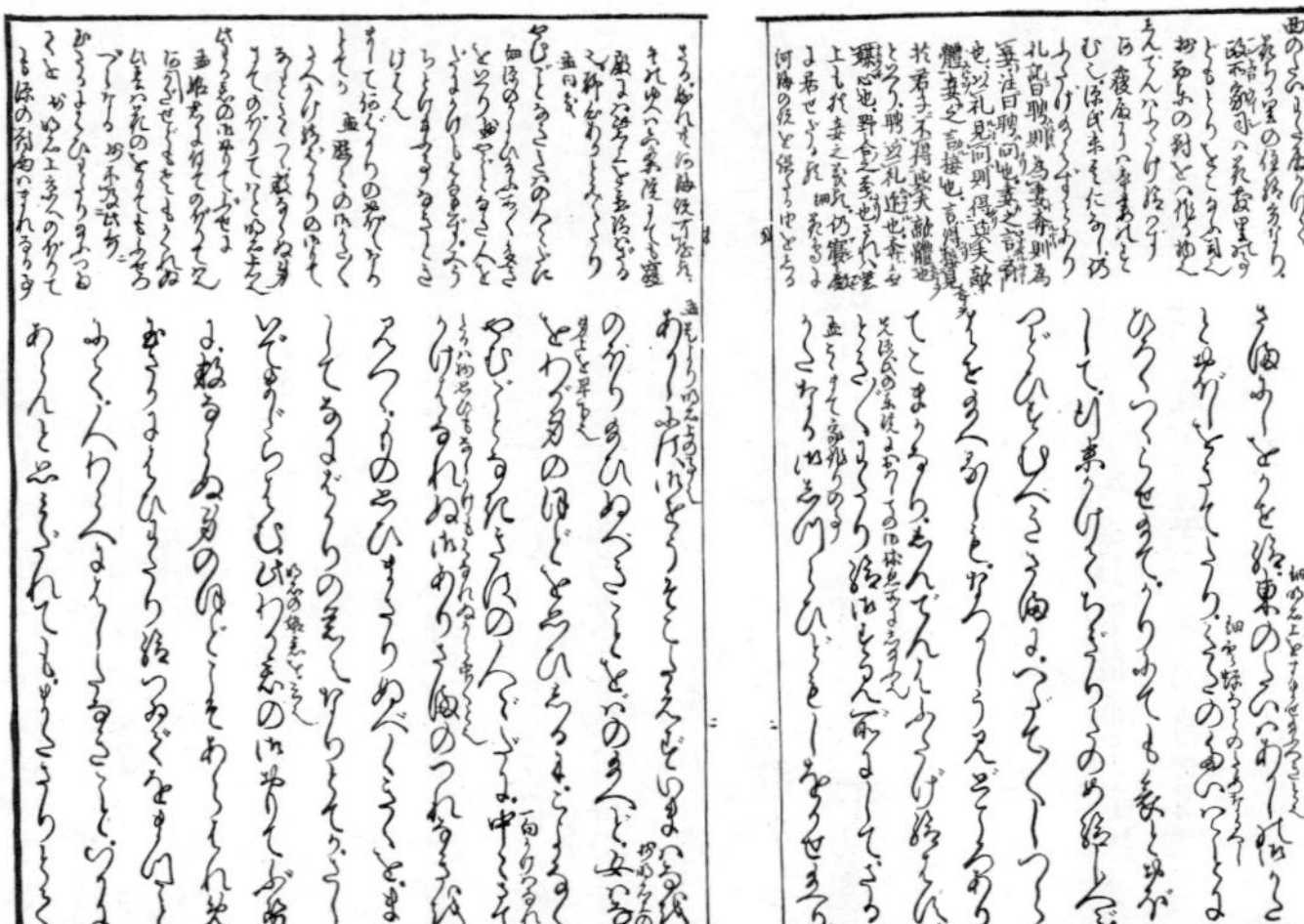

『源氏物語湖月抄』松風巻

はないとするのが穏当であろう。

季吟とは同門のライバルで、卓越した注釈者だった加藤磐斎《かとうばんさい》（盤斎・槃斎）（一六二五〜七四）の名前が、現代人に季吟よりも知られていない原因の一つは、磐斎に『源氏物語』のまとまった注釈書がないからだろう。磐斎の注釈は、「近代批評」を先取りしているかと思わせるほどの鋭い分析が随所に見られるが、惜しまれることに自分の名前で『源氏物語』の大部の注釈書を完成させることができなかった。これは、磐斎のためには不運であり、季吟にとっては僥倖《ぎょうこう》だった。

もう一つ、季吟の盛名の理由を挙げれば、彼が京から江戸に出て、幕府から「歌学方《かがくかた》」としての権威を認められたことにもよるだろう。季吟の著書は、京の朝廷だけでなく、江戸の将軍にも献上された。だからこそ、公家と武家の双方にわたる支持を集めることが出来た。その「権威」をもって、一般大衆への啓蒙活動を行ったのである。

『源氏物語』の恩人たち

もしも『源氏物語』という作品がなかったならば、日本文化はどういう光景を呈しただろう。わが国の文化はどんなに貧弱で、寂しかったことか。

歴史的にも特異な王朝の摂関体制を基盤として誕生し、その時代の制約と限界（例えば「仏教」や「一夫多妻」）を背負った『源氏物語』。けれども、『源氏物語』は、いつの時代にも通用する「現代的意味」を見出すことに成功してきた。優れた「読み手」たちに支えられ、社会的・経済的基盤が前時代と一変した変革期にも、新しいメッセージを持った作品として、不死鳥のように蘇りつづけた。

『源氏物語』は、いつの時代にも「新しい本質」を開示し、その時代の屈指の文化人の精神世界の内部に宿り、新しいジャンルの文化活動にエネルギーを与えつづけたのだ。独楽《こま》の回転がにぶると紐《ひも》を巧みに用いて勢いを取り戻させる独楽回しの名手がいるが、超一流の文化人たちのたゆまざる努力と研鑽《けんさん》こそが、この物語の生命維持装置なのでもあった。

前時代の遺物として現代性を喪失しかけた『源氏物語』を、新しく定義し直し、「読み改める」ことで、絶えず新鮮な生命力を付与しつづけた恩人たちがいた。『源氏物語』と、後世の文化人たちとは、実に生産的で豊饒《ほうじょう》な「共生関係」にあった。

改めて問う。『源氏物語』の恩人とは、具体的には誰々か。

まず最初に、藤原定家《ふじわらのていか》（一一六二～一二四二）に指を折ろう。紫式部の没後およそ二〇〇年後の鎌倉時代初期に、乱れに乱れた『源氏物語』の本文を校訂して、「青表紙本《あおびょうしぼん》」を確立した。これが、現在のわたしたちが手にする信頼すべき小学館の新編日本古典文学全集、岩波書店の新日本古典文学大系、新潮社の新潮日本古典集成などの『源氏物語』のすべてに共通する祖本《そほん》である。

次には、室町時代の複数の注釈者たち。彼らをまとめて、「恩人」として二本目の指を折ろう。日本語の口語化が奔流のように進み、平安時代の文語で書かれた『源氏物語』がもはや人々の日常言語でなくなり、普通の人たちが何の努力もなしには「読めない作品」になりかかった。このときに、難解な語句の意味を説明し、省略された主語や目的語を明らかにし、失われた王朝文化の背景を復元する必要があった。彼ら注釈者たちの尽力によって、『源氏物語』は何とか読み継がれた。すなわち、「本文＋注釈＋鑑賞」というスタイルによって、『源氏物語』の延命は可能となったのだ。

単に延命しただけではなく、新しい室町文化の創造にも寄与した。それらは、四辻善成《よつつじよしなり》『河海抄《かかいしょう》』、一条《いちじょう》兼良《かねら》（「かねよし」とも）『花鳥余情《かちょうよせい》』、三条西実隆《さんじょうにしさねたか》『細流抄《さいりゅうしょう》』、牡丹花肖白《ぼたんかしょうはく》『弄花抄《ろうかしょう》』、九条稙《くじょうたね》通《みち》『孟津抄《もうしんしょう》』、中院通勝《なかのいんみちかつ》『岷江入楚《みんごうにっそ》』などである。これらの中には、単独で完成した大部の注釈書を残さなかった飯尾宗祇《いいおそうぎ》や細川幽斎《ゆうさい》の学説も流れ込んでいる。そして、松永貞徳も、この注釈者群像の最末席につらなっている。彼は、俳諧の面では近世最初の文人だったが、学問的には中世の最後の文人と見た方がよいのではないか。

源氏物語の三番目の大恩人

そして三番目に、江戸時代に入ると、北村季吟の『源氏物語湖月抄』が書かれた。この画期的な注釈書は、それまでは一セットながら形態としては別々だった「本文」と「注釈」を一つの箱（今で言うところの「メディア」の概念に近い）の中に融合させるという、奇蹟的な手腕を発揮した。当時としては信用のおける本文を中央に大きく掲げ、行間に小さな字で会話主や主語や目的語や簡単な語釈を書き込む（これを「傍注《ぼうちゅう》」と言う）。なおかつ、解釈の分かれている難解な表現や、詳しい説明が必要な王朝独自の有職故実《ゆうそくこじつ》に関しては、これまた小さな字で上の方に詳しく書き込んでいる（「頭注《とうちゅう》」と言う）。時折、北村季吟独自の説も交じっているが、ほとんどは先行する注釈書の学説の取捨選択である。

先ほど書名を出した『首書源氏物語』は、『源氏物語湖月抄』よりも時間的にはわずかに先行し、各ページの上部が古注釈からの引用、下部が『源氏物語』の本文という斬新な「二階建て」の視覚的デザインになっている。だから、このアイデアは、百パーセント季吟の独創だったのではなかった。

しかし、傍注の巧みな使い方、頭注における「先行する注釈書の諸説の取捨選択基準の明確化」など、季吟の新たな工夫が『源氏物語湖月抄』には見られる。かくて、『首書源氏物語』よりも『源氏物語湖月抄』が、庶民に広く受け入れられるようになってゆく。

このスタイルそのままで、もしも傍注をセピア色で印刷して二色刷にすれば、新潮日本古典集成シリーズとまったく同じデザインであることに、気づかされる。現代の出版文化を先取りしていたのだ。『源氏物語湖月抄』の一セットがあれば、紫式部の手を離れてから季吟の時代にいたるまでの膨大な、そして良質の「読みの蓄積」が一覧される。季吟以前の学説が、ほとんどすべて流れ込んでいる。まるで、巨大な文学のダムのようだ。なおかつ、本文と注釈が一体となっているので、本文をじっくり味わいつつ読者が読み進めることが可能となる。まさしく奇蹟的な書であった。『源氏物語』の生命を維持させた最大の貢献者は、この三番目の大恩人・季吟ではないだろうか。

季吟は、しばしば批判的に言われるように、もしかしたら『源氏物語』の最も深い「読み手」ではなかったかもしれない（わたし自身は、この通説に大いに疑問を持っているが）。しかし、『源氏物語』のオーソドックス（正統的）な読み方を誰にでもわかるかたちで「視覚化」し、出版してくれた天才的エディターであり、かつ天才的ライターであった。

古い時代は、本文なしに、注釈のみが記されることが多かった。たとえ本文と注釈が一体であったとしても、古典の本文をずらずらと引用し、その後に注釈を記し、また本文の引用に戻り、注釈に移るという、言わば「絵巻物《えまきもの》方式注釈書」（本文・絵・本文・絵……）であった。このような単調な旧来のスタイルが、一新された。旧態依然たる注釈スタイルを打ち破った栄誉は、一竿斎の『首書源氏物語』にある。この他者の「コロンブスの卵」を見た季吟は、もっと大きな「コロンブスの卵」を立てることに成功し、その様式が時代を席捲《せっけん》した。

季吟は、実作者としては、超一流の天才だった弟子の芭蕉の後塵《こうじん》を拝した。それが、後世の客観的で公平な評価である。しかし、『源氏物語』を始めとする古典文化への貢献という点では、はるかに芭蕉たちを上回る超一流の偉業を打ち立てた。ここに、季吟の人生の真骨頂がある。本書が力点を置くのも、まさにこの点である。

『源氏物語湖月抄』の到達点がどのようなものだったかについては、第三章で詳述したい。

本居宣長の批判

『源氏物語』の四番目の恩人は、『源氏物語玉の小櫛』を著した本居宣長《もとおりのりなが》（一七三〇〜一八〇一）である。宣長は、光源氏の年齢を従来の学説よりも一歳引き上げ、細かな本文解釈を無数に訂正し、なおかつ「もののあはれ」という文芸的主題を発見することに成功した。これによって、季吟の『源氏物語湖月抄』は修正され、さらに精緻になり、深められた。ただし、その思想の天才・宣長をもってしても、『源氏物語湖月抄』が確立した様式に替わる新しい視覚スタイルの注釈書は創出できなかった。彼は、あくまで『源氏物語湖月抄』の本文や注釈内容の欠点を指摘したのであり、『源氏物語湖月抄』をより精緻《せいち》に完成させてくれたのだ。

明治以降、『源氏物語』の研究は実証的になり、盛んになった。けれども残念なことに、まだ五番目の「恩人」は出現していないのではないか。明治四十五年〔大正元〕から刊行が開始された与謝野《よさの》晶子《あきこ》の『新訳源氏物語』という「口語訳」の出現は、むしろ『源氏物語』の原文を読者から遠ざける諸刃《もろは》の剣《つるぎ》であった。

二十一世紀に入った今、かつては不朽とすら思われた『源氏物語』は、原文で読まれる機会がほとんどなくなった。日本文化の質が大きく揺らぎ、文学の概念も崩壊した。伝統的な価値観の動揺の波に、浮沈空母の観のあった『源氏物語』さえも呑み込まれ、もはやこの巨艦は沈没寸前である。

一千年間、先人の手で守り継がれた『源氏物語』の本文を読むという文化的伝統が、ここ百年前後で崩壊してしまった。「注釈を視覚的に取り込むことで、古典の本文を一般人にも読みやすいものとし、本文の精読によって現代にも通用する普遍的な教訓を引き出す」という、季吟が樹立した路線が、さすがに息切れしてきたのだ。

ここで、わたしたちは季吟の業績を謙虚に振り返ることから、「古典の継承」あるいは「日本文化の更新」という大きな課題に、改めて取り組まねばならないだろう。原文で読んでくれる読者を失い、自らの力で回転しつづける能力を弱めている『源氏物語』に、誰かが助勢しなくてはならない。もしもそれが成功すれば、その人物は、季吟・宣長に継ぐ、五番目の恩人となり、少なくともあと百年間はこの物語の生命を永らえさせてくれることだろう。

新しい文化創造を求めて、季吟の人生を振り返る

本書は、「芭蕉の師＝俳諧師」という創作者としての側面に加えて、「源氏物語の恩人＝古典学者」としての側面にも強い光を当てることを最大の特色とする。過去の伝統文化に深く沈潜することが、どのような現在と未来を切り拓《ひら》くのか、北村

季吟という文化人の一生を通して、具体的にたどってみたいのだ。

二〇〇四年は季吟生誕三八〇年であり、二〇〇五年は没後ちょうど三百周年の区切りの年に当たる。その前年の二〇〇四年は、「三百回忌」に当たっている。奇《く》しくも、『源氏物語』が書かれてから、まもなくちょうど一千年が経過しようとしている（『紫式部日記』の記述によれば、一〇〇八年には物語の一部が成立していたことが確実視されている）。

太平洋戦争後に巻き起こった、痛烈な「第二芸術論」の批判を肥やしとして取り込んで、俳句という伝統的ジャンルは今なお隆盛である。この俳句ブームの根幹にあるのが、芭蕉人気であることは疑えない。

芭蕉と『源氏物語』の双方に深く関わった北村季吟という人物を、特に『源氏物語』との関わりに力点を置いて、これから追いかけてみよう。

北村季吟——この世のちの世思ふことなき　目次

図版写真一覧

京都市中心部
上賀茂神社
光悦寺
府立植物園
大徳寺
詩仙堂
金閣寺
下鴨神社
龍安寺
不審庵
相国寺
立命館大学
北野天満宮
出町柳駅
同志社大学
銀閣寺
北野白梅町
京都大学
京都御所
妙心寺
真如堂
京都府庁
金戒光明寺
間ノ町二条下ル
(季吟旧居)
平安神宮
禅林寺
(永観堂)
二条城
南禅寺
京都市役所
二条駅
粟田口(宗円旧居)
三条山伏山町(季吟旧居)
知恩院
日向大神宮
大宮
八坂神社
松永貞徳
花咲亭
夕顔の宿
壬生寺
高台寺
建仁寺
新玉津島神社
俊成社
清水寺
西本願寺
東本願寺
国立博物館
智積院
三十三間堂
京都駅
東寺
泉涌寺
東福寺
伏見稲荷大社

第一章　青年季吟、歩き出す

1　近代人の季吟像

本当に「凡庸」な人物だったのか

北村季吟の八十二年にわたる人生を語り始める前に、近代に入ってから季吟と『源氏物語湖月抄』が受けてきた評価をスケッチしておこう。「手垢」に染まった季吟のイメージを最初に示すことで、その面目の一新を本書で図りたいからである。

どうやら、現代では「季吟＝凡庸」というイメージがぬぐいがたく付着してしまっているようだ。この季吟像の低下の背景をさぐることで、彼にまとわりついた「凡作を量産した二流の注釈者」というレッテルをはぎとる契機としたい。

与謝野晶子の場合

明治三十八年（一九〇五）、『恋衣《こいごろも》』が出版された。山川登美子《やまかわとみこ》・増田雅子《ますだまさこ》（茅《ち》野《の》雅子）・与謝野晶子という、「明星」（新詩社）を代表する三才女の合同歌集である。与謝野晶子は、「曙染《あけぼのぞめ》」というタイトルのもとに、短歌百四十八首と、詩六編、粒ぞろいの名作を並べている。反戦詩として名高い「君死にたまふことなかれ」も、含まれる。その冒頭に据えられたのが、まさに「女歌」の典型のような歌である。

春曙抄《しゅんしょせう》に伊勢をかさねてかさ足らぬ枕はやがてくづれけるかな

タイトルの「曙染」は、まさに曙の空を思わせる色彩の染め物のことで、上方を紫色にして、下方を白でぼかしてある。このネーミングが、清少納言『枕草子』の「春は曙《あけぼの》、やうやう白くなりゆく山際《やまぎは》、少しあかりて、紫だちたる雲の細くたなびきたる」という書き出しを踏まえていることは、明らかだろう。

さて、晶子の歌の初句に詠まれた「春曙抄《しゅんしょしょう》」は、正しくは『枕草子春曙抄』。北村季吟が延宝二年（一六七四）に完成させた『枕草子』の注釈書である。ちなみに『枕草子春曙抄』の本文では、「春はあけぼの。やうやうしろくなりゆく。山ぎはすこしあかりて、むらさきだちたる雲のほそくたなびきたる」とあって、「しろくなりゆく」で、句点を打っている。晶子の歌の二句目に「伊勢」とあるのは、同じ季吟の手になる『伊勢物語拾穂抄《しゅうすいしょう》』であろう。こちらは、延宝八年（一六八〇）の刊行。

『枕草子春曙抄』と『伊勢物語拾穂抄』は、版本で十二巻（付随していることの多い『枕草紙装束抄《しょうぞくしょう》』を入れると十三巻）と五巻。合わせて十七巻だが、版本《はんぽん》なのでそれほど嵩張《かさば》らない。実際に計測してみたら、『枕草子春曙抄』は、約七センチ。『伊勢物語拾穂抄』は、約一・五センチ。合わせて、八・五センチだった。今なら、枕になりそうだ。けれども、嵩《かさ》のある日本髪を結《ゆ》った明治の女性の枕にはならずに、もろくも崩れてしまうことだろう。晶子は、崩れたと歌っている。「やがて」は、文語の「やがて」であって、「すぐに」「直《ただ》ちに」の意味だろう。そうであってこそ、『枕草子』や『伊勢物語』の世界と響き合う。

この歌は、初句の「春曙抄」が『枕草子』の注釈書であることから、第四句「枕はやがて」の「枕」という言葉を自然に呼び出してくる。すなわち、「春曙抄」と「枕」は、「縁語《えんご》」である。実に、巧みなレトリックである。

与謝野晶子

同時に、王朝の華麗で悲劇的な人間模様を今に伝える『枕草子』や、在原業平《ありわらのなりひら》をめぐる絢爛《けんらん》たる恋愛絵巻を書き留めた『伊勢物語』、それらが「生身《なまみ》の女体」から発する情念のシンボルのごとき黒髪によって、もろくも崩壊したことを晶子は宣言しているかのようだ。もしかしたら深読みかもしれないが、黒髪に象徴される女の情念の奔流が、川の堤防を決壊させるようにして、季吟の注釈書を二種類束にして崩したのだ。

その点で、与謝蕪村《よさぶそん》の、

春風のつま返したり春曙抄

の世界とは違っている。蕪村の「春曙抄」は、あくまで優美で豊麗な王朝の雅《みやび》のシンボルである。春風に着物の褄《つま》が柔らかく吹き返されるように、「春曙抄」のページがめくられる。「つま」が、「褄《つま》」と「端《つま》」の懸詞である。春風駘蕩《しゅんぷうたいとう》たる王朝絵巻に、人々は春の一刻をひたるのである。

与謝野晶子は、そうではない。もはや、古典の書物の知識によっては満足しない近代女性の心の現実を、若い晶子は高らかに歌い上げ、謳歌《おうか》するのではないか。その際に、「現実」と対比される「書物（観念）」の典型として並列されたのが、北村季吟の『枕草子春曙抄』と『伊勢物語拾穂抄』だったのである。

この時点では、さすがに、晶子は、

湖月抄に伊勢をかさねてかさ足らぬ枕はやがてくづれけるかな

とは歌わなかった。北村季吟著『源氏物語湖月抄』は、全六十巻。『源氏物語』五十四帖が「天台六十巻」を模したものとする伝説があるので、季吟も六十巻に仕立て上げたのである。『伊勢物語拾穂抄』や『枕草子春曙抄』は薄いので帙《ちつ》に入っていることが多いが、『源氏物語湖月抄』は大きな箱に入れて保管するのが普通である。これを枕にするなど、とてもできない。この『源氏物語湖月抄』こそ、「はじめに」でも述べたように、北村季吟の畢生《ひっせい》の代表作であり、文化史的に重要な意義を持つ画期的な出版だった。

やがて、明治四十五年（＝大正元年）から大正二年にかけて、晶子は記念碑的な著書となる『新訳源氏物語』を刊行する。『みだれ髪』の実作者が、古典の口語訳者になったのである。しかし、晶子は季吟とは違って、「注釈者」にはならなかった。創作者としての姿勢を貫くために、小説的な筆致で『源氏物語』を現代語に移し替えたのだ。

もしも紫式部が今の時代に生きていたならば、おそらくはこのような小説をこのような文体で書くだろうと推測した晶子が、大胆にもダイジェストした口語訳の文体だった。原文が読者に与える、何とも言えないネチネチとした印象は、パサパサしたものに一変した。

その最終巻（「下の二」）の跋文に曰く、

自分が源氏物語に対する在来の註釈本の総《すべ》てに敬意を有《も》つて居ないのは云ふまでもない。中にも湖月抄の如きは寧《むし》ろ原著を誤る杜撰《づさん》の書だと思つて居る。

晶子は、ここで『源氏物語湖月抄』を「杜撰の書」と述べ、『源氏物語』の生命を近代人が摑み取るには不十分なものだ、と否定している。堺女学校補習科卒というのが、晶子の最終学歴だが、自分は学者先生よりも深く、十二分に『源氏物語』の原文を味読できているという自信がみなぎっている。

ところで、洛北の鞍馬寺《くらまでら》は、『源氏物語』若紫巻の「北山」の「某寺《なにがしでら》」のモデルだとされる。ここで「わらわやみ（＝マラリア）」を治療中に、光源氏は偶然にも紫の上を発見した。現在、この寺には、与謝野鉄幹《てっかん》・晶子夫妻の荻窪にあった「冬柏亭《とうはくてい》」という旧居（書斎）が移築され、夫妻に関する貴重な資料や文献が多数収蔵されている。二人の歌碑も、仲良く並んで建っている。ここに、晶子が読んだという『源氏物語湖月抄』が保管されているという。まだその調査の機会に恵まれないが、いつか、それら版本を実際に手にとって、書き込みを精査し、晶子が『源氏物語湖月抄』から学んだものと否定したものを、正しく測定してみたいものだと念願している。

あちこちの展覧会場で、瀬戸内《せとうち》寂聴《じゃくちょう》や白洲《しらす》正子《まさこ》の所蔵に関わる『源氏物語湖月抄』を遠くから、あるいはガラス越しに一見した時にも、まったく同じ感慨が湧き起こる。かつて、松阪《まつさか》（松坂）の本居宣長記念館で、宣長の膨大で丹念な自筆書き込み（挟《はさ》み込み）のある手沢《しゅたく》本『源氏物語湖月抄』の版本を見て、体が震えるくらいに感動したことがある（本書のカラー口絵参照）。『源氏物語湖月抄』には、膨大な先行注釈書が引用されているが、宣長は「季吟が引用しなかった注」も緻密に拾い上げている。そこから、『源氏物語湖月抄』の方法を問い直したのである。

何らかの影響を受けるには、そして結果的に否定するには、どのくらいの『源氏物語湖月抄』の読み込みが、そしてそれ以外の古注釈書の読み込みが必要なのだろうか。宣長の入念な書き込みを見れば、彼が『源氏物語玉《たま》の小櫛《おぐし》』を著して、古い注釈の代表としての『源氏物語湖月抄』を否定しなければならなかった必然性がわかるような気もする。

　また、静岡県のあるお寺で、江戸時代の名もない庶民（名主だったそうだ）が、『源氏物語湖月抄』全巻を、本文・傍注・頭注すべて自分の筆で筆写している写本の束を見せてもらったことがある。その努力にも、ただただ頭が下がった。

　晶子は、『源氏物語湖月抄』を「杜撰」と述べるまでに、どれくらいこの本を読み込んだことだろうか。そして、彼女が季吟の『源氏物語湖月抄』を否定して世に問うた『新訳源氏物語』は、本当に『源氏物語湖月抄』を乗り越えているのだろうか。その検証は、これから客観的になされねばならないだろう。

　晶子が歌人としてどんなに一流だったとしても、また『新訳源氏物語』（大正時代の大胆な抄訳）や『新新訳源氏物語』（昭和に入ってからの全訳）がどんなに読みやすくても、「日本文化に与えた衝撃」と「日本文化への貢献」とは、別物である。晶子の登場によって、『源氏物語』の本文は、決定的に一般人から遠ざかってしまった。そうではなくて、誰にでも読めるように、『源氏物語』の原文を注釈付きで提供するというのが、北村季吟一世一代の主張だったのである。

夏目漱石の場合

　ところで、最新版『漱石全集』の別巻Ⅰ（第二十七巻）には、夏目漱石の旧蔵書のリストがある。そこには、『伊勢物語拾穂抄』の名前が見られる。ここで納得するのは、漱石初期の名作『草枕』で、風変わりな性格のヒロインである那美《なみ》が、『伊勢物語』を愛読しているという設定だったことだ。那美もまた、季吟の『伊勢物語拾穂抄』を大切にしていたのだろうか。

『草枕』の骨格部分に及ぼした『伊勢物語』の影響については、拙著『漱石と鷗外の遠景』（ブリュッケ発行・星雲社発売、平成十一年）で詳しく述べておいた。

川端康成の場合

与謝野晶子以来、「大正教養人」は、原文ではなく、晶子の口語訳でしか『源氏物語』を読めなくなってしまった。『新新訳源氏物語』の出版記念会で、大正教養人の典型ともいえる木下杢太郎《きのしたもくたろう》は、「自分は晶子の訳でしか『源氏物語』を読んでいない」という趣旨の正直なスピーチをしているし、森鷗外の妹で、自分よりも若い晶子の短歌の弟子となった小金井喜美子《きみこ》も、「今回の晶子の訳本の出現で、室町時代以来の難解な注釈書群はすべて存在価値を失った」と宣言している。

源氏饗宴

たをたをともつれし筋のなきものを玉の小櫛は今何かせん
今は世に要《えう》なきものとなりはてぬ仙源抄《せんげんせう》も源語秘訣《げんごひけつ》も
（小金井喜美子『泡沫千首』）

小金井喜美子は、兄・鷗外が留学で渡欧するための準備金を分けてくれたので、『源氏物語湖月抄』の版本を全巻購入し、愛読した過去を持つ。だから、ここで、「今は世に要なきものとなりはてぬ」の具体例として、「湖月抄」という書名は心理的に出せなかったのだろう。あるいは、「コゲツショウ」という五音節だとうまく下の句の「七七」に収まらなかっただけかもしれない。

小金井喜美子は、『源氏物語湖月抄』の名前は出していないが、青春の思い出の『源氏物語湖月抄』ですら、もはや晶子訳の平明さにはかなわない、と本当に思っているのだろうか。それとも、師・晶子を称賛するための誇張だろうか。

その一方で、晶子訳に違和感を持ち、新しい訳文スタイルの創出を求めて、『源氏物語湖月抄』を日夜繙《ひもと》く男性文学者たちの姿があった。

例えば、「不敬の書」であり「淫靡《いんび》の書」だとして、戦前に軍部の圧力を受けた谷崎潤一郎《たにざきじゅんいちろう》の苦闘の現代語訳の歴史がある。また、ノーベル文学賞を昭和四十三年に受賞した川端康成《かわばたやすなり》にも、『源氏物語』の現代語訳への強い意欲があったという。その準備のためのノートを展覧会で見た記憶があるが、まさに準備段階で多忙になって時間がなくなったことがよくわかった。

川端康成

その川端に、「哀愁」という好エッセイがある（初出は『社会』昭和二十二年二月号）。戦時中に、鎌倉と東京の往復の電車の中と、燈火管制の自宅の寝床とで、ひたすら『源氏物語湖月抄』の版本を読んだという。それは、一つには「時勢に反抗する皮肉」のためだったと言う。

横須賀線も次第に戦時色が強まって来るなかで、王朝の恋物語を古い木版本《もくはんぼん》で読んでゐるのはをかしいが、私の時代錯誤に気づく乗客はないやうだつた。途中万一空襲で怪我《けが》したら丈夫な日本紙は傷おさへに役立つかと戯れ考へてみたりもした。

そして、『源氏物語』の「二十二、三帖まで読みすすんだところで、日本は降伏した」とある。玉鬘《たまかずら》十帖《じゅうじょう》あたりの、壮年期の光源氏がおよそ二万坪の六条院で栄華を極める巻の読書中に日本が滅びたというのが、何とも皮肉な巡り合わせだった。『源氏物語』は、平家や源氏や徳川幕府をも滅ぼしたという、川端独自の「滅びの美学」も述べられている。『源氏物語』を読み進めていた川端にとっては、大日本帝国を滅ぼしたのが目前のアメリカ軍ではなく、軍部の抑圧に反発した『源氏物語』だと意識されたのかもしれない。

川端は、季吟の『源氏物語湖月抄』を、それも版本で読み進めている。川端にとっての『源氏物語』は、まさに季吟の注釈付きのそれなのであり、それ以外ではありえなかった。

何度も、繰り返して言いたい。季吟の『源氏物語湖月抄』は、本当にすばらしいスタイルである。紫式部の肉声が最も大きく聞こえるように工夫してあり、その左右のスピーカーからは藤原定家《ていか》・一条兼良・三条西実隆など、錚々《そうそう》たる大家たちの「紫式部の肉声だけでは理解できない人よ。ここは、こう読むとよい」という助太刀の声が、副音声のように、それも何層にも輻輳《ふくそう》して聞こえてくる。その声々に導かれて、「自分は、こう読む」「こう読むのが、紫式部の真意に最も近いだろう」「あるいは紫式部の本意には沿わないかもしれないが、ここは実隆の意見を採用した方が、この物語の全体像はより深いものになる」などという取捨選択を無数に繰り返しながら、読者は一行ずつたどってゆく。こういう読書態度を最初の桐壺《きりつぼ》巻から最後の夢浮橋《ゆめのうきはし》巻まで貫けば、読者は「自分だけの個性的な読み」を確立することができる。

その声々のコーディネーターこそが、北村季吟だったのである。

学界での評価

『源氏物語』の二番目の巻は、帚木《ははきぎ》巻である。「雨夜《あまよ》の品定《しなさだ》め」で有名なこの巻は、「光源氏、名のみことごとしう」と書き始められる。「光源氏、光源氏」と、世の中ではこの人物をいかにも仰々《ぎょうぎょう》しくもてはやしているが、その実態やいかに、という意味である。この名文をもじって、佐佐木信綱《ささきのぶつな》は「名のみことごとしかった季吟坊《きぎんぼう》」と、皮肉っている。「世の中では北村季吟、北村季吟と、彼の名前を大げさにもてはやしているが、その実態は大したものではない」という低い評価である。本当に、そうなのだろうか。

『日本古典文学大辞典』（岩波書店）の「季吟」の項目は、榎坂浩尚《えさかひろなお》氏の執筆である。榎坂氏は、野《の》村貴次《むらたかつぐ》氏と並んで、戦後の季吟研究を飛躍的に深めた最大の功労者である。本書の執筆も、両氏の学恩を多大に蒙っている。

さて、『日本古典文学大辞典』では、【家系】【事蹟】【作風】【影響】【著作】の五項目が説明されているが、【作風】の箇所には、次のようにある。

「女郎花たとへば阿波の内侍かな」「夏をむねとすべしる宿や南向き」など『和漢朗詠集』『徒然草』に依った好句でありながら、貞徳・貞室らの句に比して訴える力が弱いのは、随流が「誹言つよからず、つよからぬは歌人の誹諧なればなり、一句かろ〳〵として色すくなし」〈貞徳永代記〉と評した通りである。一方和歌も温雅な作風で際だった特色はない。注釈は門弟への講釈を基盤としているものが多いため、比較的穏健で妥当な解釈が多いようである。

中島随流《なかじまずいりゅう》の『貞徳永代記《ていとくえいたいき》』は、紀貫之が『古今和歌集』の仮名序で六歌仙を評した文体を模している。要するに、季吟の俳諧（誹諧）は「歌人＝古典学者」の余技だったと言っているのだ。榎坂氏には、自らの研究対象である季吟に対して客観的であろうとして、「あが仏《ほとけ》尊《とうと》し」的な手放しの称賛を控えようとする禁欲的な意図があったのだろう。けれども、結果的に「俳諧」「和歌」「注釈」のいずれにわたっても「穏健」「温雅」だったと結論しているのは、季吟が「凡庸」だったと季吟研究の第一人者が認めているようなものである。

本当に、そうだろうか。戦後国文学界の指導者だった久松潜一《ひさまつせんいち》氏は、東京大学の学生時代に正慶寺《しょうけいじ》に下宿していたことがあるという。この正慶寺は江戸で没した季吟の墓所であり、東京大学の本郷キャンパスのすぐ北側に位置している。久松氏は、小高敏郎《おだかとしろう》氏の名著『松永貞徳の研究　続篇』に寄せた序文の中で、次のように自らの季吟観を述べる。

正慶寺（台東区池之端）

季吟の墓のある寺に、下宿してゐた関係もあり、季吟に関心を有したことがあるが、その学問に於ける保守的な傾向にあきたらず、季吟と対蹠的に見られる契沖の革新的な自由討究の精神を考究したことがある。

ちなみに、久松氏は季吟の師である貞徳に関しては、「和歌や歌学の方面に於ける保守的伝統的性格と、俳諧に於て占める進歩的革新的性格」とが併存していたと捉えている。

「季吟＝保守的」という評価は、どうやら学界でも固定しているようである。それでは、松永貞徳の研究に一時代を画した小高敏郎氏は、季吟をどう見ていたか。

　しかし、その学問内容は博引旁証を誇り、諸説を並記するのみで、彼自身の判断を明瞭にしないばかりか、取捨撰択さえ十分に行われていない。その精力的な仕事ぶりと上述の学問の普及の点では敬服するが、そのもの自体の独自な学問的価値、及び学問的方法論より見れば安易な集成に止まっていて、甚だ物足りない。

（「貞徳・季吟」『文学』昭和三十年十一月）

この厳しい批評に対して、佐藤恒雄氏の論文（「北村季吟古典註釈の方法——先行説引用における一事実」、『香川大学一般教育研究』昭和五十一年十月）は、短いながらも鋭く反論している。季吟の諸説引用は、厳しい取捨選択の結果だと主張しているのだ。

『源氏物語湖月抄』を通読した経験のある者ならば、この書が単なる並記や列挙ではないこと、「私見」を述べていないように見えるものの、彼が採用した「妥当な解釈」を明瞭に示唆している事実に気づかされるに違いない。自分を表に出さないことで、かえって雄弁に自分を語る流儀は、まさに紫式部の文学スタイルでもあった（その反対が清少納言の自己主張）。

なるほど、表面だけ『源氏物語湖月抄』を読むと、季吟本人の本文解釈や鑑賞が述べられている部分は少なく、あったとしても人生教訓を引き出そうとする傾向にある。ところが、季吟以前の諸注の見解の「交通整理」たるや、実に理路整然。深い読みに裏打ちされていなくては、とても不可能なことである。なまじっか、自分の意見ばかりを述べなかった点が、『源氏物語湖月抄』のすばらしさである。それが、例えば『岷江入楚《みんごうにっそ》』との最大の相違である。

中院通勝《なかのいんみちかつ》の『岷江入楚』は、質的に大変に優れた『源氏物語』の注釈書ながら、「私見」を打ち出しすぎたために、読めば読むほど『源氏物語』本文の意味がわからなくなってしまう。諸説の「交通整理」も十分ではない。要するに、諸説を引用する順番が、配慮されていないのだ。『源氏物語湖月抄』は、諸説が実際に書かれた時代順を解体して、「妥当な解釈」が一目でわかるような細心の配慮が施されている。しかも、『源氏物語』五十四帖の全編にわたって。季吟の学力、まさに恐るべし。ちなみに、『岷江入楚』の場合は、注釈だけで本文がないので、通読には適さない。

二つの句の鑑賞

ここで、榎坂氏が『日本古典文学大辞典』で紹介していた季吟の二つの句を、味読しておこう。季吟の俳諧の特質が大変によく表れていると思うからである。

女郎花《をみなへし》たとへば阿波《あは》の内侍《ないし》かな

季吟には、『女郎花物語《おみなえしものがたり》』という女性向きの教訓説話集がある。彼は、草花が好きだったようで、京都の新玉津島社《にいたまつしま》に住んでいた時代には、数十種類の草花を敷地内に植えて、四季折々の風情を楽しんでいる。当然、女郎花も、その中にあった。

ところで、歌人として有名な「周防《すおう》の内侍」の名前は、いろいろな本で目にし、かつしばしば耳にする。一方、「阿波の内侍」とはあまり聞かない。しかし、あることはある。この「阿波の内侍」が登場するのは、『平家物語』の最後に置かれた「灌頂巻《かんじょうのまき》」である。壇ノ浦《だんのうら》で助けられて死にきれなかった建礼門院《けんれいもんいん》は、洛北の大原で余生を仏に仕えて過ごしている。そこを、後白河法皇が訪れた。いわゆる「大原御幸《おおはらごこう》」である。

荒れ果てて草茫々《ぼうぼう》の建礼門院の住まいに驚く後白河法皇の前に、一人の老女が現れるが、法皇には

寂光院（京都市左京区大原）

見覚えがない。彼女は、「自分は阿波の内侍と言って、父は信西《しんぜい》入道、母は紀伊《き》の二位です」と名告《なの》る。後白河法皇は、「ああそうだ、すっかり忘れていた」と、やっと彼女の名前を思い出す。「されば、汝《なんぢ》は阿波の内侍にこそあんなれ」と、法皇は驚きの声を上げる。この阿波の内侍は、かつて崇徳《すとく》上皇の寵愛を受けた女性である。その崇徳上皇を保元の乱で葬り去ったのが、後白河法皇。なおかつ、後白河法皇と阿波の内侍の二人の間は、「乳《ち》きょうだい」という深い絆《きずな》があり、さまざまの愛憎が渦巻いていた。忘れるはずのない阿波の内侍を、後白河法皇が忘れ果てていたというのが、時の経過のもたらす残酷さを読者に痛感させる。

まるで、光源氏の腹心の惟光《これみつ》が、荒廃した蓬生《よもぎう》の宿に分け入って、末摘花《すえつむはな》に仕える老女と再会する場面（蓬生巻）を、反復して読んでいるような感じだ。

この『平家物語』は、謡曲『小原御幸《おはらごこう》』（大原御幸）の素材にもなっている。当然、北村季吟の脳裏には、「阿波の内侍」の名前は刻み込まれていただろう。

では、植物名の「女郎花」と人名の「阿波の内侍」とを結びつけたものは、何だろうか。それが、『和漢朗詠集』である。女郎花を詠んだ源順《みなもとのしたごう》の漢詩に、次のようにある。

花の色は、蒸《む》せる粟の如《ごと》し。
俗《しょく》に呼びて、女郎と為《な》す。
名を聞きて、戯れに偕老《かいらう》を契らんと欲すれば、
恐らくは、衰翁《すいをう》の首《かうべ》の霜に似たるを悪《にく》まんことを。

女郎花の花は、蒸した粟のような黄色である、というのだ。わたしは、この詩を見るたびに、現実の女郎花の花の形容として実に適切だと感心したり、お正月の小鰭《こはだ》に付いている粟粒を連想したりしている。

「女郎花」＝「粟」＝「アワ」＝「阿波」＝「阿波の内侍」という、意識の流れだったのだ。季吟は、おそらく老いさらばえた無惨な『平家物語』の阿波の内侍が、まだ若くて美しい頃に後宮で崇徳上皇の寵愛をほしいままにしていた頃のことを、イメージしているのだろう。

さらに、わたしの連想は果てしなくつづく。謡曲『女郎花』（「オミナメシ」と読み慣わしているようだ）にも、「華《はな》の色は蒸せる粟のごとし」という『和漢朗詠集』の漢詩が引用されている。季吟が、謡曲の作品名を見ているうちに、『女郎花』と『小原御幸』の二つが目に入り、「あっ、アワだ」と、二つの作品を結ぶカギを発見したのではないか、と思われたりもする。

「女郎花を、物に喩《たと》えると、そうです、皆さんご承知のように、粟」とまで言って、ちょっとポーズを置いて、「ではなくて、阿波、すなわちアワの内侍というところでしょうか」。この句は、創作す

る側だけではなくて、鑑賞する側にも教養がなくては、とても理解できない。理解できた者は、心から感心してしまう。なお、『誹諧埋木《はいかいうもれぎ》』の中で、季吟はこの句を六義《りくぎ》のうちの「興《きょう》」（たとへ歌）の典型例に挙げている。

それでは、このあたりで、二句目の鑑賞に移ろう。

夏をむねとすべしる宿や南向き

北村季吟には、『徒然草文段抄《もんだんしょう》』という注釈書がある。これも、『徒然草』の研究史上で、画期的な書物である。その季吟が愛した『徒然草』の第一〇二段。

家の作りやうは、夏をむねとすべし。冬は、いかなる所にも住まる。暑き頃、わろき住まひは、堪《た》へ難《がた》きことなり。

確かに、日本の夏は暑いが、冬も寒い。けれども、昔の人はよほど寒さに強かったのだろう。家を造るのならば、必ず夏の暮らしやすさを主眼とした建築にすべきだ、とこの段は主張している。

季吟は、「夏をむねとすべし」と、九音節まで、『徒然草』の本文をまるごと引用する。そして、今、自分が目にしている家も、確かに『徒然草』に書いてある通りの家造りをしていることだと、興じている。

「すべし」と、「術知る《すべし》」の懸詞であり、何と「スベシ」の三音が二つの意味を持って重層している。日本語の詩歌の懸詞は、普通は「一音」、せいぜい「二音」まででであり、この季吟の句のように三音の懸詞というのは珍しい。

季吟自身は、「夏をむねとスベ」とまで朗読して、息を継ぎ、「(スベ)知る宿や南向き」と続けたのだろう。だから、骨格は「すべ」二音の懸詞ではある。そうではあるが、「スベシ」三音の重なりは、意外性に満ち、読者の度肝を抜く。

それが取りも直さず、季吟の長所であり、短所でもある。やはり、「夏をむねとすべしる宿や」の部分の日本語が、音韻的にはなだらかさを欠いている。目で見て楽しむ句なのだろうか。江戸に出てきた季吟は神田小川町《おがわまち》に邸宅を与えられたが、その中の一画を「向南亭《こうなんてい》」と命名している。

現代短歌の先駆者

季吟の「女郎花たとへば阿波の内侍かな」と「夏をむねとすべしる宿や南向き」の二句を鑑賞してきた。「阿波」と「粟」、「(むねと)すべし」と「術知る」の懸詞が眼目なのだった。

このような言語遊戯は、『古今和歌集』以来の「懸詞」や「序詞」の伝統であるとはいえ、そこに「短詩型文学」の生命を見出すのは、季吟の学んだ貞門俳諧の特質ではないかと思われる。

目を現代短歌に転じてみる。現在は、ニューウェーブと呼ばれる作風が脚光を浴びている。その代表者は、加藤治郎《かとうじろう》。

みっきみっきみっきみっきみっきまうすさむい介護の人が頭皮を洗う
さらさらと朝の髪に塗るときのあぶらかたぶらはなうたまじり
古書店にみつけた螢ひいふうみいようしゃなく恋はこころを壊す

いずれも、第五歌集『ニュー・エクリプス』（二〇〇三年）から引いた。加藤は、写実・写生を基本理念とする「アララギ」の流れを汲む結社「未来」に属しており、その評論では「現代におけるリアリズム」の可能性を熱心に模索している。彼は、リアリズムは「音韻」それ自体に内在している、と言う。

「みっきまうす」と「うすさむい」、「油」と「あぶらかたぶら」、「ひいふうみいよう」と「ようしゃなく」。これらは、単なる言語遊戯ではなく、この音韻・リズムの中に、不安に満ちていて、なおかつ捕えどころのない現代文明の本質を写し取ろうとしているのだ。

貞門俳諧もまた、言語遊戯にうつつを抜かしているのではなかった。死語となりつつある古典作品と、今なお生きて使われている現代語を絶妙に重ね合わせることで、日常言語を詩語へと蘇生させようとしたのではなかったか。

大胆な懸詞、古典の引用、新しい口語の導入、古めかしい漢語や文語のことさらな使用などの技巧を駆使して、貞門俳諧は、日本語の言語空間を飛躍的に拡大した。それが、貞門に学び、続いて談林《だんりん》俳諧の方法をも会得した松尾芭蕉の出現によって大成する。

また、芭蕉の蕉風《しょうふう》（正風）から抜け落ちた側面は、「狂歌」「川柳」として、これまた日本語の新しい言語空間を開拓しつづけた。貞門も、蕉風も、狂歌も、川柳も、それぞれが文明批評としての鋭さを持った言語芸術であった。

戦後短歌界は、塚本邦雄《つかもとくにお》と岡井隆《おかいたかし》を両翼とする前衛短歌の出現で、言語遊戯を用いる文明批評としての「短歌」を創出した。その流れの末に、ニューウェーブが位置する。二十一世紀の短歌を考えるためには、北村季吟が一翼を担った貞門俳諧の分析が有効であると信じるゆえんである。

凡庸な注釈者ではなかった

話が、いささか逸《そ》れたかもしれない。『源氏物語』『和漢朗詠集』『平家物語』『徒然草』謡曲などの古典文学に通暁している読者を前提としている季吟の句を、二つだけ鑑賞してきた。確かに、前時代の宗祇や、弟子の芭蕉などと比べて、文芸性という点では突出したものがない。一句だけで自立しているとは、言いがたいからである。

しかし、自分の生きている時代の文学を切り拓き、次の時代を準備するのは、超一流の「実作者」だけの仕事だろうか。『源氏物語』の作者は一人だけだが、多くの優れた注釈者たちが、この物語を受け継ぎ、次の時代へと手渡していった。その注釈者たちの中に、季吟を位置づけてみる。すると、たった一人だけ、「湖月抄スタイル」と言うべき斬新きわまりない出版形式を創案して普及できた季吟の独創性を、誰しも認めざるをえまい。北村季吟は、決して「凡庸」であるはずがない。

「実作者」だけが文学者なのではなく、かつては「注釈者＝研究者」もまた「一流の文学者」でありえた。そういう「文学の領域」と「文学の可能性」について、季吟の歩みをたどりながら、わたしたちは学ぶ点があるのではなかろうか。

2　出身地・野洲の風土

北村季吟は、寛永元年（一六二四）十二月十一日、近江《おうみ》の国野洲郡北《やすごおりきた》（現在の滋賀県野洲郡野洲町大字北《おおあざきた》）の生まれである。本名は、静厚《しずあつ》。通称は、久助《きゅうすけ》と言った。

なお、生地については、父・宗円《そうえん》が医業に従事していた京の粟田口《あわたぐち》とする説もある。実際に誕生した場所はあるいは粟田口だったかもしれないが、季吟本人の意識としての「故郷＝出身地」は、当然のことながら先祖代々が暮らした野洲だったであろう。

平家哀史の舞台

さて、「野洲郡北」の「北」というのは、かつての「江辺庄《えべのしょう》」（江部庄）という荘園の北に位置する、という意味である。北村家は戦国時代にあっては、兵農未分離の時代の中で、たびたびの戦いに参加したと言われる。また、医業を修め、地元連歌の宗匠をも務めていたと言われる。現在の菅原《すがわら》神社は、かつて永原《ながはら》天神と言い、宗祇などもたびたび立ち寄ったとされる連歌の中心地だった。ここで開かれる会の宗匠を、季吟の祖父は務めている。

野洲町には、今、季吟の句碑が建立されている。その句に、曰く、

祇王井《ぎわうゐ》にとけてや民《たみ》もやすごほり　　季吟

この句碑は、北村季吟の二五〇回忌が行われた昭和三十年に、建立されたものである。達筆の揮毫は、芭蕉翁本廟である無名庵《むみょうあん》の庵主（義仲寺《ぎちゅうじ》住職）で、俳人でもあった寺崎方堂師。

季吟の俳書『増山《ぞうやま》の井《い》』（寛文三年〔一六六三〕刊）では、「江州野洲郡永原といふ所にて興行に」という詞書がある。地元で、郷旦の人々に囲まれて詠んだ句である。「やす」は、地名の「野洲」と形容詞「安《やす》（し）」（安心して暮らせる）の懸詞。また、「こほり」も、「郡」と「氷」の懸詞。そして、

菅原神社（滋賀県野洲郡野洲町永原）

北村季吟句碑（野洲町北）

妓王寺（野洲町中北）

「融く」と「こほり（氷）」が、縁語である。

「ここ、野洲の郡には、有名な祇王井がある。その氷も、春になったので融け、人々は安らかな暮らしをしていることよ」という大意であろう。それでは、この「祇王井」とは、どういう謂《い》われをもつ井戸・用水なのだろうか。

話は、『平家物語』の時代にさかのぼる。保元・平治の乱で権力を掌握し、わが世の春を謳歌したのが、平清盛。その清盛に、寵愛された白拍子《しらびょうし》の姉妹がいた。すなわち、祇王《ぎおう》と祇女《ぎじょ》である。「妓王・妓女」とも表記する。野洲町には、「祇王小学校」がある。

さて、祇王が清盛に愛されたので、妹の祇女や母の刀自《とじ》も厚遇された。毎月「米百石と銭百貫」をもらっていた、と『平家物語』巻一の「祇王」にはある。この白拍子の三人家族が、野洲の出身だったのである。父の橘次郎時長《たちばなじろうときなが》が保元の乱で死んだので、母子三人で都に上ったという。

ここから、先である。『平家物語』には書かれていないが、地元の野洲で伝えられている伝承がある。ある時、清盛が祇王に、「何でも、お前の願いを叶《かな》えてやるぞ」と言った。祇王は、自分個人の楽しみを求めることなく、故郷の野洲で人々が水不足で難儀しているのを助けたく思って、「あなたのお力で野洲川から水路を掘ってください」と答えた。これが、「祇王井川」の起こりだという。

『平家物語』の祇王は、まもなく、「仏《ほとけ》」という若い白拍子の出現で、清盛の寵愛を失う。失意の祇王の姿の中に、未来のわが身の没落を見て取った仏も、祇王たちと一緒に出家して尼になり、嵯峨で勤行に励んだ。野洲にも、彼女たち四人の菩提を弔う寺がある。これが、「妓王寺」である。かつては、祇王を江辺庄の地主神の化現《けげん》とする伝説もあったようだ。

季吟の句は、この伝説の祇王井（川）を詠んだものである。

平宗盛胴塚（野洲町大篠原）

平家終焉の地

野洲には、「平家終焉の地」と呼ばれている場所もある。正確には、「平宗盛《たいらのむねもり》卿終焉之地《きょうしゅうえんのち》」である。全盛を誇った平家一門に凋落《ちょうらく》の秋が訪れ、都落ちにつづき、遂に一一八五年には壇ノ浦の合戦で大敗を喫した。この時の総大将は、清盛の三男・宗盛。謡曲『熊野《ゆや》』でおなじみの人物である。

平家の希望の星だった安徳《あんとく》天皇は二位の尼に抱きかかえられて入水《じゅすい》し、清盛の四男・知盛《とももり》も「見るべきほどのことは見つ」と言い放って入水した。ところが、宗盛は生きて捕虜となり、息子の清宗《きよむね》ともども鎌倉へ護送された。源頼朝と面会して、京へ戻る途中、二人は「篠原《しのはら》」という所で首を斬《き》られ

蛙鳴かずの池（野洲町大篠原）

た。そして、高位高官であるにもかかわらず、二人の首は都に届けられ、獄門の樗《おうち》の木に懸けられた。まさに、宗盛は、生き恥だけでなく、死に恥を天下に晒《さら》したのである。

この「篠原」が、野洲の近隣である。宗盛父子の首を洗った池では、哀れを感じた蛙が鳴かなくなったので、「蛙《かわず》鳴かずの池」と呼ばれるようになったという。

祇王と言い、宗盛と言い、女性と男性双方の「平家哀史」が、ここ野洲にはあった。芭蕉が、木曾義仲と背中合わせに葬られている義仲寺《ぎちゅうじ》も、野洲からは近い。この一帯には、源平の哀史がいくつも眠っている。

野洲の歴史

ここでごく簡単に、野洲の地理と歴史を振り返っておこう。

琵琶湖の東部に位置する野洲は、古代から栄えた。野洲町立歴史民俗資料館（通称・銅鐸博物館）には、小篠原地区の大岩山から明治十四年に十四個、昭和三十七年に十個、合計二十四個出土した銅鐸が収蔵されている。

交通の要衝《ようしょう》である草津《くさつ》からも近く、紀行文学にもしばしば野洲の地名が見える。一つだけ挙げておくと、平安後期の『更級《さらしな》日記《にっき》』には、父・菅原孝標《すがわらのたかすえ》の上総《かずさ》の国からの帰京に同道した作者の回想

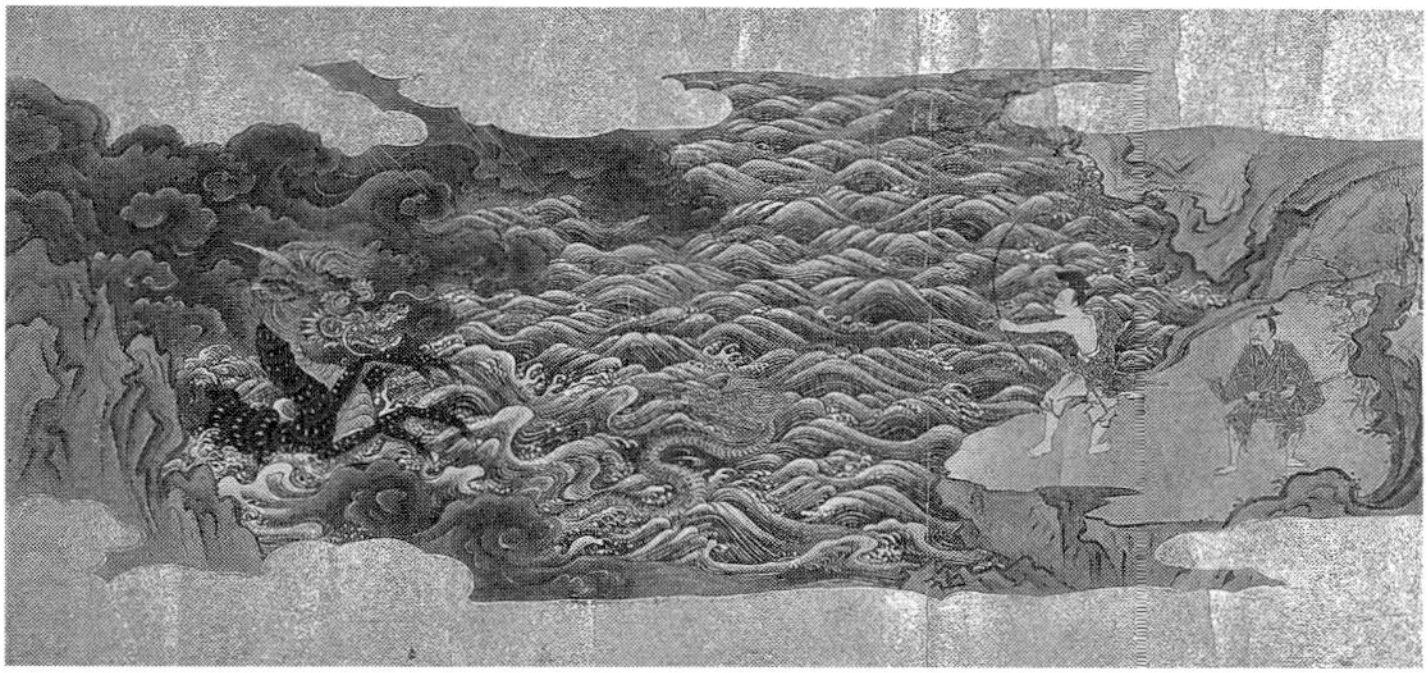

大ムカデを退治する藤原秀郷『俵藤太物語絵巻』（群馬県立歴史博物館蔵）より

がある。

　みつさかの山の麓《ふもと》に、夜昼《よるひる》、時雨《しぐれ》・霰《あられ》降り乱れて、日の光もさやかならず。いみじう、ものむつかし。そこを立ちて、犬上《いぬかみ》・神崎《かんざき》・野洲、栗太《くるもと》などいふ所々、何となく過ぎぬ。湖の面《おもて》、はるばるとして、なで島・竹生島《ちくぶしま》などいふ所の見えたる、いとおもしろし。勢多《せた》の橋、皆崩れて、渡り煩《わづら》ふ。

　少女時代の思い出を晩年になってから書いているので、地名の表記や発音があやふやで、短い文章ながら、所在不明ないし未詳の地名もいくつかある。

　ここに書いてあるように、京に向かって「野洲」を過ぎれば、まもなく有名な「勢多（瀬田）の唐橋《からはし》」にさしかかる。ところで、野洲には「三上山《みかみやま》」がある。この三上山には大ムカデがいて、勢多の唐橋の真下の湖底に住む龍王と敵対関係にあったという。龍王の味方として藤原秀郷《ひでさと》（俵藤太《たわらとうた》）が加わったので、大ムカデは眉間《みけん》を鏑矢《かぶらや》で射抜かれてしまった。

はるかなる三上の嶽《たけ》を目に掛けて幾瀬《いくせ》渡りぬ野洲の川波

（藤原良経《りょうけい》・秋篠月清集《あきしのげっせいしゅう》）

平安時代の和歌では「みかみ（の）山」とある時には紀州、「みかみ（の）嶽」とある時には近江の三上山を指すことが多いらしい。この他にも、「三上山」や「野洲川」を詠んだ和歌は多い。「野洲」や「野洲川」では、「安」を懸詞にすることがあり、季吟の「祇王井にとけてや民もやすごほり」という句は、その古典和歌のレトリックを受け継いでいたことがわかる。

人心《ひとごころ》やすのこほりと聞くなべにつけど尽きせず運ぶ稲かな

（藤原顕輔《あきすけ》・顕輔集）

やす川に群れゐて遊ぶまな鶴ものどかなる世を見するなりけり

（藤原俊成《しゅんぜい》・長秋詠藻《ちょうしゅうえいそう》）

近江路《あふみち》や野路《のぢ》の旅人急がなむやす河原《がはら》とて遠からぬかは

（西行・山家集《さんかしゅう》）

3　季吟の祖父・宗龍

京の都から野洲までは、徒歩でもわずか一日半の距離である。「京立ち、守山《もりやま》泊まり」という諺がある。和歌にもよく詠まれる守山（モルヤマとも発音する）は、野洲川の左岸にあった宿駅である。だからこそ、戦国時代にあっては、都へ上ろうとする織田信長、それを阻止しようとする佐々木承禎《じょうてい》（＝六角義賢《ろっかくよしかた》）、両勢力の激突があった。時に、元亀元年（一五七〇）五月十二日（一説に十三日）。場所は、野洲河原。結果は、信長軍の勝利。かくて、信長の上京の道が開けたのである。

北村氏は、伊賀の国から野洲に移ってきて土着したと言われる（これが、後々、季吟と芭蕉の師弟関係に発展してゆく伏線にもなっている）。もとは「源」姓だったが、永享十二年（一四四〇）、後花園天皇から「藤原」姓を授かったという（『北村家系譜』）。

北村氏は、信長・秀吉などの陣に仕えていたが、宗龍《そうりゅう》（宗三郎）は毛利元就《もとなり》に三百石で抱えられていたこともあるという。宗龍の妻は、水口《みなくち》城主だった長束正家《なつかまさいえ》の娘ともいわれる。この宗龍は、伝説的な名医・曲直瀬道三《まなせどうさん》（＝一渓《いっけい》）に医術を学び、連歌の第一人者・里村紹巴《さとむらじょうは》に連歌を学んだ。季吟は自らの俳論の到達点である『誹諧埋木』で、宗龍は紹巴から『連歌教訓』を受け継いだ、と誇らしく語っている。

この宗龍の長男が宗与《そうよ》、次男が宗円《そうえん》。そして、宗円こそが、季吟の父である。宗円（正右衛門）は、曲直瀬玄朔《まなせげんさく》（道三の養子）に医術を、里村祖白《そはく》に連歌を学んでいる。

季吟の伯父・宗与は、娘しかいなかったので、彼女が木村家に嫁いで生んだ孫を、養子とした。これが、宗雪《そうせつ》である。この宗雪は、医術だけでなく、伊藤仁斎《じんさい》に儒学を、中院通村《なかのいんみちむら》に和歌を学んだ才人だったという。

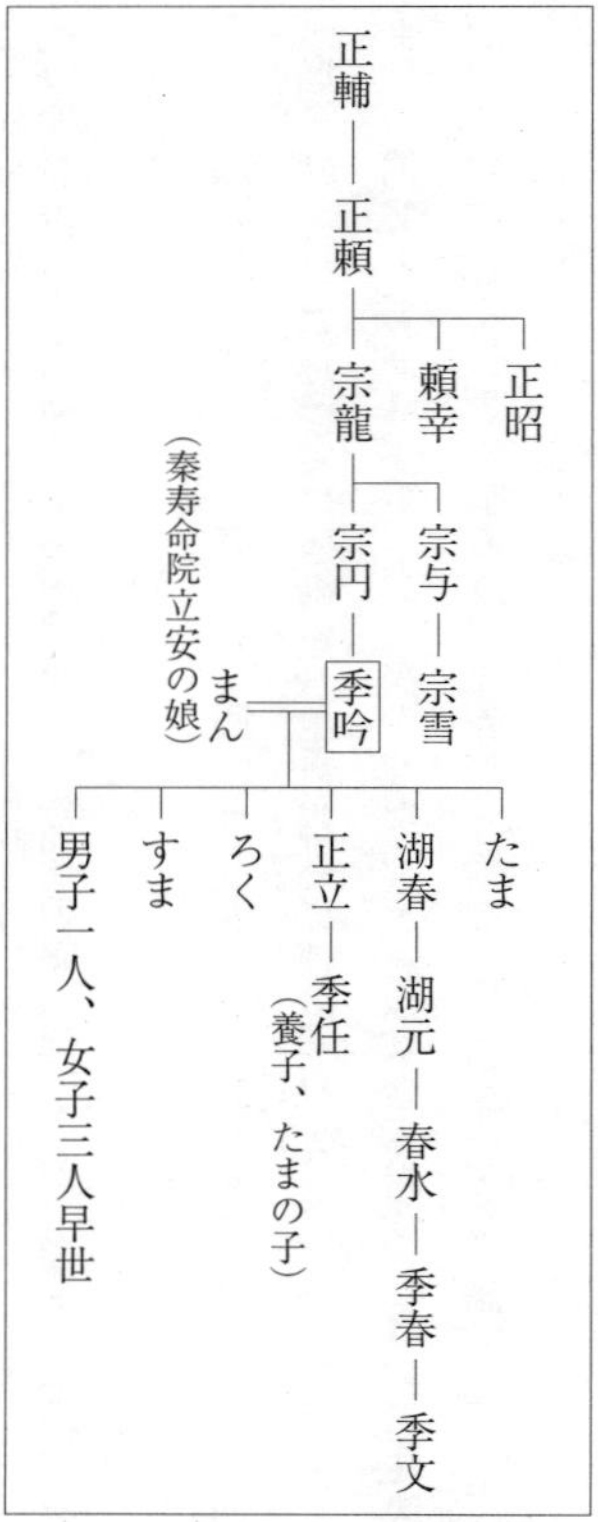

季吟系図

一族に因む季吟の作品

季吟が宗龍を追悼した発句が、『山之井《やまのい》』に載っている。宗龍の命日に当たって、祖父を偲《しの》ぶという内容である。

けふ（慶安元年［一六四八］十一月二十五日）は祖父・宗龍が日なり。老後には医をもやめて、茶と連歌とを友にして暮らしければ、今も仏前に茶の花立てて

真心に花をも立つる茶の湯かな

お茶を立てるだけでなく、花をも立てた、と「立つる」を懸詞のように用いている。宗龍は、天文二十二年（一五五三）に生まれ、寛永二十一年（一六四四）に没した。一六二四年生まれの季吟は、こ

の祖父を二十年近く知っていたことになる。そして、宗龍の五十回忌は、江戸で行った。差し障りがあったので、元禄六年（一六九三）ではなく、翌元禄七年一月二十五日に執り行われた。その時に、『法華経《ほけきょう》』信解品《しんげほん》の「周流諸国五十余年」という経文（家を捨てた息子が、五十年間諸国をさすらった後に、父と面会するエピソード）を題にして、血族の縁が五十年経っても消え失せないことを詠んでいる。

うらぶれし五十路《いそち》あまりの濡衣《ぬれごろも》今日の逢瀬《あふせ》に袖や干《ほ》すらむ

また、宗龍の遺愛の硯を、直系（本家）の宗雪から贈られて、祖父の硯が没後五十年の現在も存在しているのに、祖父の命が失われた悲しみを、「懐旧」という題で詠んでいる。

今もなほ逢ひ見てましを人もまた世をもて数ふ命なりせば

宗龍の子（次男）が、宗円。その子が、季吟。この時点では、季吟の長男の湖春《こしゅん》、次男の正立《まさたつ》も法要に連なって歌を詠んでいる。季吟の孫の湖元《こげん》も、加わっている。宗龍自身から数えて、五世代目の子孫が生まれているわけだ。その事実を踏まえて、季吟は、「もしも一世代の時間を一年と勘定する習いであるのならば、人間の命は永く、わたしたちが祖父に今もなお、お会いすることが可能だったろうに」と、残念がっているのだろう。

多景島（滋賀県彦根市）

また、季吟の父・宗円（一五九七～一六五二）の登場するエピソードも残っている。琵琶湖に浮かぶ多景島《たけしま》は、彦根城の裏鬼門に当たり、見塔寺《けんとうじ》という日蓮宗の寺がある。その寺の住職と季吟との歌の贈答が、『近江輿地志《おうみよちし》』で紹介されている。

「みながら」といへる躑躅《つつじ》は（季吟の）亡父君の名づけさせ給へりければ、あるが中にも持《も》てはやすべきゆかりの紫色なるに、この花の盛りに、江北妙法寺日延来《にちえんきた》りて、

咲く花を見ながら我ぞ疎《うと》まるる詠《よ》む言の葉の道を知らねば

と、詠み侍りし返しに、

（季吟）知らぬとは知れるに勝る言の葉も花もみながら錦とぞ見る

とある。「みながら」という躑躅は、引用文にもあるように、紫色をしていた。だから、宗円は、

紫の一《ひと》もとゆゑに武蔵野の草はみながらあはれとぞ見る

（『古今和歌集』詠人《よみびと》知らず）

という古歌を連想し、その歌の言葉を用いて、「みながら」と命名したものと推測される。この古歌は、『伊勢物語』第四十一段でも引用されているし、『源氏物語』でも「紫のゆかり」として重要な構想の中核となっている。「みながら」は「皆がら」で、「すべて」という意味である。

日延というお坊さん（多景島の見塔寺と長浜の妙法寺の住職を兼任していた）が、この古歌を本歌取りしつつ、「自分はこんな美しい花を目では見ていながら、和歌を詠む作法も知らずに、恥ずかしい限りです」と、季吟に謙遜した。

それに対して、季吟は、「自分は何も知らない」とする謙虚な学問の姿勢は「知っている」とする傲慢な姿勢よりも優れていると物の本には書いてあります、そういう奥ゆかしく美しい心の持ち主であるあなたの言葉も、目の前の躑躅の花も、すべて私の目にはすばらしい錦に見えます、と返事した。日延は、「皆がら」（すべて）を「見ながら」（見ていながら）に読み替え、季吟は「言の葉も」に続く「みながら」を、「皆がら」と「実ながら」（実も含めて）の懸詞に仕立て上げた。なかなか味わい深いやりとりである。ちなみに、「紫の一もとゆゑに」の歌は、季吟の注釈書である『源氏物語湖月抄』でも『伊勢物語拾穂抄』でも取り上げられる古歌である。

なお、『近江輿地志』には、野洲郡北村の項と、人物之部とに、北村季吟の名前を出している。

4　長岡で暮らす青年医師の夢

大器晩成にして早熟にはあらず

いよいよ、北村季吟の歩みを語り始めよう。幼少年時代の彼には、これといったエピソードは残されていない。五歳とか八歳にして名歌・名句を吐いたりして、大人を驚かしたりするような早熟さはなかった。沈思黙考型の少年だったのだろう。

野洲町立祇王小学校の前庭には、三宅善夫氏制作の「北村季吟先生少年像」が建っている。左手に懐紙《かいし》を持っているが、右手に握った筆は文字を書き付けるではなく、そのまま下げられている。そして、少年の視線は天を見上げ、何事かを深く考えているようである。少年季吟の面影をよく伝えていると思われる。

青年医師・季吟の歩み

季吟は、祖父・宗龍、父・宗円の跡を継ぎ、医術を修めた。承応二年（一六五三）に上梓された季吟の最初の古典注釈書『大和物語抄』の跋文によって、季吟の医術の師の名前が明らかになる。武田杏仙《たけだきょうせん》が、季吟のことを「家父高弟」と述べているので、杏仙の父・武田通安《つうあん》が、季吟の医術の師ということになる。

また、祖父と父が医学のみならず文学も修めたように、季吟は文学の道をも歩み出した。寛永十六年（一六三九）、季吟は十六歳で、安原貞室に入門して、俳諧を学んだ。二十二歳で、貞室の師である松永貞徳に入門して、貞徳の「直弟子《じきでし》」となった。そして、正保五年＝慶安元年（一六四八）の正月に、二十五歳で俳書『山之井』を刊行した季吟は、この年の六月十五日に父親となった。長男の長順《ながより》（湖春《こしゅん》）が誕生したのである。

この次に、季吟の人生が大きく展開したのは、慶安五年＝承応元年（一六五二）である。季吟は二十九歳にして、父・宗円を失った。悲喜交々《ひきこもごも》とはよく言ったもので、この年には最初の本格的注釈書である『大和物語抄』を脱稿し、前述したように、翌承応二年（一六五三）には刊行された。そして、この承応二年に、偉大なる師・松永貞徳が八十三歳で逝去した。

この期間は、言うならば鳳雛《ほうすう》が飛躍するための雌伏期に該当する。医術で生計を立てつつ、俳諧と古典の勉強を重ね、後年の爆発的な執筆活動の準備をするための期間だった。当時の北村季吟の姿を具体的に復元したのが、榎坂浩尚氏の「長岡居住時代の季吟」（『北村季吟論考』収録）という論文である。

北村季吟先生少年像
（野洲町立祇王小学校）

榎坂氏は、慶安二年（一六四九）成立の季吟の句日記（発句を書き記した日記）『独琴《ひとりごと》』を精査した結果、季吟が医師（おそらくは藩医）として長岡に在住した事実を突き止め、ここで将軍家の信頼厚い山城淀藩主の永井尚政《なおまさ》、長岡藩主の永井直清《なおきよ》兄弟と、何らかの関わりを発生させたのではないか、と推測している。そして、このような季吟の上昇志向が、六十歳を過ぎてまで幕府に召し抱えられようとした彼の性格を照らし出すと述べている。なお、この句日記は『独琴』よりも別名である『師走《しわす》の月夜《つきよ》』の方が名高いので、本書では以後『師走の月夜』という書名を用いる。

青年医師・季吟が暮らしていた「長岡」とは、どういう所だろうか。ここは、平城京から平安京へと遷都《せんと》される直前に、短期間の都があった土地（古都＝ふるさと）である。季吟は、京の粟田口《あわたぐち》にあった父の家と長岡とを往還していたのだろう。平安京と長岡京とに分かれて住む季吟親子の姿は、ある古典作品を連想させる。それは、『伊勢物語』である。在原業平は、母親の伊登内親王《いとないしんのう》を長岡京に残し、自分は平安京で宮仕えをしていた。

長岡での暮らしは、感受性の鋭い青年医師の心に、『伊勢物語』と在原業平への関心を抱かせたことだろう。自らを在原業平になぞらえることもあったに違いない。そのことの意味を、彼の内面に分け入って検証してみたいのである。すなわち本章では、長岡を統治する大名や家臣群との人脈の形成という視点よりも、「長岡」という土地自体が季吟の文学的人生にどのような波紋を引き起こし、どのような自覚を促したのか、つまり、文学的トポスとしての長岡に注目しながら、季吟の心の中をたどることにしよう。

それは青年季吟の「初心」あるいは「素志」のありかを見極めることでもある。

季吟の号としての拾穂軒

ここで、季吟の呼称について、述べておこう。本名は静厚、通称は久助。この他に、「季吟」を筆頭としていくつかの号がある。

蘆庵《ろあん》・呂庵《ろあん》・七松子《しちしょうし》・拾穂軒《しゅうすいけん》・湖月亭《こげってい》・再昌院《さいしょういん》

などである。盧庵と記すこともある。このうち、蘆（盧・呂）庵は、医者としての名前である。「湖月亭」は、季吟のライフワークとも言える大著『源氏物語湖月抄』に因《ちな》む号で、彼がいかにこの注釈書を誇りに思っていたかがわかる。この『源氏物語湖月抄』の偉大さについては、第三章で詳説したい。また、「七松子」は、晩年に季吟が江戸に出るまで居住していた新玉津島社に因む号であるが、出府後に知遇を得た権力者・柳沢吉保《やなぎさわよしやす》との交遊を象徴するキーワードとして、第四章の「六義園《りくぎえん》」についての項で詳しく説明したい。「再昌院」は、功成り名遂げた最晩年の季吟の幸福な境地を表したものとして、これも第四章で触れるつもりである。

今は、青年・季吟の思いの込められた雅号として、「拾穂軒」の重みを明らかにしたい。彼が「拾穂（軒）」という号を書名に直接用いたものとして、次のような著作群がある。

『伊勢物語拾穂抄』
『百人一首拾穂抄』
『藤川百首拾穂抄』
『万葉拾穂抄』
『徒然草拾穂抄』

『百人一首拾穂抄補註』
『歌仙拾穂抄』

これらのタイトルを見ていると、「拾穂軒」という号が、季吟にとってまことに大切な意味を持つものだったことが実感される。季吟は、明暦二年（一六五六）一月四日の神田貞宣宛《あて》の手紙で、「季吟は俳諧、拾穂は和歌」という二つの号の使い分けがあることを述べている。「実作は季吟、研究は拾穂」という使い分けと言っても、それほど違っていないようにも思われる。

和歌を含まない古典文学は存在しないから、古典文学の注釈はすべて和歌の領域である。この世界で、どういう号を用いるかは、大変に重要な問題であるはずだ。ならば、「拾穂軒」と名告《なの》ったこと、それ自体の中に、北村季吟のどのような感慨と意気込みがシンボライズされているのだろうか。「長岡」と「拾穂軒」が密接不可分に結びついていることを、これから解き明かそう。

「拾穂」は単なる卑下なのか

季吟が最初に「拾穂」を用いた『伊勢物語拾穂抄』の巻頭には、書名の由来らしきものが記されている。この書物が季吟の師・松永貞徳の講義を基にした記述であること、その貞徳の師の一人である細川幽斎は一条兼良を評価していたこと、貞徳の講義が幽斎の『伊勢物語闕疑抄《けつぎしょう》』の説と一条兼良の『伊勢物語愚見抄《ぐけんしょう》』を併置しながら行われたこと、などが記された後で、よりて、『闕疑』の趣に師説を交へ記して、『伊勢物語拾穂抄』と名付け侍るもの也。

と、種明かしされている。この言葉を額面通りに信用すれば、一条兼良の説を取捨選択して取り入れた幽斎説をベースに据え、貞徳の説を加味し、若干の自身の見解を加えたものが『伊勢物語拾穂抄』であり、主要な学説の「落ち穂を拾ったもの」という意味の謙遜・卑下が「拾穂」という言葉であるように、受け取れる。

古く、石倉重継《いしくらしげつぐ》『北村季吟伝』（三松堂松邑書店・明治三十年）も、そのような見方に立っている。

而して拾穂軒の起りは如何《いかん》、これ季吟が性質の有《あり》の儘《まま》を代表するの雅号なり、季吟は季吟の性質として決して俗に「しつたかぶり」といふが如き傲慢卑屈の心は針頭だにも持ち能《あた》はざりし人なり、実に恭倹《きようけん》己《おのれ》を持《ぢ》するの人たりしなり、見よ季吟の自ら抄したる註釈書類には多くこの雅号を用え《ママ》たり、これ古人の穂を拾ふあさはかなるものなりとの卑下の号なり、

このような「拾穂軒」に対する解釈は、現在でも根強い。しかし、それだけではないのではないか。非の打ちどころのない謙辞としての「拾穂」を前面に出しながら、実のところ密かに彼の若き日の自負に支えられたもっと別の思惑が季吟にはあるのではないか、それが季吟の全生涯にわたる注釈活動

を支えているのではないかと、わたしは推測する。若々しい青年の気概や、熱き思いが、彼の「拾穂」という号や「拾穂抄」という書名に込められているとは考えられないか。

『伊勢物語』第五十八段の長岡

青年期の季吟は、多感な思いを胸に抱きながら、長岡で暮らしていた。長岡は、『伊勢物語』の第五十八段の舞台である。まず、その本文を掲げておこう。

昔、心つきて、色好みなる男、長岡といふ所に家つくりてをりけり。そこの隣なりける宮ばらに、こともなき女どもの、田舎《ゐなか》なりければ、田刈らんとて、この男のあるを見て、「いみじの好《す》き者《もの》のしわざや」とて、集まりて入り来《き》ければ、この男、逃げて奥に隠れにければ、女、

　荒れにけりあはれいく世の宿なれや住みけん人の訪れもせぬ

と言ひて、この宮に集まり来ゐてありければ、この男、

　葎生《むぐらお》ひて荒れたる宿のうれたきはかりにも鬼のすだくなりけり

とてなん、出《い》だしたりける。この女ども、「穂拾《ほひろ》はむ」と言ひければ、

　うちわびて落穂《おちぼ》拾《ひろ》ふと聞かませば我も田づらに行かましものを

この章段には、「穂拾はむ」「落穂拾ふ」というように、「穂拾ふ＝拾穂」という言葉が二回も使われている。季吟の「拾穂軒」という号が、この『伊勢物語』第五十八段と深い結びつきをもつことが、明らかに予想される。しかも、舞台は、季吟の住んだことのある長岡である。

さて、『伊勢物語』には、在原業平が長岡京に住んでいた時期があったこと、彼が田を刈るという農作業に従事したこと、隣家の宮家に仕えている女たちが業平をからかって、「落穂拾いを手伝いましょう」と話したこと、それに対して業平が女たちを鬼に喩《たと》えてやり返したこと、などが書かれている。田舎暮らしをしている人々が、憎まれ口を叩き合いながら心を交流させている。

この箇所を本歌取りした藤原俊成が、「長岡や落穂拾ひし山里に昔をかけて田づらをぞゆく」と詠んだことは、『山城名勝志』にも紹介されている。

業平は、「色好み＝風流」をモットーとしていながら、生活のために農事に従事していた。季吟もまた、「文事」に憧れながら、生計を立てるために医術に従事していた。業平も季吟も、本当の自分のすべきでない仕事を余儀なくされていたのである。

季吟は、『伊勢物語拾穂抄』のこの段の注釈で、「長岡」に解説を加えている。

> 長岡は、桓武天皇の仮にうつし給へる都の跡《あと》也。業平の母の伊登内親王、桓武天皇の皇女にて、長岡に住み給ふ故、業平も家作りて住み給ふなるべし。

『伊勢物語』の主要な注釈書は、片桐洋一氏の『伊勢物語の研究・資料篇』で読むことができる。すると、幽斎の『伊勢物語闕疑抄』の「長岡、かりに立てたる都の跡也」という注釈が最も近いことがわかる。けれども、季吟の注釈には、長岡への関心の強さが感じられる。季吟には、「長岡」とい

長岡の竹藪（京都府長岡京市）

う地名に特別の思い入れがあったことが推測できるのだ。

季吟の句日記に見る長岡の日々

季吟には、自分の俳句作品を列挙した句日記が残されている。先に触れた『師走の月夜』は、正保五年（＝慶安元年）と慶安二年の句日記だとされる。榎坂氏によれば、徳川家光の信頼厚かった永井日向守直清《ながいひゅうがのかみなおきよ》が長岡藩主に任じられた時期に、医者であった季吟が仕事を求めてここに居住したのではないか、ということである。

永井日向守直清は、季吟の書いた『伊勢物語拾穂抄』の序文ないし凡例《はんれい》に当たる「総説《そうせつ》」の部分にも、林道春《はやしどうしゅん》（林羅山《らざん》）に命じて「伊勢《いせ》」の墓の碑文を書かせた人物として、名前が出ている。

この「伊勢」は、地名でなく人名である。正しくは、「伊勢の御《ご》」と言い、『古今和歌集』を代表する女性歌人である。彼女は、伝説と注釈の世界では、在原業平の最後の妻だったとされる。そして、亡夫・業平が残した自筆の恋愛日記を補筆・修正して世間に流布《るふ》させた人物として、『伊勢物語』の成立伝承では重要視されている。

それでは、季吟の句日記『師走の月夜』には、長岡に関して、どのようなことが書かれているのだろうか。

さて、「拾穂」という言葉が、『師走の月夜』にある。長岡にある季吟本人の庵を、「拾穂《しゅうすい》の庵《いおり》」と呼んでいるようである。

拾穂の庵

拾穂の庵は、藪《やぶ》をめぐりの住居なるに、ある朝、雪折竹《ゆきをれだけ》の戸に目を覚まされて、障子《さうじ》を引きあけて詠め《なが》侍る《はべ》に、もとより山里の閑古鳥《かんこどり》さへ声絶えし頃、まして踏み分けて訪《と》ふ人もなかりける庭の物陰《ものかげ》に、一本二本《ひともとふたもと》残れる菊と、松の雪のみ暖かげなる気色《けしき》、さすがに昔覚えて優《いう》なる方《かた》も侍りし

雪にけさ白衣の袖や乙女花《をとめばな》
寒菊も綿を着するや園の雪
綿子《わたこ》かやあたたかげなる松の雪

ここに言う「拾穂の庵」が季吟の長岡の住まいであり、そこでの田舎暮らしを契機として、「拾穂軒」という彼の号が成立したことを強く推測させるものとなっている。「藪をめぐりの」という形容は、文字通り竹藪で周囲を覆われていたのだろうが、荒れはてた住まいというニュアンスもあり、『伊勢物語』第五十八段の「葎生ひて荒れたる宿」の雰囲気が濃厚に漂っている。

「(雪を) 踏み分けて訪ふ人もなかりける」の部分は、『伊勢物語』第八十三段の「忘れては夢かとぞ思ふ思ひきや雪踏み分けて君を見むとは」を逆転させて引用していると考えられる。青年季吟は、

よほど『伊勢物語』が好きだったようだ。『伊勢物語』の「忘れては」という業平の歌は、ここを読むと必ず堯孝《ぎょうこう》（中世後期の歌学の権威）が泣いたと『伊勢物語闕疑抄』に記され、そのエピソードを季吟も『伊勢物語拾穂抄』に書き写している。

また、「松の雪のみ暖かげなる気色」の部分は、『源氏物語』末摘花巻の「松の雪のみ暖かげに降りつめる、山里の心地してものあはれなるを」という名文を引用している。季吟は、『源氏物語』の世界にも親しんでいたことがわかる。まさに、古典三昧《こてんざんまい》の日々であった。

「昔覚えて」とあるように、季吟は長岡での生活を、自らの読書経験による古典作品の閑居（侘《わ》び住まい）と重ね合わせている。彼が長岡の庵を「拾穂軒」と名づけたのは、『伊勢物語』『源氏物語』などの古典文学（の登場人物）と彼の実人生との一体化が達成されていたからだ、と言えるだろう。

長岡に住む好き者

『師走の月夜』には、「好き者＝数寄者」という言葉も見られる。これはむろん、『伊勢物語』第五十八段に見られたキーワードである。

吉沢昨木茶《さくぼく》をたうびてのち、炭をいみじく置き侍り。長岡にての事成りければ

置く炭はいみじの数寄《すき》のしわざかな

おこし炭頭《かしら》や数寄に赤烏帽子《あかえぼし》

ここには、「いみじの数寄のしわざ」「数寄」というように、二度にわたって「数寄」という言葉が

強調されている。しかも、詞書には「長岡にての事成りければ」とある。まさに、長岡を舞台とする『伊勢物語』第五十八段の、「いみじの好き者のしわざや」を念頭に置いているとしか考えられない。

季吟は、長岡に住む青年期の自分を、あえてこの地に閑居した平安時代の在原業平に喩えているのだ。その第五十八段に「落穂拾ふ」という言葉があったわけだから、「拾穂軒」という号の命名は、『伊勢物語』に由来している、と断言してよかろう。

『伊勢物語』第五十八段は、長岡に隠棲する業平が、隣家の「宮ばら＝皇女たち」に仕える女房たちと楽しい和歌の贈答をする、という内容だった。これは単なる憶測だが、季吟にも、もしかしたら長岡の庵の近くに暮らす身分ある高貴な女性との何かしらの交遊があったのかもしれない。あるいは、高貴な女性本人ではなくて、彼女に仕える女性だった可能性もある。季吟の「長岡」には、秘められた恋の香りが漂っているようにも思われる。

ちなみに、『長岡京市史・資料編二』に収録された「永井直清公御在所城州神足之図」には、「吉沢右京」という人物の屋敷が記されている。「吉沢昨木」とは、この吉沢右京のことだろう。

古典に沈潜する青年

「長岡」と『伊勢物語』と「拾穂軒」の三者の関連について、結論めいたことを記す前に、もう少し『師走の月夜』を読み進めよう。青年季吟は、どのような古典文学に親しんでいたのだろうか。

是も長岡にて
ふる里はただ雪花《ゆきはな》の都かな

長岡京という「ふる里」(＝旧都)は、今では「雪」と「花」のみ「降り」乱れる場所である、という意だろう。古歌にはしばしば「花の都」「月の都」という歌語が見られるが、そこからの連想で、ここ長岡はもはや都ではないが、雪と花はたっぷりある「雪花の都」であると詠んだのだろう。

さらに、季吟の『師走の月』を、長岡という地名に注意しながら読み進めよう。

長岡にすみ侍りし時、浅山氏のかどのほとりにて
たかだかと立つや于公《うこう》の門《かど》の松

これは、『蒙求《もうぎゅう》』にもある「于公高門《うこうこうもん》」の故事を踏まえている。この故事は、後に説明するように、『枕草子』に引用されている。『源氏物語』にも引かれている。季吟は、数百年前の古典の世界と、現実に自分が生活している長岡での生活とを、連続するものとして重ね合わせている。「これがまあ、書物で読んだ『于公高門』の『高門』の実物なのだなあ」という詠嘆なのだろう。古典から得た知識を、単なる観念で終わらせずに、現実生活を豊かにする指針として活用するという姿勢である。これが、季吟の強固な注釈理念となって、後年の『源氏物語湖月抄』へと結実してゆくことになる。なお、

前記「永井直清公御在所城州神足之図」には、「浅山三郎右衛門」の屋敷が記されている。

さて、季吟の『枕草子春曙抄』の該当箇所を、引用しておこう。「于公高門」の故事に触れている。有名な「大進生昌《だいじんなりまさ》が家に」の段の一節で、「門《かど》のかぎり高く」についての解説である。

于公といふ人、その住む里の門破れたれば、里人これをつくる時に、于公がいはく、「門を高く大にたてよ。われ、民を治むるに陰徳あれば、我が子孫に必ず諸侯ありて、四馬高蓋《かうがい》の車を入れん」といへり。その言葉違《たが》はで、その子・于定国《うていこく》以下、世に栄えし事、『前漢書』に有りて、『蒙求』にも出《い》でたる也。『源氏』乙女《をとめ》（＝少女）の巻に、「この門ひろげさせ給へ」といへるも、この古事也。

この『春曙抄』の注では、「里の門」「里人」というように、「里」という言葉が印象的である。そして季吟が青春時代を過ごした長岡もまた、「古京＝古里」だった。季吟は、『枕草子』や『源氏物語』の世界を深く学んでいる。それを過去の時代に書かれた物語として終わらせずに、今もなお追体験可能な現実として追い求めているのだ。青年・季吟の文学観が如実に表れているくだりである。

さらに、『師走の月夜』は、長岡の虫の声を書き記している。

長岡にて

声聞くや鈴虫の屋《や》の簀子縁《すのこえん》

心ぼそく聞くやいとどのよるの声
うつくしきひめ松むしの声音《こわね》かな
琥珀《こはく》かや松虫籠《かご》の露の玉

簀子縁で鈴虫の声を聞き、松虫の声音に高貴で美しい姫君の声を連想し、松虫を飼っている籠に置いた露を琥珀かと思う。この「うつくしきひめ」は、もしかしたら隣家の住人であったかもしれない。二句目は、「いとど(虫の名前)」という言葉に含まれる「糸」が、「細く」と「縒《よ》る」の縁語で、その「縒る」が「夜」の懸詞。大変に芸が細かい。しかも、「いとどし」(いよいよ甚だしい)という形容詞までが懸詞になっている。

長岡と『方丈記』の重ね合わせ話が拡散するかもしれないが、季吟は長岡での暮らしに、『伊勢物語』だけでなく、『方丈記』の世界をも重ね合わせていたことがわかる。つまり、青年期の季吟は、鴨長明《かものちょうめい》をも、自らの分身(=見ぬ世の友)と見なしていたのだ。

それを示すのが、『師走の月夜』の「穂組《ほぐみ》」という、古典文学ではあまり目にしない珍しい言葉である。

里の子ども、穂組などして、長岡の庵へもて来たりつつ、「やいとの法師、是《これ》に申せ」と言ひ侍りければ

稲の穂の諸穂《もろほ》に言はんざれ句哉

この句を理解するためには、『方丈記』の次の一節を念頭に浮かべなければならない。つまり、「穂組」という言葉は、『方丈記』にちなむ「方丈記詞」とでも言うべき古語なのだ。「穂組」という言葉があるのは、都の喧騒を逃れて洛南の日野山に隠遁した長明と、地元の少年の交流を語る楽しいくだりである。

長明方丈石（京都市伏見区日野）

また、麓に一の柴の庵あり。則ち、この山守《やまもり》が居るところなり。かしこに小童《せうどう》あり。時々来《きた》りあひとぶらふ。もしつれづれなる時は、これを友として遊び歩《あり》く。彼は十六歳、吾は六十、その齢《よはひ》ことのほかなれど、心を慰むること、これ同じ。或《ある》いは茅花《つばな》を抜き、岩梨を採る。また零余子《ぬかご》をもり、芹《せり》を摘む。或いは裾廻《すそわ》の田居《たゐ》に到りて、落穂を拾ひて、穂組を作る。……

なお、『方丈記』の引用は、現在の古文の教科書に載っている「大福光寺本《だいふくこうじぼん》」ではなく、江戸時代に一般的だった流布本系統の嵯峨本を用いた。ただし、表記はわかりやすく改めてある。大福光寺本では、少年の年齢が「十歳」となっているのが、最大の相違である。

八十二年間にわたる長い人生で、膨大な注釈書を量産した季吟ではあるが、残念なことに『方丈記』の注釈は残していない。それで、彼自身がこの場面の「落穂を拾ひて、穂組を作る」をどのように読解したか、知る由《よし》はない。だが、季吟が長岡の住居を「拾穂の庵」と名づけた直接の契機である『伊勢物語』第五十八段と、『方丈記』の「落穂を拾ひて、穂組を作る」という箇所とが偶然にも響き合う事実に、季吟が無自覚だったはずがなかろう。

「拾穂（軒）」という号は、『伊勢物語』と『方丈記』という二つの古典文学を典拠とするものであり、季吟にとって自信のあるネーミングだったのではないだろうか。

『師走の月夜』には、鴨長明『方丈記』に見られた長明と里の小童との交流を思わせるやりとりが描かれていた。現実生活での子どもとのやりとりの中に、古典文学である『方丈記』の記述の再現を感知する季吟の感受性が、何よりも大切なのだ。

まだ二十代の季吟は、明らかに自らを日野山の隠遁僧である五十代半ばの長明に擬している。まことに自由な感受性である。このような想像力と、強固な現実感覚とが相俟《ま》って、季吟の人間性を形成してゆく。

『師走の月夜』の童の季吟に対する呼びかけの言葉として「やいと（灸）の法師」とあるので、季吟が現役の医師であったこともわかる。ちなみに、季吟が故郷・北村の西遊寺《さいゆうじ》の住職・了意《りょうい》に宛てて送った「灸点図《きゅうてんず》」が残っており（『北村季吟』野洲町立歴史民俗資料館発行）、具体的に灸の据え方の指示をしていることが、思い合わされる。

季吟の句の「稲の穂の諸穂」の部分は、神楽歌《かぐらうた》「木綿志天《ゆうしで》」の、「稲の穂の　諸穂《もろほ》に垂《し》でよ　これちほもなし」を踏まえている。季吟の古典に対する素養は、古代歌謡にも及んでいる。おそらく、医師としてよりも「文学者」として生きることに、季吟は未来への夢を掻き立てていたことだろう。蘆庵と名告《なの》る医師が、拾穂軒という古典学者への脱皮を夢見ていたわけである。

在原業平がやむを得ず長岡で農作業をしながら、都での「好き事」を夢見ていたように、季吟は医術に携わりながら、「文学への夢」を膨らませていたのだった。その夢と現実を鮮やかに照らし出すのが、「拾穂」という言葉なのだった。

貞徳の講義と「拾穂」

長岡に住んでいた頃、既に季吟は松永貞徳に入門している。その貞徳から、季吟はさまざまな古典の講読を学んだ。『伊勢物語』第五十八段や『方丈記』の「落穂を拾ふ」を、貞徳はどのように講釈したのだろうか。そして、その講釈を聞いた季吟は、自分の長岡での実感と比べて、どのような感慨を抱いたのだろうか。

まず、『方丈記』から見ておこう。明暦四年（一六五八）刊の大和田気求《おおわだききゅう》の『方丈記泗説《しせつ》』（『方丈記泗説《しせつ》』）に、次のような仏教に附会した注がある。

△落ち穂をひろひて、ほぐみをつくる

○『伊勢物語』に、「うちわびて落穂拾ふと聞かませば我も田づらにゆかましものを」。田井に出《い》づるを、穂組を作るといふなり。底意《そこごころ》は、『天台三大部《てんだいさんだいぶ》』に、「逢レ秋テ而ニ涅槃之拾フ二落穂ヲ一」と云ふに基づけり。心は、五知の上瀾《ママ》と云ひて、非法無仏と見て後世《ごせ》を語すき《ママ》、五知法花経を不聞《きかざる》人あり。これは、仏果《ぶつくわ》の落穂をこぼしてゆくなり。その跡《あと》より拾ひて成仏の種を求むるを、穂組を作るとは云ふなり。

何と、「落穂を拾ふ」という言葉は、仏典にもあったというのだ。経済的に苦しい生活をするとか、本来の願いが叶えられないとかの意味ではなくて、不信心な人でも辛うじて成仏できる可能性がある、という意味になるという。

気求には『徒然草古今大意《ここんたいい》』『徒然草古今抄《ここんしょう》』の著もあるが、その注釈態度は『寿命院抄《じゅみょういんしょう》』と『野槌《のづち》』からの引用が多く、気求本人の説を述べた「愚明《ぐめい》」は末梢的な注だと言われる。仏教に還元する解釈姿勢は、現代の学問水準からはさほど高い評価が与えられていない。

けれども、『方丈記泗説』の注において、気求が『伊勢物語』の第五十八段を引いてきたのは極めて注目される。しかも、後世の『方丈記』研究に際しては、ほとんど顧みられない「天台三大部」による「落穂」と「穂組」の解釈が、ここでは試みられているからである。

大和田気求は松永貞徳の門人であったので、この「天台三大部」云々の指摘が貞徳の所説だった可能性が高い。ただしここで、見落としてはならない事実がある。やはり貞徳の門人で優れた注釈家だった加藤磐斎《ばんさい》の『方丈記抄』には、この「天台三大部」に関するコメントが見当たらないのだ。『方丈記泗説』の大変に珍しい注釈は、貞徳の『方丈記』講釈を引き写したのではなかろう。よく読むと、『伊勢物語』第五十八段の挿入歌の説明として、「天台三大部」が持ち出されていることがわかる。すなわち、気求は、貞徳の『伊勢物語』講釈の際の知識を、『方丈記』の本文解釈に転用したのである。そう考えると、加藤磐斎の『方丈記抄』に「天台三大部」が引用されていない事実が説明できる。

それを証明するかのように、加藤磐斎は、『伊勢物語』の注釈書である『伊勢物語新抄』で、「天台」についてしっかり書き記している。そして、それが貞徳の「師説」である事実も証言している。ただし磐斎は、仏典で「落穂を拾ふ」の意味を解釈しようとする師説を引用したうえで、それを明確に否定する。

同じ貞徳の弟子でも、季吟ならば、磐斎のような失礼な「物の言い方」はしない。もっと穏和な物言いになる。個性を重視する磐斎の近代性と共に、師説と露骨な対立を避ける季吟の性格が浮き彫りになる。まず、磐斎の説から掲げよう。表記は原文通りとする。

穂を拾ふとは、わび人のすること也。田などを作らぬ人が、刈りたるあとに残りてあるを、拾ひ集めておく也。それを、歌に「打ちわびて」と詠《よ》めり。『天台釈』に曰く、「漏《モレ》二法華之秋一拾《ニ》二涅槃之落穂一」といふを引きたるごとし。師説なり。それよりは、『詩』の大田篇に曰く、「彼有二遺《ノコレル》秉《イチタバネ》一此有二滞穂《トヾマルホ》一伊《コレ》寡婦《クワフ》之利也」。この詩、よくかなへり。田刈らんと言ひ、落穂拾ふと言へる、賤しき人のわざを、わざとまなびて、なぐさみにせんといふ噂なるべし。

ここでは、「天台三大部」ではなくて、「天台釈」とある。表現は違っているけれども、松永貞徳の同一の解釈を二人の弟子（気求と磐斎）が別々の注釈書に引用しているのだ。ここではっきりと「師説」とされているから、貞徳の教えであることは揺るがない。

加藤磐斎は、この師説に納得しなかった。そして、『詩』すなわち『詩経《しきょう》』（毛詩《もうし》）の方が、『伊勢物語』第五十八段の本文には引用されているのだ、と主張する。確かに、貞徳説は特異であって、以後の『伊勢物語』注釈史の中では消えてゆく運命にあった。

季吟の貞徳に対する姿勢

やっと、北村季吟の『伊勢物語拾穂抄』に触れることができる。その第五十八段の注釈において、季吟は次のように記している。

師、「聞かませば」は、聞こえましかば也。言ふならば、との心也。落穂拾ひに出でんとならば、我も同道せんと也。女の来《く》れば、あはず。帰れば、また共に行かんといふ。これ、心づきて色好みなるところ也。さて、「落穂拾ふ」といふ言葉は、『列子』に「拾《フ》ㇾ穂《ヲ》者行〻歌《フ》」とあり。又、『天台』に云はく、「漏《モレテ》二法華之秋《ニ》一、拾《フ》二涅槃《ネハン》之《ノ》穂《オチボヲ》一」ともあり。

このうちの『列子』からの引用とする貞徳の指摘は、季吟以後にも契沖《けいちゅう》の『勢語臆断《せいごおくだん》』などに踏襲された。ただし、貞徳の「天台」の経文の指摘は、『伊勢物語』研究において顧みられることはほとんどなかった。わずかに加藤磐斎が言及しているくらいだが、それすらも「否定するための引用」に過ぎなかった。

季吟は、この仏典を用いる「拾穂」の解釈に対して、どういう姿勢で臨んだのだろうか。季吟の文脈を読めば、おのずと最初に記した『列子』からの引用とする師説に賛成し、『天台』によるという師説には心から同意していないことが明瞭である。

『源氏物語湖月抄』もそうだが、磐斎のように自己の見解を声高に述べるのではなく、例えば「引用の順番」などで、読者にそれとなく（しかし、はっきりと）悟らせるのが、季吟の注釈のスタイルだった。すなわち、「春秋《しゅんじゅう》の筆法《ひっぽう》」である。

大和田気求や加藤磐斎と比べて、季吟の「天台」云々は簡単な記述である。そっけないと言っても過言ではない。当然のことながら、講釈した松永貞徳本人は、おそらく仏典の正式名称と、その中に「拾穂」という言葉が登場する具体的な箇所とを知っていたことだろう。詳細な記述を書き記した気求も、わかっていた可能性が高い。おそらく、貞徳に導かれて、自分でも仏典に直接に当たって確認したものと思われる。

しかし、季吟の場合は、実際に天台三大部に当たって典拠を突き止め、正確な本文を書き記そうという情熱はほとんど持っていないように思われる。彼は、師説に満足できなかったのだ。

にもかかわらず、不満足な「師説」をあえて『伊勢物語拾穂抄』に書き記した点に、季吟の「長岡」と「拾穂」に寄せる深い思いの反映が読み取れるのではあるまいか。季吟にとって、長岡には青年期の特別な思い出があり、医業のかたわらで、『伊勢物語』や『源氏物語』などの古典研究に励む日々であった。いつか、天下一の古典注釈者へと飛翔する夢を育む核心に、「拾穂」という言葉があった。

そして、自らを長岡に滞在した在原業平になぞらえ、日野山に隠遁した鴨長明にも見立てる。古典の世界を逍遥し、「数寄《すき》」という行為に思いを馳《は》せる日々であったと想像される。

その「拾穂」に関して、尊敬する松永貞徳が、まったく予想外の解釈を行った。「そういう解釈もあるのだ」という衝撃を、季吟は禁じ得なかったであろう。ただし、それには納得できなかった。納得できなかったとしても、「拾穂」という自分にとってかけがえのない大切な言葉の「別解」として、季吟は公平に書き記した。この「両説併記」という手法もまた、『源氏物語湖月抄』の特徴の一つとなって結実してゆく。

経典にある「拾穂」

季吟は、『伊勢物語拾穂抄』で「また『天台』に云はく、『漏法華之秋、拾涅槃之穂』ともあり」と書き記しながら、その出典を詮索する意欲を持たなかった。『方丈記泗説』の「天台三大部」でも、加藤磐斎の「天台釈」でもなく、単に「天台」とあるのみである。

季吟には詮索の意欲がなかったようだが、わたしはできれば典拠を突き止めたいと思った。「天台三大部」とは、普通には『摩訶止観《まかしかん》』『法華経玄義《げんぎ》』『法華経文句《もんく》』の三つの経典を指す。本書を書き下ろすに当たって、わたしは二回ずつ『摩訶止観』『法華経玄義』『法華経文句』を熟読したが、とうとう「拾穂」に関わる貞徳の講釈の出典を特定することができなかった。残念である。

季吟にとって、自分の「拾穂軒」という号の由来ともなった青春の思い出の土地・長岡に関する貞徳説は、違和感があったと想像できる。後年、「拾穂（軒）」という号を織り込んで、季吟は『伊勢物語拾穂抄』と命名した。その思いの中身を、わたしは本書で掘り出した。そして、心からは納得できない説もあえて書き記した点に、季吟の注釈のスタイルの原型を見た。

ここから、季吟の文学者としての人生が始まった。そして、「拾穂抄」と銘打った数多くの注釈書を、立て続けに編纂したのである。

そのほかの問題点

なお、『伊勢物語拾穂抄』の成立に関しては、大変に複雑で入り組んだ事情がある。青木賜鶴子《しづこ》氏の「『伊勢物語拾穂抄』の成立」（『女子大国文』昭和六十二年三月）に詳しい。この本が刊行されたのは、延宝八年（一六八〇）、季吟五十七歳の時点であるが、それよりずっと早く寛文三年（一六六三）には、成稿していたと見られる。また、刊行されるまでに、後水尾院《ごみずのおいん》の御覧にも供している。院は、貞徳や季吟の説を知りたかったのであろう。

また、『師走の月夜』から清少納言の『枕草子』の影響の痕跡を発掘した倉島利仁氏の「『師走の月夜』試論」（『立教大学日本文学』平成十三年七月）もある。季吟が大著述家に飛翔するまでの準備期間に蓄積した古典的教養の総体については、『枕草子』『源氏物語』『古今和歌集』『和漢朗詠集』『平家物語』など、多くの作品からの引用に即して幅広い探索が行われるべきだろう。

第二章　芭蕉の道を拓く

1　『山之井』をめぐって

貞室、そして貞徳に入門す

第一章では、古典注釈家としての季吟の初志あるいは素志を見届けた。本章では、「俳諧師」すなわち実作者としての季吟の本質とその影響力を考えよう。

季吟は、寛永十六年（一六三九）、十六歳の時に、安原貞室《やすはらていしつ》に入門した。これが、八十二歳までの彼の長い文学人生の門出だった。貞室門の犬井貞恕《いぬいていじょ》の『蝿打《はえうち》』（寛文四年刊）の序は、最初の師である貞室と仲違いした季吟を激しく攻撃している。この時期の俳書には、敵陣への痛烈な罵倒や、身内同士の仲間割れなど、攻撃性が顕著である。ここでは、季吟が批判されているわけだ。その『蝿打』に、次のようにある。

松永貞徳（京都市・妙満寺蔵）

> 季吟といへるは、童名北村久助、静厚と云ひし者なり。二八計《にはちばかり》の比《ころ》より貞室が弟子として、数十年室《しつ》門《もん》をたたき、幾許《ここら》の大事を習ひ、数通の誓帋《せいし》を仕《つかまつ》られ、他の師を取らじと云ひし者なり。

ちなみに、原文では「北村」が「中村」と誤記されている。しかし、この文章から、季吟が貞室に入門した年齢がわかる。掛け算の九九で、「二八＝十六」という計算になるからだ。「誓帋」（誓紙）というのは、「教えていただいた秘説はみだりに他人に洩《も》らしません。あなた以外に他の先生に就《つ》きません。以上のことにもし違背しましたならば、和歌三神の罰を受けてもかまいません」というような誓約を記した書類である。

貞室は、松永貞徳の高弟の一人だった。その貞室の勧めによって、正保二年（一六四五）十二月二十六日には、貞徳の門に入ったのである。季吟は貞徳の孫弟子ではなく、貞徳の「直門《じきもん》」となったことになる。これが、『書留古俳諧帖《かきとめこはいかいちょう》』の記述から二十二歳のことと推定される（『北村家系図』などの記述による十九歳入門説もある。それだと入門した年は三年さかのぼる）。師の貞徳は、七十五歳であった。

松永貞徳には、非常に数多くの門人がいたが、中でも「貞門の七俳仙」と総称される高弟たちが有名である。貞室と季吟以外の五人の俳人の名と代表句を挙げておこう。

野々口立圃《ののぐちりゅうほ》　ありやなしや嘘も真《まこと》も花の種

あらはれて見えよ芭蕉の雪女

松江重頼《まつえしげより》　月雪や歌人の命佐夜《さよ》の山《やま》

料理して今日も暮らしつ桜鯛

鶏冠井《かえでい》令徳《りょうとく》（良徳）　稲妻の面影見てやよばひ星

釈迦の鑓錆《やりさ》びてか今日の御身拭《おみぬぐ》ひ

山本西武《やまもとさいむ》　嚔《くさめ》して人静かなり秋の暮

佐保姫《さほひめ》の書く恋草《こひぐさ》や土の筆

高瀬梅盛《たかせばいせい》　くちばしを雲にかけぬる雲雀《ひばり》かな

花に憂《う》き風や柳に物忘れ

わたしはこの中では、野々口立圃に最も惹《ひ》かれる。彼は、『源氏物語』にも造詣が深く、画筆も執り、大きな業績を残しているからである。だが、今は深入りは避けねばならない。

季吟は、貞徳に入門して数年後の正保五年（＝慶安元）には、わずか二十五歳にして、最初の著書である『山之井《やまのい》』を出版している。前年までには、その稿本が成立していたと見られ、貞徳指導のもとで、季吟の俳諧と研究とが大いに進展したことを物語っている。なお、この書は『山井』と表記することもあるが、本書では『山之井』を用いる。

季吟が最初に学んだ安原貞室は、いささか嫉妬深い性格だったようで、同門の人たちと論争や衝突を頻繁に起こしている。季吟自身とも、やがて不和となった。貞室は『五条の百句』で、その当たりの事情を、秘説を教えてもらえなかった季吟が自分（貞室）を恨んで離れていったと述べている。けれども、寛文十三年（一六七三）二月七日に没した貞室への追悼の独吟百韻（「貞室翁一七日追悼」）を、季吟は残している。貞室六十四歳、季吟五十歳だった。

万事《ばんじ》は皆彼岸桜《ひがんざくら》よ一盛《ひとさか》り

季吟は、『徒然草』第三十八段の、「万事は皆、非《ひ》なり。言ふに足らず、願ふに足らず」を引用している。古典の名文を踏まえて、現在の心境を述べようとするのだ。

彼岸桜がどんなに美しくても短い盛りで散ってしまうように、人間の命もはかないもので、どんなに長生きを願っても叶《かな》わない。そういう運命に従って、貞室の命も散ってしまったことだ。「万事は皆」が、「ヒ」を導く序詞《じょことば》の機能を発揮しており、「非」と「彼岸桜」が懸詞である。眼前の彼岸桜に、生命のはかなさと、人間の限りない欲望の空しさとを象徴させている。

貞室と季吟の二人は、師弟の契りで結ばれながら、俳壇の第一人者の地位をめぐって互いの欲望が衝突して犬猿の仲になった。信頼も憎悪も、「すべてははかないことだった＝万事は皆非なり」、という感慨をこの追悼句に込めたのだろう。

『山之井』と貞室

さて、季吟の『山之井』という書名は、まだ親密だった頃の師・貞室が付けたものである。有名な、

あさか山影さへ見ゆる山の井の浅くは人を思ふものかは

という和歌に因《ちな》んでいる。この歌は、『万葉集』・『古今和歌集』仮名序・『大和物語』などにも見え、『源氏物語』若紫巻でも引用されている。「あさか山」にある井戸は浅いが、わたしの愛情は浅くはなく深いのだ、という意味である。

安原貞室　『俳諧百一集』
（西尾市岩瀬文庫蔵）より

貞室は、季吟の最初の著作に対して、古典に関する「深い」理解と含蓄があるという意味で『山之井』と命名したのだろう。季吟は逆に、自分の著書の内容は山の井がある浅香山の名前通りに、まだまだ浅くて未熟だ、と謙虚に謙遜するのを忘れない。

また昨日《きのふ》にや、ことのついでに、ある人の披見《ひけん》に入れしに、「ただに名のなきは、

いと物のさうざうしき心地なんするを、おのれが浅き心に任せにたれば、山の井とつけよ」と言へり。なほ言募《ことつの》りもてきつれど、人の言葉も黙《もだ》しがたくて、「我に事足《ことた》りぬ」と、言ひてやみぬ。

この「ある人」が、貞室である。季吟は、あえて「貞室から浅い内容だから『山之井』と名づけよと言われた」と書いている。『山之井』の文学性については後に述べることにして、『山之井』に収録されている貞室の作品を紹介しておこう。この書の中では、「正章《まさあきら》」という本名で載っている。

八月十余日《とをかあまり》、ただ独り名所の月にあくがれ歩《あり》きて、十五日には津の国須磨の浦に至りぬ。日の程はここかしこ見歩きて、暮れつ方より磯辺に出《い》でて、一夜明《ひとよあ》かし侍りつるに、かのなにがしの筆の跡《あと》も思ひ出でて、そぞろに泪《なみだ》ぐまれ侍る。さても、今宵の清明、所から月も心してや澄み給ふらんと、

十五夜《じふごや》と思し出《おぼ》で《い》たか須磨の月　　正章

中納言行平《ゆきひら》の住み給ひし所は福祥寺の山のひんがしに続ける尾《を》なり。月見の松と名づけて、今も一叢《ひとむら》侍り。

松にすむや月も三五夜《さんごや》中納言　　同

ここには、『源氏物語』須磨巻で、光源氏が須磨に蟄居《ちっきょ》していて、折からの仲秋の名月を見て、今

日が八月十五夜だったと思い出し、「三五夜中新月《さんごやちゅうしんげつ》の色、二千里《じせんり》の外《ほか》故人の心」という白居易《はくきょい》（白楽天）の漢詩を口ずさむ場面が、連想されている。「心してや澄み給ふらん」という詞書《ことばがき》（端書《はしがき》）は、「住み」と「澄み」の懸詞である。

貞室は、さらに光源氏の須磨蟄居のモデルの一つでもある在原行平中納言の須磨蟄居のエピソードにも連想を広げる。これは、謡曲『松風』で著名な伝説でもある。「松にすむや」も、「住む」と「澄む」の懸詞。そして、「三五夜中新月の色」の「三五夜中」までを引用し、読者の脳裏に続きの「新月の色」という漢詩を強く思い浮かべさせておいて、一転して、「中納言行平」と、読者の連想をはぐらかし、意外性を感じさせる。なかなかの手腕である。この「松にすむや」の句は、貞室の代表作の一つとして、高く評価されている。

松風村雨堂　在原行平旧跡地（神戸市須磨区）

ただし、初句は、貞室が自ら編纂《へんさん》した『玉海集《ぎょくかいしゅう》』などでは、「松にすめ」「松にすめる」となっている。さらに、松尾芭蕉は、『鹿島詣《かしまもうで》』（『鹿島紀行』）の冒頭で、

洛《らく》の貞室、須磨の浦の月見に行きて、「松かげや月は三五夜中納言」と言ひけん狂夫《きやうふ》（＝風雅の士）の昔も懐かし

きままに、この秋、鹿島の山の月見んと思ひ立つことあり。

と書き記す。初句は、「松かげや」と字余りのない表現になっている。芭蕉の覚え間違いなのか。

官職名を句の中に詠み込む手法

貞室が「月も三五夜中納言」と詠んだような、昔風の官職名を懸詞に仕立てるという手法を、季吟も意識して学んだようだ。彼は、「菖蒲」という題で、

さみだれや菖蒲《あやめ》のかをる雨中将《うちゆうじやう》

と詠んでいる。『新古今和歌集』の藤原良経《りようけい》の、

うちしめり菖蒲ぞかをるほととぎす鳴くや五月《さつき》の雨の夕暮れ

という名歌を踏まえ、「雨中」の湿気で菖蒲の香りが高まっていることと、「右中将」という官職名を懸詞に仕立て上げている。なお、本書では現在正しいとされている歴史的仮名遣いを用いて「かをる雨中将」と引用したが、出版時点では定家仮名遣いを用いて、「かほる雨中将」と表記としてある。いわゆる「歴史的仮名遣い」は、季吟の同時代人だった契沖あたりから整理され始めた。本書では、季吟の原表記を、「歴史的仮名遣い」にすべて改めて引用してある。諒とされたい。

この「さみだれや」の句では、『源氏物語』宇治十帖の主人公・「薫」のことが意識されているのだろう。彼は、生まれながらにして身体から芳香を発したという。また、露や雨に濡れて、薫の身体から発散される芳香が一段と高まった、という記述もあちこちに見受けられる。それに加えて、竹河《たけかわ》巻では、薫は「右近中将＝右中将」に栄進した、という記述がある。

やはり、『山之井』に含まれる句。

撫子《なでしこ》を見るや螢《ほたる》の兵部卿《ひやうぶきやう》

この句も、昆虫の「螢」と、『源氏物語』の登場人物「螢兵部卿」とを懸けている。撫子の上を螢が飛んでいるという叙景と、かつて「撫子」と呼ばれた少女が今は玉鬘《たまかずら》という成熟した女性になって螢兵部卿の宮に恋慕されている、という物語の一場面とを重ね合わせているのだ。

あるいは、作者の意識としては逆かもしれない。光源氏の放った螢の夜光に照らされた、玉鬘の白い肌が螢兵部卿に覗《のぞ》き見られた、という螢巻の名場面が先にあった。そして、兵部卿が螢そのものに化身して、撫子のイメージを濃厚に持つ玉鬘の周辺を、何とか夜這《よば》いたいものだと思って徘徊《はいかい》している、と一句に仕立て上げたのだろう。

「螢」と「撫子」の取り合わせは、よくある図柄なのだろうが、それを支えているのは豊麗で妖艶な恋愛の情感だったのである。

季吟の結婚相手

さて、時間は、いささか『山之井』刊行と前後する。季吟は、貞室の門に入ってから五、六年後、貞徳の門に入る前年くらい、すなわち寛永二十一年＝正保元年（一六四四）頃に結婚している。数えの二十一歳くらいの計算である。

「北村家系図」には、妻が寿命院立安《じゅみょういんりつあん》こと秦宗巴《はたのそうは》の娘であるとしている。もしそうであれば、大変に興味深いことではある。秦宗巴は、医師としての名声もさることながら、『徒然草』の最初の本格的注釈書である『徒然草寿命院抄』の著者として名高い。この『徒然草寿命院抄』は、松永貞徳が行った『徒然草』の公開講座を基にするという『なぐさみ草』と並んで、近世初頭の『徒然草』研究の双璧である。この『徒然草寿命院抄』の刊行は慶長九年（一六〇四）だから、今からちょうど四百年前である。

季吟も、寛文七年（一六六七）に、『徒然草文段抄』という大変に重要な注釈書を世に問うた。『徒然草』という古典作品を通して、秦宗巴と季吟には、一筋の系脈がある。けれども、『徒然草寿命院抄』の著者と、『徒然草文段抄』の著者とが、舅《しゅうと》と婿の関係にあったというのは、いかにも話がうますぎる。よく出来すぎているので、かえって信憑性が薄い。

秦宗巴は、慶長十二年（一六〇七）に五十八歳で没しており、季吟が生まれた寛永元年（一六二四）には、既にこの世の人ではなかった。その娘というのが、たとえ宗巴の最晩年の子だったとしても、季吟よりも十七、八歳も年長だったことになり、ちょっと年齢が合わないのではないか。もっとも、秦宗巴の一族の女性と結婚した、という可能性は残っている。

さて、妻の名前は、まん。江戸に出た季吟が、京に残った妻に早く江戸に来るように促した手紙の宛名《あてな》に、「おまんどの」とある。季吟との間に、三男六女を儲《もう》けた。うち、一男三女は、夭逝《ようせい》。長男・湖春、二男・正立。長女・たま、次女・ろく、三女・すま。二男の正立には子がなかったので、たまの生んだ男児季任《すえとう》がその養子となった。『山之井』は、季吟が結婚して長男・湖春が誕生するまでの間に出版された。まさにこの頃の季吟は、一家をなそうとしていたのだ。

『山之井』と『徒然草』

『山之井』は、書誌的に多くの問題を含んでいるが、今は必要最小限のことだけを述べておく。この書は、全五巻から構成されている。最初の四巻は、春夏秋冬の四季それぞれに当てられ、「元日」「若菜」「子日《ねのひ》」などの季題ごとに、季吟の解説が記されている。なおかつ、その季題で詠まれた例句が、豊富に挙げられている。この部分は、季吟撰の秀句集である。最後の巻五は、正保四年（一六四七）の、季吟本人の句日記（「年中日々之発句《ねんじゅうにちにちのほっく》」）である。

巻五の句日記の部分には、本書の「はじめに」で紹介した「一僕とぼくぼく歩く花見かな」という、彼の代表句が含まれる（三月の項）。その長い詞書の最後には、

春のゆくへを知らぬやうならんもさすがにて、ただ独《ひと》り、思ひ立ちぬ。

とある。この句は、『徒然草』第一三七段（下巻冒頭）の有名な一節を踏まえていたのだ。兼好は、「花は盛りにのみ見るものだろうか」という逆説を吐き、「簾《すだれ》を垂れ込めて春の行方《ゆくえ》を知らぬままに

春を送るのも、また風流ではないか」と述べる。季吟は、「兼好さんがそうは言っても、自分は花の盛りを見ないわけにはいかない」と言って、「ぼくぼく」と歩き出してゆくのである。

そして、この句のすぐ後には、

兼好《けんかう》と鳴くや吉田の雉《きじ》の声

ともある。季吟は、この二十五歳の時点で、『徒然草』を愛読していたようだ。吉田社ゆかりの兼好の名前と、「ケンケン」という雉の鳴き声を重ね合わせている。兼好法師は、俗名・卜部《うらべ》兼好《かねよし》。先祖が京の吉田社の社家であった。

『山之井』と『源氏物語』

また、この頃に早くも季吟の『源氏物語』の読みが深まっていることを推察させるのが、次の句である。

楊貴妃《やうきひ》の花見は夢かまぼろしか

この「まぼろし」は、「幻」(幻想=ヴィジョン)という意味と、「幻術師」という意味の「まぼろし」とが懸詞になっている。そして、いくつかの古典文学が引用されている。まず、白居易の『長恨歌《ちょうごんか》』で、亡《な》き楊貴妃を慕う玄宗皇帝《げんそうこうてい》が、「道士=方士」を冥界に派遣して彼女と交信した、という箇所。

さらには、「絵に描《か》ける楊貴妃」よりも美しかった桐壺更衣《きりつぼのこうい》を病で失った桐壺帝が、悲嘆のあまりに、

尋ねゆくまぼろしもがな伝《つて》にても魂《たま》のありかをそこと知るべく

と詠む場面。ここに、「まぼろし」という言葉が出てくる。

季吟は、「楊貴妃桜」という種類の豊麗な桜を詠み込みつつ、そこに『長恨歌』や『源氏物語』桐壺巻の悲恋の世界を重ね合わせている。

この句の詞書には、「桜狩《さくらがり》せしと夢に見侍りて」とある。だから、「夢かまぼろしか」という句の表面的意味は、「夢幻」ということになる。ただし、「まぼろし＝幻術師」という隠された意味を裏に潜ませることで、「自分が夢の中で妖艶な楊貴妃桜を見たのは、まるで『長恨歌』の道士が冥界まで飛んでいって楊貴妃に会ったのと同じような行為かもしれない」という、もう一つの意味が余情として発生している。ここが、古典を踏まえる俳諧の醍醐味である。

さらに、三月の句日記も『源氏物語』と関連する。ある女性が柳の枝を心なく折り取るのを目撃した季吟は、彼女に、

戚《せき》夫《ふ》人《じん》来てや折るらん川柳

と詠み送り、その行為を批判している。

「戚夫人」は、『源氏物語』賢木《さかき》巻に登場する人名である。藤壺《ふじつぼ》が、もしも自分と光源氏との秘密の関係があの恐ろしい弘徽殿《こきでん》の女御《にょうご》に知られてしまったら、どんな破滅が待ち受けているだろうか、中国古代の伝説にある「戚夫人」が遭《あ》ったという悲惨な運命だけは免れたい、と心配する場面である。この時、藤壺の後ろ盾の桐壺院は既に逝去している。

漢の高祖には呂后《りょこう》という嫉妬深い（かつ好色な）夫人がいて、高祖の死後にその寵愛した戚夫人を虐殺した。何と、戚夫人の手や足を切り取ったと言われる。出典は『史記』だが、『源氏物語』経由でほとんどの日本人はこのエピソードを学習する。呂后のイメージを持たされた弘徽殿の女御は、『源氏物語』の愛読者からは「悪后《あくこう》」（わるぎさき）という呼び名（源氏名《げんじな》）を頂戴している。

季吟は、この『源氏物語』賢木巻の学習成果を、早速、句作に活用したのだろう。木が幹から分かれる部分は「えだ（枝）」と言うが、手足が胴体から分かれる部分もまた「えだ（肢）」と言う。「美女にも喩えられる柳の木のエダを、心なくも折り取っている、そこの女性。よく聞きなさい。あなたの行っている残虐行為は、まるで戚夫人のエダ（手足）をもぎ取ったという、呂后と同じことですよ」。

ここで、わたしたちは気づく。季吟は、もしかしたら、被害者の戚夫人を、加害者の呂后と混同しているのかもしれない、と。そうでないと、「枝を折られる柳」と「手足を奪われた戚夫人」とが、対応できない。季吟は、まだこの段階では、『源氏物語』の中級者だったということだろうか。

四季の部の季題

『山之井』の巻一から巻四までは、季題ごとの解説と、秀句選である。例えば、夏の「夕顔」は、次のようなスタイルで書かれている。

夕顔　ひやうたん
五位以上の家には這《は》ひ寄らせぬと言ひ慣《なら》はして、ただ葛屋《くずや》の軒《のき》の端《はな》に栄え、五条わたりのあばら屋などに、笑《ゑ》みの眉《まゆ》開きかかれるやうに罵立《ののしだ》つ。また月影、露など結びて、夕顔を見る鏡とも、額《ひたひ》の汗とも見なす。

夕顔やよろこぶ露の玉かづら
たそがれに咲く夕顔やのぞき鼻
あさふりと見し夕顔はそらめ哉　　詠人知らず

これを、文学辞典などでは「枕草子の文体」と説明することが多いが、かなり印象が違う。『枕草子』では、清少納言の美意識がストレートに打ち出されている。教養の深かった彼女は、さまざまな漢詩や和歌を巧みに消化して、自らの文章を書き進める。文章の表面には、あくまで清少納言の個性が打ち出される。

一方、季吟の『山之井』の文章は、全文がまるごと複数の典拠の「引用」ないし「古語やエピソードの綴《つづ》れ織《お》り」というべきであって、季吟本人の美意識が読者に向かって強く主張されることは少な

夕顔の宿「源語伝説五条辺夕顔之墳」
（京都市下京区堺町通高辻下ル）

い。『源氏物語』夕顔巻や、夕顔・瓢箪《ひょうたん》を詠んだ発句の先例などを織り込み、まさにパッチワークの趣すらある。

季吟の個性は、『源氏物語』夕顔巻を享受したたくさんの発句の用例の中から、どの句を取捨選択するか、という「選択眼」に求められる。また、そこにしか求められない。これが、やがて先行する膨大な注釈書の諸説を取捨選択して『源氏物語湖月抄』を樹立する季吟の学風の基礎となってゆく。『枕草子』のように、露骨なまでに個性的見解を叫ぶのではなく、個性を押し隠し、自分は隠れ蓑の下に潜んで他者の「先例」に語らせる、という「黒衣《くろご》」の手法なのではあるまいか。

なお、季吟が「夕顔」の例として引いた三句は、すべて『源氏物語』の影響下にある。最初の句は、「夕顔の上に置いた露の玉が、いかにも喜んでいるかのようだ」という意味に、「玉鬘《たまかずら》」という人名（夕顔の娘）を懸詞にして隠している。

二句目の「たそがれ」、三句目の「そらめ」は、いずれも夕顔巻の特徴的な言葉である（源氏物語の中の言葉という意味で、「源氏詞《げんじし》」と言う）。柳亭種彦《りゅうていたねひこ》の『偐紫田舎源氏《にせむらさきいなかげんじ》』は、徹底した『源氏物語』のパロディだが、「夕顔」のことは「たそがれ」という名前に置き換えられている。

なお、三句目の「あさふり」は、「浅瓜《あさうり》」で、今の白瓜《しろうり》のことだろうか。そうだとしたら、浅瓜と夕顔を見間違えた、と歌っている。この句に、

光ありと見し夕顔の上露《うはつゆ》はたそがれ時のそらめなりけり

という、夕顔の詠んだ和歌の言葉（とりわけ、源氏詞である「そらめ＝空目」）が使われている点が、面白いのである。

松永貞徳が指導した「貞門俳諧」は、このように高度な古典文学に対する認識の深さに支えられていた。しばしば批判されるような、単なる「言語遊戯」ではない。

俳諧を作る側も、それを鑑賞する側も、どちらも古典に対する深い教養を必要とした。だからこそ、貞徳は、『徒然草』の公開講座を初めて行うなど、教養の大衆化を推し進めたのである。「貞門の七俳仙」の多くは、立圃は雛人形屋、貞室は紙商、西武は綿屋などというように、町人だった。そのような「古典の大衆化」の到着点に、季吟の注釈書群が位置している。

ここで強調しておきたいのは、貞門の人々にとっての「大衆化」とは、俗語・口語に古典の文章（＝文語文）を書き直すことによって、読者の数を拡大するという安直な方向では、まったくなかった、という点である。彼らは、古典の言葉や文章を、そのままの形で過去から受け取り、手を加えずに現在の人々に普及させ、未来へ手渡そうとした。「注釈書の諸説の交通整理」によって、原文解釈の手

助けができると信じ、かつそれを実践したのである。

「本意」という言葉

季吟の『山之井』で注目されるのが、「本意」という言葉である。「ほんい」とも「ほい」とも発音するが、文芸用語としては「ほんい」と発音されることが多い。文芸用語となる以前は、「もとからの意向」とか「真意」という、普通の名詞だった。『伊勢物語』第四段。

昔、東《ひんがし》の五条に、大后《おほきさい》の宮《みや》おはしましける西の対《たい》に、住む人ありけり。それを、本意《ほい》にはあらで、こころざし深かりける人、行きとぶらひけるを、正月《むつき》の十日《とをか》ばかりのほどに、ほかに隠れにけり。(以下略)

この「本意」の解釈には諸説あって、意味を一つに決めにくい箇所である。わたしは、「本命」とか「最初からの目的」とかの意味で解釈する。「こころざし深かりける人＝業平」は、恋愛の本命(＝本意)として、「大后の宮＝仁明《にんみょう》天皇の后・藤原順子《じゅんし》」を心の中に位置づけていた。しかし、彼は、その「西の対に住む人＝藤原高子《たかいこ》」に、次第に心を移していった。『伊勢物語』では、女主人への恋愛が何らかの事情で遂げられない場合に、その侍女や若い親類へと恋愛感情を転移させることがよくある。業平と藤原高子(二条の后)との激しい恋愛は、最初からの「本意」ではなくて「やむをえぬ代償」として派生的に開始した、と取る方が面白い。

こういう「本意」の使い方が、中世の和歌や連歌の世界では、「歌の本来あるべき本質」として抽象的・観念的な美学を体現したものへと変わってゆく。そして、業平の恋が、本命からの逸脱として燃え上がったように、「本意」からの逸脱として「うがち」の奇矯《ききょう》さを競う詠み方が発生してくる。このような「本意」の理論が、江戸時代には俳論の世界へも流入する。

まず、句を詠む際の心構えを説く場面で、「本意」という言葉がよく現れる。わかりやすい例に置き換えて説明すると、例えば、「臣下の業平が、清和天皇の后である二条の后を宮中から盗み出そうとして失敗し、芥川《あくたがわ》のほとりで彼女を連れ戻されてしまった話がある。その瞬間の業平の気持ちに成り代わって、恋の歌を詠みなさい」とか、「自分の人生で一番悲しかった出来事を思い出し、その時の気持ちの高揚を保ったままで、哀傷歌《あいしょうか》を詠みなさい」などというタイプの作歌論・作句論である。「恋の歌」には「恋の歌の本意」があるし、「哀傷歌」には「哀傷歌の本意」があるのだ。最も恋歌らしい恋歌、最も悲哀の高まった哀傷歌（レクイエム）と言ってもよい。

さらに、作る側の心構えだけではなく、歌われる側である「素材」にも「本意」がある、とされる。芭蕉の俳論を伝える服部土芳《はっとりどほう》の『三冊子《さんぞうし》』には、「旅の句の本意」が次のように語られている。

旅体《りょてい》の句は、たとひ田舎《ゐなか》にてするとも、心を都にして、逢坂《あふさか》を越え、淀の川舟に乗る心持ち、都の便り求むる心など、本意とすべし、とは連歌の教《をしへ》なり。

旅の句を詠むときには、たとえ地方で作る場合であっても、「都からの旅立ち」を念頭に置いて詠まねばならない。都から東へ旅立つときには、逢坂の関所を越える瞬間の気持ち、西へ旅立つときには、淀の川舟に乗る瞬間の前途への言いしれぬ不安な気持ち、そういう心情を旅の句の「本意」とすべきだと、連歌の作法書（＝里村紹巴《じょうは》『連歌至宝抄《れんがしほうしょう》』）には書いてある。

ちなみに、「都の便り」という言葉は『徒然草』第十五段に見えるし、『伊勢物語』第九段の東下りをかすめていることも確かである。古典文学を縦横に駆使することで、季吟は「古典文学の本意」を明らかにし、それを「俳諧の本意」へと転じてゆく。

素材はその素材らしさを見出された瞬間に、最も美しく輝く。この作句理論が、やがて近代俳句の「季語」の観念として確立してゆくプロセスは、復本一郎《ふくもといちろう》氏の『俳句源流考』（愛媛新聞社、二〇〇〇年）に詳しい。

さて、前置きが長くなった。季吟が『山之井』で、四季折々の句の素材を「季題」として列挙し、こういうふうにこれまで詠まれてきたと解説していること自体が、その季題の「本意」を読者に説明していることになる。

中でも、「花」の項目は、圧巻である。

花とは桜を言へど、ただおしなべて千草万木《せんさうばんぼく》の上にもわたり侍る。花の下《もと》の一刻の宴《えん》は、千金にも替《か》へがたく、散ることの惜しさには命をも軽んじ、夜《よる》は夜《よ》の目も合はず花を思ひ、まどろみては夢にも見、寝言《ねごと》にも言ひ、昼は一日家路《いへぢ》をも忘れて見歩《あり》き、暮るるを悲しみ、明くるを悦《よろこ》ぶ。雨・露を親と言ひ、風・嵐を仇《あだ》・敵《かたき》とせり。なほ凋《しぼ》める顔は、西施《せいし》が胸悩みしより愛《いと》ほしく、花の笑《ゑ》みには、貴妃すら百《もも》の媚《こび》を失ひ、孔子《くじ》も倒れ惑ひ、釈尊《しやくそん》も腰打ち抜かれ給ふべし、などやうに愛《め》で慕ふ心を、本意と言へり。

どういう「花」に最も「花」らしさを感じるか、という典型例の列挙である。こういう「花の本意」があるからこそ、古い用例で恐縮だが、在原業平の、

世の中に絶えて桜のなかりせば春の心はのどけからまし

などという「逆説＝本意の裏返し」の歌が、異彩を放つのである。兼好が『徒然草』で、「花は盛りに、月は隈《くま》なきをのみ見るものかは」と喝破したのも、「反・本意」の美学の宣言である。そして、『玉勝間《たまかつま》』の中で、そういう兼好をエセ風流だ、インチキ雅《みやび》だと痛罵した本居宣長《もとおりのりなが》は、「本意」に従う素直さが大切であり、人間の本性でもあると、原点への回帰を主張したのである。

「旨」という言葉

『山之井』には、「旨《むね》」という言葉も見える。秋の巻の「月」の項目は長大なので、終わりの部分のみ引用する。

大様《おほやう》、月の句は、千夜《ちよ》を一夜《ひとよ》と明《あ》くるを惜しみ、暮るるを遅しと待ちわび、雲を憎みて敵とし、雨晴《あまば》らしを味方と言ひ、影《かげ》（＝光）を愛《め》でては無価宝珠《むげのほうじゆ》ともてはやす心を、旨と言ひ侍る。

「本意」ほど文芸理論の術語として一般化していないが、この「旨」（あるいは「宗」と表記してもよいか）も、句の素材の最も普遍的な姿を表した抽象語だろう。なお、「千夜を一夜と明くるを惜しみ」の部分は、『伊勢物語』第二十二段の、

秋の夜の千夜《ちよ》を一夜《ひとよ》になずらへて八千夜《やちよ》し寝《ね》ばや飽《あ》く時のあらむ

という恋歌を踏まえている。この本歌は、世間では長いと言われる秋の夜の千夜を「一夜」に圧縮して勘定し、八千夜（現実には千×八千＝八百万夜）、あなたと添い寝したら、もしかして満足することがあるのでしょうか、という意味。季吟はそれを踏まえて、「月の句の旨」を説明する。

こんな美しい名月の鑑賞を、たった一夜限りで済ませるのはもったいない。『伊勢物語』にあるように、千夜を一夜に圧縮した「一夜」中《じゆう》、できることならば『伊勢物語』の歌にあるように「八千夜」の間、眺めつづけたとしても飽きないだろう。そういう、月の出を待ち望み、月を隠す雲を憎み、雲を吹き飛ばす風を喜ぶ気持ちで、月の句を詠まねばならないのだ、と。また、「本当に、観音様やお地蔵様が持っていらっしゃる如意宝珠《によいほうじゆ》（無価宝珠）と似た月光だなあ」と思わせるような「月」の

光り輝く姿を、句の中に写し取らねばならないのだ、と。

こういう文芸理論を、季吟は『山之井』で披露している。ただし、俳諧だから、真面目《まじめ》一本槍ではなく、ユーモア精神は漂っている。けれども、例えば大田南畝《おおたなんぽ》の「狂歌」の、知的で、ひねった「うがち」精神とはかなり異なる。

季吟は、オーソドックスな古典観を、松永貞徳から受け継ぎ、培《つちか》っていった。彼は、『源氏物語』を始めとする古典文学の「本意」を深く理解し、著述活動を通して自分の発見した「本意」を普及し、次の時代へと継承していったのである。

季吟の俳諧と古典研究とは、決して別の次元のものではなかった。

季吟の俳書

『山之井』は、その後に増補されて『増山の井《ぞうやまのい》』となった（寛文三年＝一六六三）。また、長男の湖春は、『続山井《ぞくやまのい》』を編纂した（寛文七年）。若き松尾芭蕉の句が、この『続山井』に収録されていることは有名である。

また寛文七年、季吟は『新続犬筑波集《しんぞくいぬつくばしゅう》』を編纂し、刊行した。山崎宗鑑《やまざきそうかん》の『犬筑波集《いぬつくばしゅう》』の後を継ごうとするものである。また、『誹諧埋木《はいかいうもれぎ》』などの俳論書も残している。延宝元年（一六七三）には、『俳諧用意風躰抄《はいかいよういふうていしょう》』も著している。季吟は確かに、俳壇において大きな業績を成し遂げ、大宗匠としての地位を築き上げた。さらには、明暦二年（一六五六）に完成した『いなご』は、絵と句が一体化したもので、「絵俳書《えはいしょ》」という新しいジャンルを創造したものである。ただし、これらの俳諧の分野での業績だけで、後世に長くその名を語り伝えられたわけではない。

季吟の名が現代人に語られる際には、「松尾芭蕉の師だった北村季吟」というように、芭蕉の名が枕詞のようにかぶせられていることが多い。季吟は、芭蕉に俳諧の道を指導し、伝授したことで、俳諧史に不朽の名を留めたのである。これから、「季吟と芭蕉」の関係を追跡してみることにしよう。ただし、本書はあくまで季吟の評伝なので、芭蕉論に深入りしないことをおことわりしておく。

2　若き松尾宗房の修業時代

季吟と蟬吟

松尾芭蕉（一六四四～九四）は、本名・宗房《むねふさ》。よく知られているように伊賀上野の生まれである。彼は、藤堂良忠《とうどうよしただ》に仕える下級武士であった。近従だったとも、料理人だったとも言われる。良忠の父・藤堂新七郎は、伊勢津藩三十二万三千石の藤堂家の侍大将《さむらいだいしょう》として、五千石で伊賀上野に居住していた。芭蕉が仕えた良忠は、藤堂新七郎の嫡子で、蟬吟《せんぎん》という号で俳諧をよくし、最初は貞徳に、その没後には季吟に師事していた。その縁で、芭蕉もまた季吟に学んだのである。

ところが、蟬吟は、寛文六年（一六六六）四月二十五日、わずか二十五歳で死去してしまう。考えてみれば、「蟬」は、古来「死と再生」をもたらすめでたいイメージの昆虫だが、短命のシンボルとしても和歌や漢詩に詠まれてきた。名は体を表す。「蟬吟」という俳号の響きは、どことなく耳に哀しい。

芭蕉は、蟬吟の遺骨を高野山に送り届けた後で、郷里を離れた。その約二十年後に、芭蕉が『笈《おい》の小文《こぶみ》』で、亡き主君・蟬吟を追懐して詠んだ句は名高い。

さまざまのこと思ひ出す桜かな

また芭蕉は、『幻住庵記《げんじゅうあんのき》』で、若い頃には「仕官懸命《しくわんけんめい》の地《ち》」を望んだこともあったと回想している。この仕官の夢は、蟬吟の落花のような突然の死で水泡に帰した。あえて「さまざまのこと」とのみ歌い、具体的な思い出を列挙しなかったことが、思い出の多さと悲しみの深さとを浮き立たせる。省略の文学としての俳諧の神髄を示すものである。

蟬吟の代表句も、挙げておこう。

そり高き霜の剣《つるぎ》や橋の上

橋が丸くカーブしている「反《そ》り」と、刀の「反り」とが懸詞になっている。植物を枯らして生命を奪う冬霜の烈しさと、それに立ち向かう武士ならではの蟬吟の気迫とが、真っ正面からぶつかり合っている。もう一句。

松尾芭蕉（左）**と曾良**（右）
森川許六筆
（天理大学附属天理図書館蔵）

大坂や見ぬ世の夏の五十年

蟬吟の祖父・藤堂良勝《よしかつ》は、大坂夏の陣で戦死している。その五十回忌に際して、遠い五十年前の先祖の壮烈な討死《うちじに》を詠んだもの。「昔」を意味する「見ぬ世」（自分の知らない時代）という古雅な言葉を用いて、戦乱の世が遠い昔になったことを、巧みに表現している。どことなく、芭蕉の名作、「夏草や兵《つはもの》どもが夢の跡」を連想させる句である。

貞徳十三回忌　寛文五年（一六六五）十一月十五日、蟬吟主催の貞徳十三回忌追善興行が伊賀上野で行われ、季吟も出席した。芭蕉も、松尾宗房の本名で参加している。その冒頭部分、芭蕉（宗房）が登場するまでを引用しておく。

野は雪に枯るれど枯れぬ紫苑《しをん》哉　　蟬吟
鷹《たか》の餌《ゑ》乞《ご》ひと音《ね》をばなき跡《あと》　　季吟
飼狗《かひいぬ》のごとく手慣れし年を経て　　窪田政好

兀《は》げた張り子も捨てぬわらはべ　　保川一笑
今日あるともてはやしけり雛《ひひな》まで　　松木一以
月の暮れまで汲《く》む桃の酒　　宗房

蟬吟は、霜月《しもつき》（旧暦十一月）に草が枯れるようにして逝った貞徳を偲んで、発句を詠んだ。「見渡す限りの、雪に埋もれた一面の枯野であるが、その中に紫苑の花だけは枯れずに残っていることよ」。貞徳の名声が、没後もなお消え失せていないことを称えている。すなわち、「師恩」と「紫苑」の懸詞なのではなかろうか。歴史的仮名遣いでは、「師恩」は「しおん」、「紫苑」は「しをん」である。ただし、この歴史的仮名遣いが確立したのは契沖・宣長以後のことである。蟬吟の句に、「師恩」と「紫苑」の懸詞を読み取るのは、決して見当違いではないと思う。

また、この蟬吟の句は、もしかしたら『俊頼髄脳《としよりずいのう》』などに載せるエピソードを踏まえているようにも思われる。ある人が亡くなった後、二人の息子が残された。兄は、早く悲しみを忘れたいと願って、塚のほとりに「萱草《かんぞう》」を植えた。萱草は「忘れ草」という異名があり、つらいことをすぐに忘れさせてくれるからである。一方、弟はいつまでも亡き父のことを覚えていたくて、「紫苑と言へる草こそ、心に覚ゆることは忘れざんなれ」と人が言うので、紫苑を塚に植えて、常に亡き父を偲《しの》んだという。

蟬吟は、いつまでも師・貞徳の恩を忘れないという決意を、冬野に残る紫苑の花に託しているのではないか。ただし、ここまで深読みしなくとも、心に沁みる佳句だ。

ちなみに、この蟬吟の貞徳追悼句「野は雪に枯るれど枯れぬ紫苑哉」と、少し似た句がある。ほかならぬ季吟が、貞徳の九回忌に詠んだ句である。

九年父《くねんぶ》の冬枯れ知らぬ末葉哉

九回忌なので「九年母《くねんぼ》」という植物名の採用となり、貞徳を師と仰ぐので「母」を「父」に置き換えて、「九年父」と表記したのだろう。「くねんぼ」は「くねぶ」とも発音する。「末葉」は、貞徳を師とする弟子たちの常緑樹の如き繁栄を表している。「すゑば」と「うらば」の二つの読みがあるが、前者だろう。この時の脇句《わきく》（発句の次の七七）は、「今に寒菊花咲のあと」で、冬の植物の話題を続けている。

さて十三回忌に話を戻すと、季吟は脇句を付けるに際して、植物から話題を一変させている。季吟は、雪の降る野で行われる鷹狩りに話題を転じて、鷹が餌を欲してしきりに鳴くように、自分たちも貞徳を慕って未だに泣きつづけており、涙が乾かない、と続けた。「音をば鳴き（泣き）」と「亡き後」の懸詞。

そのあと、話題は童の玩《もてあそ》ぶ雛人形に転じる。一以の「今日あると」は、あるいは「興あると」の懸詞か。芭蕉（宗房）は、三月三日の雛祭（上巳《じょうし》）から月末まで、桃酒を飲むことだ、と詠んでいる。

芭蕉の友人・山口素堂《そどう》は、「芭蕉庵、俗名甚七郎《じんしちろう》。都の季吟の門に入り」（『松の奥』）と証言しているし、弟子の各務《かがみ》支考《しこう》も、「芭蕉はもと洛の季吟に俳諧を学びて」（『俳諧《はいかい》十論《じゅうろん》』）と述べている。芭蕉が、都で季吟に師事した事実は疑えない。

芭蕉と季吟

北村季吟の長男の湖春が編纂した『続山井《ぞくやまのい》』（寛文七年、一六六七）には、芭蕉の句が「伊賀上野松尾宗房」の本名で、収録されている。発句が二十八句、付句が三句である。これ以前にも、松江重頼《しげより》編の『佐夜中山集《さよのなかやましゅう》』に二句、内藤風虎《ふうこ》編の『夜の錦』に四句が入集しているが、『続山井』には大量の入集である。その中から三句を紹介しておく。

餅雪《もちゆき》を白糸となす柳哉

花に飽かぬ嘆きやこちの歌袋

うかれける人や初瀬《はつせ》の山桜

いずれも「貞門」らしい作風の句であり、古典の教養の上に現代的な雰囲気を加味している。最初の句は、『古今和歌集』の「浅緑糸よりかけて白露を玉にもぬける春の柳か」（僧正遍照）、「見渡せば柳桜をこきまぜて都ぞ春の錦なりける」（素性法師）などを踏まえる。その上で、柳は緑の糸だけではなく、都の春を彩る白糸でもあったのだ。なぜなら、餅雪（牡丹雪）が、柳の糸を白く染めたからだ、と洒落《しゃれ》ている。

二句目は、『伊勢物語』第二十九段の、

花に飽かぬ嘆きはいつもせしかども今日の今宵《こよひ》に似る時はなし

という言葉続きを借用しつつ、花を惜しむ和歌がたくさん「歌袋」（和歌の詠草を入れる袋）に入っていることと、「鯒《こち》の歌袋」（喉《のど》のふくれた部分）を懸詞にして、軽妙さを醸し出している。さらには、「こちたし」（数が多い）も懸詞になっている。

三句目は、『百人一首』で有名な、「うかりける人を初瀬の山颪《やまおろし》よ激しかれとは祈らぬものを」（源俊頼）を本歌取りした上で、「憂《う》かりける人」（わたしにつれない恋人）を「浮かれける人」へと変化させて、笑いを誘っている。

ここに挙げた三句は、すべて古典文学の現代化である。貞徳が切り拓き、季吟が継承した文学の道なのだった。若き芭蕉は、確かに季吟の弟子であり、季吟の古典観を学んでいる。

桃青と名告る　芭蕉が初めて桃青《とうせい》と名告《なの》ったのは、延宝三年（一六七五）のことである。内田魯庵《ろあん》『芭蕉庵桃青伝』には、季吟が安静《あんせい》に宛《あ》てた手紙の中で、「昨夕伊賀より宗房上京仕候ひて、桃青と改名いたし候由」云々と書いてあると紹介した上で、

名を変へて鶉《うづら》ともなれ鼠殿

という季吟の句が紹介されている。「鶉」と言い、「鼠殿」と言い、何らかの寓意が込められているようである。

また、上野市の芭蕉翁記念館には、季吟が松尾甚七郎宗房に、今後は「桃青」と名告るとよい、としたためて送った書状がある。そこには、

桃柳風に任せよ風羅坊《ふうらぼう》

という季吟の餞《はなむけ》の句が載っている。華桃園、風羅坊も、芭蕉の別号である。これらの書状の真偽について判断できる立場にはないが、初期の芭蕉が季吟を師として俳諧の道に船出したことは間違いなかろう。

さらに、『芭蕉翁遺墨集』（天野雨山氏編・昭和十八年）には、

昨日、松尾うし桃青来《きた》りて、予に改名を乞ふに、否《いな》みがたく、『八雲抄《やくもせう》』の誹諧歌《はいかいか》に習うて「ばせを」と呼び侍るかと言ふに、

月雪の昔をしのぶばせをかな　　拾穂軒季吟愚意

とある。

また、季吟の出身地である野洲町立歴史民俗資料館（銅鐸博物館）に収蔵されている和歌懐紙には、「桃青」こと芭蕉と会ったことが記されている。芭蕉研究者の間では、現存する「芭蕉翁真筆」の鑑定をめぐって激しい真贋論争が展開されている。ここに紹介した「桃青」をめぐる季吟の書状についても、真贋の鑑定は困難を極めよう。

わたしには、真贋を論じる資格は皆無である。にもかかわらず、ここで紹介しているのは、「たとえ資料が贋作あるいは捏造であったとしても、そういう資料を必要とする世間の常識が既に確固として存在していた」という事実を重視するからである。季吟は、芭蕉の師であった。そして、芭蕉の「桃青」という俳号についても、何らかの関わりがあった。そういうふうに、人々は見なしていた。それが、「芭蕉の師」としての季吟を考える際に、大切なのだと思う。

さて、和歌懐紙には、次のように書かれている。

大坂より桃青のぼりおはして、会ひぬ。

降り暮らしさびしき雨もまれ人に花だに咲かば見せましものを

十七日、熊谷了庵《くまがいりやうあん》と、清水《きよみづ》に花見に、

音羽山木高《おとはやまこだか》く匂ふ色香には都の花も麓《ふもと》にぞ見る

二首目の詞書に出る熊谷了庵は、茘斎《れいさい》とも号した儒学者で、季吟に新玉津島社に移るように勧めた友人である。第四章で、もう一度彼は登場することになるだろう。その彼と「音羽山」で花見をしたというのだ。この歌は、次に掲げる松永貞徳の和歌と似ている。

峰高み住むべかりけり行きやらで千里《ちさと》の花を麓にぞ見る　（『逍遊集』）

季吟は貞徳の弟子であるので、季吟の真作としても不自然ではない。

一方、芭蕉を迎えたという一首目の「降り暮らし」の歌は、季吟にしてはいささか調べが固い。季吟の真筆（真作）かどうかは、今後の検討課題だろう。

ただし、かつての師弟である季吟と芭蕉が、折からの雨の中、見えない花を心の中で幻視しているという趣は、読者の好奇心をそそらずにはおかないものがある。

『貝おほひ』を奉納する

芭蕉は、寛文十二年（一六七二）一月二十五日の菅原道真（八四五〜九〇三）七百七十回忌を記念して、伊賀上野の菅原天神社に、『貝おほひ《かいおおい》』を奉納した。三十番の発句《ほっく》合《あわせ》であり、自らの二句に、他の俳人の五十八句、合わせて六十句から成る。序文で、「伊賀上野松尾氏宗房、釣月軒にして自ら序す」と記している。この「釣月軒《ちょうげつけん》」は、芭蕉の生家の裏にあったとされる。

榎坂浩尚氏「釣月軒考」（『北村季吟論考』所収）に詳しい考察があるが、この「釣月軒」は、京の間《あい》ノ町《まち》二条下ルにあった北村季吟の邸宅にあった部屋あるいは離れの名称を借用して思いつかれたものと考えられている。「拾穂」「釣月」「閑々《げきげき》」「対月《たいげつ》」などの熟語に、「軒」ないし「庵」が組み合わさった部屋が、広大な季吟の邸宅には配置されていたという。このうちの「拾穂」については、第一章で詳説した通りである。芭蕉は、「釣月」という師の季吟の別号（部屋の名前）を使っているのだ。

さて、『貝おほひ』とは、どんな調子の発句合なのだろうか。

二拾番《にじふばん》　　左勝　　　政輝

鹿《しか》をしもうたばや小野《をの》が手鉄砲《てでつぱう》

右　　　宗房

めをと鹿や毛に毛がそろうて毛むつかし

左の発句、小野といふより鹿と続けられ侍るは、かの紫のしなもの、ひかる・お源の物語にも、小野に鹿の気色《けしき》を書きつらね侍りしより、尤《もつと》も能《よ》く取り合はされたるなるべし。そのうへ、己《おの》が手鉄砲といふを取りなされたる。鉄砲のすの口かしこく打ち出《い》だされたる、玉の句とも言ふべければ、火縄《ひなは》の批言《ひごん》を打つべきやうもなし。右のめをと鹿、詳しく論をせんも毛むつかしければ、あぶなき筒先、足早に逃《に》げ退《の》き侍りぬ。

芭蕉（宗房）は、「鹿」というテーマで番《つが》えた組み合わせで、相手に勝ちを譲っている。左句は、『源氏物語』夕霧巻で、夕霧が落葉《おちば》の宮の住む小野の山里を訪れ、牡鹿が牝鹿を恋い慕って鳴く声に自分の恋情を重ねる場面を引用している。地名の「小野《をの》」と、自分を意味する「己《おの》」の懸詞である。師の季吟ならば、もっと高踏的に『源氏物語』の学識を誇示するところだが、芭蕉はかなりおちゃらけている。筆が軽い。判詞《はんし》で、『源氏物語』のことを、「かの紫のしなもの、ひかる・お源の物語」と言っている。「しなもの」は、作品を意味する「品物」と、「なまめかしい美人」を意味する「品者」の懸詞で、まるで「ひかる」「お源」という二人の美女がいるかのように戯れている。

右句は、牡《おす》の鹿の毛と牝《めす》の鹿の毛が擦《す》れ合って（つまり交尾して）、まことに「毛むつかしい」と洒落ている。あまりにも壮絶な交尾なので見ていてぞっとするという意味と、毛玉が絡んでこんがらがるという意味とを、重ねている。語源的には「けむつかし」の「け」は「毛」ではなくて「気」だが、芭蕉は意図的に鹿の縁語を用いて「毛むつかし」と表記している。

また判詞には、鉄砲の縁語が懸詞として多用されている。「すの口」（銃口）と「口賢く」、「打ち」（発射する）と「打ち出だす」（口にする）、鉄砲の「玉」と「玉の句」、「火縄の火」と「批言を打つ」（批難する）の懸詞であり、まことに巧みである。

故郷を去るの辞

このような『貝おほひ』を奉納して、二十九歳の芭蕉は江戸へ出た。芭蕉は、上野を去るに際して、友人に、

雲と隔つ友かや雁の生き別れ

と詠み残したという伝説がある。これは、いつも列を組んで友と仲良く飛行していた雁の群れから、一羽だけが落伍《らくご》して友と離れ離れになったという状況である。『源氏物語』須磨《すま》巻でも、頭中将《とうのちゅうじょう》が親友の光源氏と生き別れになった悲しみを、「雁」に託して歌っている。

ところで、明治二十九年、東京専門学校（現在の早稲田大学）は第四回目の卒業生を送り出した。卒業生たちがまとめた記念文集のタイトルは、「へだてぬとも」（早稲田大学中央図書館所蔵）。漢字で書けば、「隔てぬ友」。『霞関集《かかんしゅう》』に、

声かすむ跡《あと》よりゆくも白雲の隔てぬ友の雁の帰るさ　（「雲間帰雁《くもまのきがん》」石野万彦）

などの用例がある。この『へだてぬとも』というタイトルは、第四回卒業生の一人で、後にコロンビア大学でドナルド・キーン氏などを育て、アメリカにおける日本学の父と呼ばれた角田柳作《つのだりゅうさく》の命名ではないかと、わたしは推測している。角田柳作は芭蕉を尊敬していたので、彼の旅立ちの句とされる「雲と隔つ」を連想し、自分たちは仲良く過ごしてきた学窓を去って離れ離れになるが、心の中ではずっと一つでありたい、という願望を『へだてぬとも』というタイトルに託したのかもしれない。

3 『誹諧埋木』を伝授する

『誹諧埋木』とは何か

話題を、季吟と芭蕉の関係に戻す。季吟が芭蕉に与えたものとして、学界の多数が認定しているのが、藤堂新七郎家蔵本『誹諧埋木《はいかいうもれぎ》』である。むろん、小高敏郎氏など、この認定を疑問視する研究者もいる。この写本自体は、季吟ないし湖春の筆跡であるとされ、

此の書、家伝之深秘《しんぴ》為《た》りと雖《いへど》も、宗房生、誹諧の執心《しふしん》浅からざるに依りて、書写を免じて、且つ奥書を加ふる者也。必ず、外見有るべからざるのみ。

延宝二年弥生中七　季吟〈花押〉

という奥書がある。季吟が、「宗房生＝芭蕉」に授けた俳諧(誹諧)の奥義書なのである。延宝二年(一六七四)三月十七日のことであった。江戸から京に一旦戻ってきた折に、季吟から伝授されたものと思われる。ただし、真贋論争の他にも、京で伝授がなされたことを疑問視する立場もあり、季吟の評伝作者としては、とまどうばかりである。

ただし、何らかの意味で芭蕉が季吟に師事していたこと、芭蕉が季吟から『誹諧埋木』の伝授を受

けたこと、そして後年の芭蕉が『誹諧埋木』の講説を門人たちに対して行ったことは、諸書で証明できる事実である。その要になるのが、藤堂新七郎家蔵本の『誹諧埋木』であり、現在は上野市の芭蕉翁記念館に所蔵されている。古典文庫『季吟俳論集』（古典文庫・昭和三十五年）に翻刻があるが、写真による全文の影印が『上野市史　芭蕉編』（上野市・平成十五年）に収められた。

芭蕉の歩みの中では、この『誹諧埋木』を最後として季吟（すなわち貞門）との関係は急速に薄れ、彼は西山宗因《にしやまそういん》が指導する談林《だんりん》俳諧へと関心を移してゆくことになる。

「俳諧」は、道の実践

版本として刊行された『誹諧埋木』と、芭蕉が伝授された『誹諧埋木』とは、配列と本文が微妙に違っている。秘説とされたものを公刊しているわけだから、写本と版本とで相違があって当然だが、一致点も多い。

今は、最終的な形態と思われる版本の本文に従って、季吟が門人に伝えた「俳諧」の道がどのようなものだったかを、あらましだけでも見ておこう。なお書名は『俳諧埋木』あるいは単に『埋木』と表記されることがあるが、本書では混乱を避けて『誹諧埋木』で統一する。

まず、和歌の「誹諧」と季吟たちの「俳諧」との関係が記される。「俳諧＝誹諧＝はいかい」の定義は、宗祇の言葉を用いながら、

道に非《あら》ずして道を教へ、正道に非ずして正道を勧《すす》む

と語られている。季吟は、先人の諸説をたくさん列挙しながら、最後に「愚按」（ぐあん）（「愚案」とも）として、自らの見解を書き記す。先人の見解の列挙部分は、季吟がわかりやすく要約した箇所もあり、後の『源氏物語湖月抄』と同じような論述姿勢である。

注釈姿勢だけではない。「道に非ずして道を教へ」とあるのは、季吟の『源氏物語』観の根源をなすものである。『源氏物語』の表面には、不義密通や三角関係などの「道に非」ざる反道徳・非道徳的な事柄しか書かれていない。けれども、熟読すれば、作品が道にあらざることを深く戒め、「正道」を強く勧めていることが読み取れる。すなわち、「君臣父子の道」や「菩提を求むる志」を説いているのである。それは、俳諧が、表面的には面白おかしい滑稽を重視しているように見えて、真実は「人の道」を説いているのと同じだ、というのである（『俳諧用意風躰抄』の説）。

季吟においては、「俳諧＝古典研究」なのだった。俳諧の目指すものは、「道」ないし「正道」である。ここには、人生教訓の発見を文学の目的とする宗祇以来の理念が、集約されている。経世《けいせい》の書、治世《ちせい》の書として『源氏物語』や『伊勢物語』を読解していた宗祇・幽斎の姿勢が、脈々として「俳諧の道」にも受け継がれている。この方向性を少しだけ変えれば、「自らの心の深化と成熟を目指す」という芭蕉の「蕉風＝正風」が姿を現してくる。

和歌の六義と対応

紀貫之が『古今和歌集』の仮名序で高らかに宣言した「六義《りくぎ》」の分類は、中国の漢詩理論のぎこちない受け売りだったが、わが国最初の「文芸理論」として評価されている。

『誹諧埋木』は、歌学の根本理論である「六義」を、「俳諧」の六義へとスライドさせている。すなわち、王朝和歌の理論が、心敬《しんけい》たちの室町連歌を経て、近世の俳諧の骨格となったと述べる。版本では、長頭丸《ちょうずまる》（貞徳）と季吟本人の実作を挙げる。『誹諧埋木』を伝授された門人たちは、そのあとに自らの句作を書き込み、次の世代の弟子たちに対して、今度は自分が宗匠として伝授することを夢見るのだろう。

風《ふう》（そへうた）　よめならば見どりにせばや柳髪　貞徳
　すきものは咲くをあやかれ梅の花　季吟
賦《ふ》（かぞへうた）　草でなし萩《はぎ》荻《をぎ》薄《すすき》菊《きく》桔梗《ききやう》　貞徳
　山の景や一児ざくら鳰《にほ》の海　季吟
比《ひ》（なずらへうた）　つかぬ鐘響くほどふる鐘木《しゆもく》かな　貞徳
　うぐひすの和歌三神や月日星　季吟
興《きよう》（たとへうた）　かりがねは秋風楽《しうふうらく》の琴柱《ことぢ》かな　貞徳
　女郎花《をみなへし》たとへばあはの内侍《ないし》かな　季吟
雅《が》（ただことうた）　鳳凰《ほうわう》も出でよのどけき酉《とり》の年　貞徳
　まざまざといますがごとし玉祭《たままつり》　季吟
頌《しよう》（いはひうた）　信《しん》あればこれも飛び梅の奇特《きどく》かな　貞徳

冥加《みやうが》あれな宿にあやめをふき自在　季吟

句の解釈には深入りしないが、貞徳の「信あればこれも飛び梅の奇特かな」にだけは触れておきたい。この句は、筑紫・太宰府天満宮の「飛び梅」伝説を踏まえているのは当然だが、『徒然草』第六十八段も意識していよう。「筑紫《つくし》の押領使《おうりょうし》」が土大根《つちおおね》（大根）の功徳を信じて食べつづけたお陰で命を助かったエピソードを記した後で、「深く信を致しぬれば、かかる徳もありけるにこそ」と結ばれている。貞徳の「これも」の「も」に、『徒然草』を念頭に置いているニュアンスが漂う。

切字の網羅

理念・理論と並んで、『誹諧埋木』には、具体的な表現のテクニックの解説がある。

例えば、切字《きれじ》として列挙されているのは、「かな」「もがな」「けり」「けりな」「む」「し」「もなし」「ぞ」「さぞな」「かしな」「か」「や」「やは」「かは」「こそ」「なり」「いさ」「いかに」「いづれ」「いつ」「なに」「など」「いく（幾）」「たれ（誰）」「つ」「ぬ」「よ」などである。

ただし、「し」の具体例には、「良し」（形容詞の活用語尾）と、打消推量の「じ」が同列に挙がっている。厳密な文法体系というよりも、外観上の分類を網羅したものだと考えられる。けれども、過去の助動詞「き」の連体形「し」は、この切字「し」の項目に収められてはいない。なぜなのだろうか。

『俳諧埋木』は、切字の種類の網羅で終わらず、大変に細かな切字のテクニックを開陳している。その中で、「深し」「遠し」などの「し」を「現在の『し』」と呼び、「なかるべし」「あらじ」などの「し（じ）」を「未来の『し』」と呼んでいる。この二つの「し」が、切字となりうるのだ、と言う。

一方、「思ひし」「なかりし」の「し」を「過去の『し』」と呼び、これは切字になりえないと解説している。

確かに「思ひしこと」など、連体形として連体修飾する際には、切字にはならない。けれども、「誰《たれ》か思ひし」「などかなかりし」などの「し」は、たとえ「過去の『し』」であっても、広義の切字になりうるのではないか。細部にわたる修辞学を事細かく読むと、少しばかり季吟の説には疑問が湧いてくる。

本歌取りの句

俳諧は、古典和歌の本歌取り、漢詩文の本歌取り、本説《ほんぜつ》の本歌取り（和歌や漢詩などの韻文それ自体ではなく、神話や物語などの散文からの引用のこと）、世俗的なことわざや慣用句の本歌取り、などがある。これも、単なる分類に終わらずに、引用の種々相を修辞学として精緻に展開している。

版本『誹諧埋木』では、第三句目を「にて」で止めてはならない、と言い添える箇所がある。第三句が「かな」で終わる句を、本歌取りの具体例として挙げた後で、脱線したのである。「かな」でも「にて」でも句は終わるが、「にて」止《ど》めは避けるべきだ、というのである。ここから、季吟はさらに脱線して、

重代《ぢゅうだい》はやきばかすまぬ剣《つるぎ》にて

という正章（安原貞室）の句を罵倒する。貞室は、季吟のかつての恩師である。この段階で、二人の関係は冷え切っていたのだろう。

この陰湿な悪口は、芭蕉が伝授された『誹諧埋木』には書かれていない。なお、後述するように版本『誹諧埋木』には、「てにをは」の解説の項目で「にて」止めに触れた箇所がある。ここで季吟が批判したのは、あくまで「本歌取り」の句の場合の止め方だったのだろう。

表八句《おもてはっく》の詠み方

俳諧は、座の文学である。複数の連衆《れんじゅ》が、次々に句をつないでゆく。発句《ほっく》（最初の五七五）には発句の詠み方があり、脇句《わきく》（二番目の七七）には脇句の作法があり、第三句には第三句の、第八句には第八句の詠み方がある。それぞれが一通りではなく、何通りもの詠みぶりがあるので、「表八句」（最初の八句目まで）はどれ一つとして他と同じ展開にはならず、起伏に富んだものとなる。連歌以来の実作の蓄積が、ここで漸く理論化され始めたのだろう。

版本『誹諧埋木』では、この箇所の説明の中に、季吟の祖父・宗龍が里村紹巴から受け伝えた『連歌教訓』にも記されている、と誇らしく語る箇所がある。かつての師・貞室への冷たいまなざしと、自分の血脈の誇示とは、人間・季吟の心の奥底を垣間《かいま》見せるものがある。

「てにをは」について

さきほど、ちょっと触れた「にて」止めについての季吟の意見を聞こう。彼が集大成した俳諧の道の本質が、ほの見えてくるかもしれない。

「にて」で第三句を止める場合には、初句と第二句のどちらかに「抑《おさ》え字《じ》」として、「を」「は」「ば」「も」「からぬ」の五種類のどれかが位置していなければならない、と季吟は言う。そういえば、

芭蕉の「にて」止めの句の名作として知られる、

唐崎《からさき》の松は花よりおぼろにて

の場合には、「松は」の「は」が、句末「にて」の効果的な抑えになっている。『誹諧埋木』の説くところは大変に細かく、文法体系として見るならばいくつかの初歩的な疑問が湧いてくるのだが、「実作の手引き」として見るならば有益であることこの上もない。

理論と実作の幸福な同居

このあと、『誹諧埋木』は、さらにいくつかの実践的な解説を行って、終わる。

季吟は、和歌・漢詩などの韻文、神話・物語などの散文のすべての流れの末に、「俳諧」があると考える。彼は、すべてを受け入れる。だから、俳諧を作るためには、古典について広く深く習熟する必要があると考える。

また、古代から現在まで、無数の学者が輩出してさまざまな見解を述べてきた。それらも、原則としてすべてを受け入れようとする。その際に、古い人の学説を先に書き、新しい人の学説を後に書くという時間軸は、季吟の頭には存在しない。最もわかりやすく、最も自分が受け入れやすい説を中心に書くのである。その際、結論を最初に記す場合と最後に記す場合とがある。現在でも、論説文・評論文を執筆する際には、この二通りの方法がある。同じことであろう。

万一、学説が混乱している場合には、両説を併記したのちに、「愚按」（愚案）を少しばかり書き添える。「諸説の交通整理」は、季吟の得意領域だった。

彼が古典から学んだ大きな理念・理論は、「現在を正しく生きるための教訓」として俳諧の実作がある、という点だった。この理念を実践するためには、実に細かな修辞学が必要だった。「細かすぎる」と言っても過言ではない。

やがて、季吟は「俳諧の宗匠」から「古典注釈者＝和学者」へと、自己の存在価値をスライドさせてゆく。この時に、「実作＝実践」という側面が薄らいだ。だからこそ、季吟は朝廷の貴顕や、幕府の実力者に接近できたのではなかったろうか。

「正しい世の中をこの世に実現させる」という「政道のための文学」は、宗祇・幽斎以来の永い伝統と蓄積を持つ。応仁の乱で荒廃した日本文化を、もう一度正しい秩序に回復させ、為政者と被治者が君臣相和する社会を構築するためには、それらが理想的に行われていた王朝盛時の和歌や物語を学ぶ必要がある。そして、その研究成果は、現在の政治に役立てられねば何の意味もない。

季吟は、「文＝理念」と「政＝実践」の一致を求めて、俳諧師となったし、和学者となった。それなりに一貫した人生である。決して、権力欲に取り憑かれた

飯尾宗祇（国立歴史民俗博物館蔵）

亡者などではない。季吟が尊敬する連歌師・宗祇について、金子金治郎《かねこきんじろう》氏の『連歌師宗祇の実像』は、乱世にあって平和を心から祈念した人物として描きあげている。乱れた社会だからこそ、正しい人の道を広める正しい政道が必要で、自分もそれに参画したいという願いである。この金子氏の宗祇観については深読みとして反対する研究者もいるだろうが、わたしは、感動を隠すことはできない。そして、宗祇の高邁《こうまい》な志を受け継いだのが、季吟だったと思う。それが、後年の柳沢吉保との交遊の根幹にある。

さて、このような季吟から『誹諧埋木』の伝授を受けた芭蕉の側に、目を転じよう。彼は、終生、時の権力とは無縁であった。芭蕉が「宗祇」について憧れの念を込めて語るのは、彼が「政道の文学」を熱く説いたからではなく、「旅に生き旅に死し、自らの心を凝視した漂泊の文学者」への敬慕からであった。ただし、芭蕉が宗祇を強く意識したのは、季吟の『誹諧埋木』経由だったのではなかろうか。

芭蕉が西行を敬愛するのも、例えば武士の棟梁《とうりょう》である源頼朝に「もののふの道」を教えたからではなかった。やはり、漂泊の人生への強い憧憬《しょうけい》の念からであった。

季吟から芭蕉への流れは、受け継がれた側面と、変容した側面との両方がある。季吟は、集大成の人であり、芭蕉は変革の人だった。ただし、「不易流行《ふえきりゅうこう》」をモットーとする芭蕉にとっての「不易」は、季吟から受け継いだわが国の古典的伝統と深く関わっている。

元禄七年（一六九四）十月十二日、芭蕉が没した。季吟は、

氷《こほ》るらむ足も濡らさで渡る川

と、義仲寺《ぎちゅうじ》に詠み送っている（初句「渡るらむ」とも）。また、季吟の子の湖春も、追悼句を詠んだ。湖春は、季吟以上に芭蕉と親しかったとも言われている。

また誰《た》そやああこの道の木《こ》の葉掻《はが》き

この句に「一羽さびしき霜の朝鳥」と付けた素龍《そりゅう》は、『おくのほそ道』の素龍本の筆者で、本名・柏木儀左衛門《かしわぎぎざえもん》。柳沢吉保に仕えて、季吟とも交流があった。

本書は季吟の評伝なので、これ以上、芭蕉の人生に深入りはしない。次の第三章では、季吟の古典研究に込められた「祈り＝思い」を発掘する作業を進めたい。

第三章　奇蹟の古典注釈家、飛翔す

1 『伊勢物語』を研究する

『伊勢物語拾穂抄』を著す

北村季吟の名前は、『源氏物語湖月抄』の著者として、いつまでも語り伝えられることだろう。また、『伊勢物語』『大和物語』などの物語についても注釈を残し、八代集《はちだいしゅう》（『古今和歌集』から『新古今和歌集』までの八つの勅撰集）の和歌についても注解を施している。『徒然草』の注釈も画期的なものである。わが家の書架には、新典社刊の『北村季吟古註釈集成』（版本を影印にした著作集）があるが、正続合わせて五十冊。その嵩《かさ》は尋常なものではない。まさに精力的というしかない著述活動である。

まず、『伊勢物語』を季吟がどのように読んだかを、明らかにしよう。そのうえで、畢生《ひっせい》の力作『源氏物語湖月抄』の世界へと足を踏み入れたい。『伊勢物語』と『源氏物語』は、わが国の古典の双壁であり、実にさまざまな読まれ方をしてきた。そのどちらにも、膨大な注釈史の蓄積がある。それらを、どのように季吟は整理したのだろうか。

『伊勢物語拾穂抄《しゅうすいしょう》』は寛文三年（一六六三）に跋文《ばつぶん》が書かれたが、刊行されたのは十七年後の延宝八年（一六八〇）である。その間に、後水尾院《ごみずのおいん》の御覧《ごらん》に入れている。

『伊勢物語』の注釈の歴史

『伊勢物語』は、「昔、男ありけり」という書き出しをもつ王朝物語である。

季吟の『伊勢物語拾穂抄』が重視した先行学説は、一条兼良《いちじょうかねら》（「いちじょうかねよし」とも読む）の『伊勢物語愚見抄《ぐけんしょう》』、細川幽斎《ゆうさい》の『伊勢物語闕疑抄《けつぎしょう》』、そして松永貞徳の「師説」の三つである。

一条兼良（一四〇二〜八一）は、『伊勢物語』の読み方を大きく変えた。それ以前の読まれ方については、片桐洋一氏たちの研究が契機となって、近年ようやく具体的に明らかにされてきた。

いわく、『伊勢物語』は、在原業平本人の自筆の（一人称で書かれた）恋愛日記を基盤にしている。

いわく、『伊勢物語』は、業平の最後の妻である伊勢（＝伊勢《いせ》の御《ご》）が、亡夫の遺作に手を加え、三人称に書き直したものである。

いわく、『伊勢物語』の「男」は在原業平であり、各章段に登場する「女」の名前も実名がわかっている。その女性たちは、全部で十二人である。

いわく、在原業平は、極楽の馬頭観音《ばとうかんのん》の化身である。

いわく、在原業平は、実際には関東まで「東下《あずまくだ》り」をしなかった。洛東の東山に、蟄居《ちっきょ》していただけである。
これらの伝説を厳しく否定したのが、一条兼良である。応仁の乱の時期に生きた兼良は、合理的で実証的な研究姿勢を明確にした。信用できる勅撰和歌集や歴史書に記載のある場合には、女の名前に実名を当てはめることにやぶさかではないが、それ以外の場合には「女」とあったら「女」であり、それ以上でも以下でもない。誰だかわからない「女」の物語として読まねばならない、と考えた。むろん、「東下り否定説」も、根拠がない憶説として否定される。「書かれたことを書かれた通りに読む」姿勢が、ここに確立した。書かれたことだけから、どれだけのことを引き出せるか、それが研究の目的となったのだ。

ただ一つだけ兼良が否定しなかったのは、「男」を在原業平だとする点である。これは、「在原業平のイメージを濃厚に帯びた、ある男」という現在の通説よりも、明快である。

一条兼良の考えは、連歌師の宗祇《そうぎ》や、その弟子の牡丹花肖柏《ぼたんかしょうはく》・島田《しまだ》宗長《そうちょう》を経由して、細川幽斎に流れ込む。応仁の乱の勃発は、連歌師たちに、乱世にあってあえて優雅な王朝絵巻に没入することの意味を深く問い詰めさせた。そして、文章表現の解釈に重きを置く一条兼良の研究姿勢から、一歩を進めさせた。

宗祇（一四二一～一五〇二）は、乱れた世を治めて、理想の政《まつりごと》を実現するための「為政者の心がけ」の書として、『源氏物語』や『伊勢物語』を位置づけることになる。すなわち、ここで、五百年近く前の王朝物語が、現代的な意義を帯びた「政治教訓書」になったのである。

細川幽斎（一五三四〜一六一〇）は、大文学者にして大武人でもあった。この卓越した知の巨人は、宗祇の政治的教訓としての『源氏物語』観や『伊勢物語』観を受け継ぐ。たとえ表面的には男と女の愛情のもつればかりが目に付くとしても、よく読めば兄が妹を思い、主君が従者を慈《いつく》しむ「理想の人間関係への憧れ」がこれらの物語の本当の主題だというのだ。それが、幽斎の著した『伊勢物語闕疑抄』のテーマである。

貞徳から季吟へ

江戸時代は、町人文化の花開いた時代である。幽斎から貞徳・季吟へと伝承された古典注釈は、少しずつ「教訓」の意味を変容させてゆく。すなわち、人生教訓の色彩を帯びてくるのである。ただし、政治教訓の色彩も、濃厚に残っている。これらの「教訓読み」は、現代人にはいささか奇異に映るかもしれない。教訓ではなくて、「もののあはれ」などの美学で説明した方が高尚に見えるので、一般人には受け入れやすいからである。

やがて、貞徳や季吟は、この「教訓読み」を適用する最適の書として、『徒然草』という作品を発見した。『徒然草』ほど、人生教訓の百科事典として読み解ける作品は珍しかろう。この時、初めて『徒然草』は「古典」となり、『源氏物語』や『伊勢物語』と肩を並べ、読者数としては『源氏物語』をしのぐ人気作品となったのである。

政治教訓にしても人生教訓にしても、はたまた宗教指南にしても色道指南にしても、各種の「教訓読み」は、はたしてレベルの低い卑俗で実利的な「こじつけ読み」なのだろうか。わたしは、そうは思わない。むしろ逆に、崇高で、形而上学的な思想への憧れに満ちた読み方としての「理想読み」であると捉えてみたらどうだろう。『徒然草』の「人生教訓」に深く共感する現代人が、もしも『源氏物語』や『伊勢物語』の教訓読みに反発するとしたら、その人の古典観は矛盾しているとさえ言える。

教訓読みは、合理的な知性の持ち主だった一条兼良の樹立した「書かれたことを書かれた通りにしか読まない」という姿勢に潜む限界を乗り越え、「明確な文章として定着された作者の思想性を読み抜く」という目的意識を強く抱いて、それを実践した成果なのではなかろうか。

二十一世紀の現在、国文学研究（もはや「日本文学研究」と呼ばれることが多い）は、明らかに行き詰まりつつある。国文学界には、巨大な閉塞感と無力感が漂っている。「実証」にこだわりつづけた結果、文学研究に最も必要な「文学精神」あるいは「志」が希薄になったのだ。

今ほど、古典の「魂」をむんずと鷲摑みにする読み方が必要とされている時代はないだろう。また今ほど、古典に立ち向かう者の「志」の必要性が高まった時代もないだろう。

研究史の中に生きるということ

北村季吟は、松永貞徳と雲瑞院《うんずいいん》 従高《じゅうこう》（暫酔《ざんすい》と号し、長浜の本願寺別院大通寺《だいつうじ》の開祖。東本願寺第十三世白話上人の弟に当たる）の二人から「古今伝授」を受けている。古今伝授の実質は、中世の初頭からあったのだろうが、儀式として確立したのは東常縁《とうのつねより》から宗祇への古今伝授だったとされる。「宗祇→三条西実隆《さんじょうにしさねたか》→三条西公条《きんえだ》→三条西実枝《さねき》（実澄《さねずみ》）→細川幽斎→松永貞徳→北村季吟」というのが、古典学の正統の系譜である。これを、「当流《とうりゅう》」と呼ぶ。

この古今伝授においては、師説（古い学説）を継承することが何よりも肝腎であった。これは必ずしも、「新説＝独自の読み」を排除するものではない。ただし、受け継ぐべきことを受け継いでからでないと、自己の考えは打ち出せないはずである。

先行する説にしても、一つではなく複数である。それらのどこまでが一致し、どこから先が違っているかを検証することから、注釈が始まる。その場合には、「A説よろし」という結論になることが多い。『源氏物語』や『伊勢物語』のように、古くから膨大な研究史が蓄積してある場合には、大変に有効な手法である。

一方、国学の大成者・本居宣長《もとおりのりなが》は、自分一人の読みを積極果敢に開拓した。彼は、師の賀茂真淵《かものまぶち》とも戦っており、二人は文学観の相容れないライバルですらあった。このような宣長が『源氏物語』を注釈する場合には、「A説もB説もすべて従来の研究は駄目で、自分の考えるC説はこうであって、このC説のみが正しい」という強烈な主張となる。ある意味で近代的であり、個性的であり、かつ明快である。

宣長の研究姿勢を仮に名づけるとすれば、「独自読み」とでもなろうか。宣長の書いた随筆に、『玉勝間』がある。その中に、「師の説に泥《なづ》まざる事」という有名な一節がある。これは、「師説」を重視する（重視しすぎる）季吟一派への厳しい攻撃でもある。わたしも、東京大学国文学科に進学したときに、主任教授からこの言葉を聞き、学問の道は自分で切り拓かねばならないと固く決意した思い出がある。

宣長の『源氏物語玉《たま》の小櫛《おぐし》』は、膨大な新見に満ちている。その独創性には脱帽するが、人間としてある種の「臭み」を感じてしまうこともある。他人はすべて間違いで、自分だけが正しいという自負・自信は、どこから湧いてくるものなのだろうか。このあたりから、近代人が誕生したのではないかとすら思える。無から有を生み出す魔術である。

季吟は、自分以前の学説のすべてを吸収して、血とし、肉とし、心とし、魂とした。彼が諸説検討の末に結果的に否定した学説もまた、彼の血であり、肉であり、心であり、魂ですらあったのだ。古い有から新しい有を紡ぎ出し、古典を絶えず再生・新生させるための有効なシステムだったのである。

『伊勢物語』第一段・「初冠」の本文

多くの人が「初冠《ういこうぶり》」の名で記憶している『伊勢物語』の第一段は、有名なわりに、大変に難解な章段である。高等学校の古文の入門教材として扱われることもあるが、現在の教師用指導書に載る「平均的な解釈＝妥当な解釈」が確立するまでには、さまざまの紆余曲折《うよきょくせつ》があった。この段を例に取りながら、『伊勢物語』の解釈の変遷史をたどり、北村季吟の解釈の基本姿勢を押さえよう。

まず、全文を掲げておく。美しい姉妹を偶然に見てしまい、初恋に惑溺する新成人のみずみずしい情熱が、ほとばしる。輝かしい青春の姿が、ここにはある。た

春日の里（初冠）『嵯峨本伊勢物語』第１段挿絵（斎宮歴史博物館蔵）

だし、くどいけれども、決して読みやすい文脈ではない。

昔、男、初冠《うひかうぶり》して、奈良の京、春日《かすが》の里に、知るよしして、狩に往《い》にけり。その里に、いとなまめいたる女姉妹《をんなはらから》住みけり。この男、垣間見《かいまみ》てけり。思ほえず、古里《ふるさと》にいとはしたなくてありければ、心地《ここち》惑ひにけり。男の、着たりける狩衣《かりぎぬ》の裾を切りて、歌を書きてやる。その男、忍摺《しのぶずり》の狩衣をなむ着たりける。

春日野の若紫の摺衣《すりごろも》忍ぶの乱れ限り知られず

となむ、おひつきて言ひやりける。ついでおもしろきことともや思ひけむ。

みちのくの忍捩摺《しのぶもぢずり》誰《たれ》ゆゑに乱れそめにし我ならなくに

といふ歌の心ばへなり。昔人《むかしびと》は、かくいちはやき雅《みやび》をなむしける。

この文章が読みやすくない最大の理由は、物語内部の語られる世界と、物語の外側にある語り手のコメントとが複合しているからである。「ついでおもしろきことともや思ひけむ」以下が、すべて語り手のナレーションである。しかし、それにしては、いささか長すぎる。

また、語られる物語世界の方にも、意味の取りにくい言葉がある。美人姉妹が旧都に「はしたない」（＝中途半端な）状態でいるとは、どういうことなのか。「おひつきて」とは、どういう意味なのか。「老いつきて」（大人ぶって）なのではないのか。

さらには、二首ある和歌のうち、一首目が業平の詠んだ恋の歌であることはわかるが、二首目は何のために書き記されているのか。

これらの理由から、『伊勢物語』の巻頭に飾られているにもかかわらず、第一段の解釈史は混迷することになった。

一条兼良以前の第一段の解釈

『和歌知顕集《わかちけんしゅう》』という本がある（『和歌知顕抄』とも）。『伊勢物語』の最古の注釈書とされる。その説くところを、かいつまんでまとめよう。

業平が春日野で颯爽《さっそう》と鷹狩りをしているのを、恋に憧れる年頃の姉妹がこっそり木陰《こかげ》から覗いていた。業平は、それに気づいて胸がときめき、一首目の歌を贈った。姉妹が「はしたなし」とは、不足がないほど美貌だったという意味とされる。業平の歌をことづかった使者は、野原から帰宅する途中の姉妹にやっとのことで追いついて手渡した。

業平の歌を受け取った姉妹はうれしくて、早速に返事をしたが、自作の歌ではなくて、有名な源融《みなもとのとおる》の和歌をそのまま借用したのだった。だから、「といふ歌の心ばへなり」までが物語世界である。そして、「昔の若者は、男も女も、こんなに切実な恋をしたものだった」という部分のみが、語り手のコメントである。……

解釈が難解な「おひつきて」は、「追ひ付きて」の意味。二首目は、女の歌だが、他人の歌を使わせてもらった。それが、歌を借用した女自身から見ても、「ついでおもしろき」（＝絶妙の趣向）というのだ。源融の原歌では、「美しいあなた（＝女）のせいで、私（男）の心が乱れた」という意味だが、姉妹の返歌では「あなた（男）が見て心をときめかせたのは、私たち（女）ではございますまい。この歌の宛先《あてさき》は、人違いでしょう」というまったく別の意味になる。同じ表現でも、TPOの違いで意味が変わってくる。それが、「ついでおもしろき」ことなのだ。

一条兼良のオーソドックスな解釈

では、中世の合理主義者だった一条兼良は、どう読んだか。

男は、旧都で美形の姉妹を見た。すぐに、とりあえず、歌を贈った。このストーリーを語った後で、「物語の作者」が長々とコメントを述べたのである。「ついでおもしろきことともや思ひけむ」以下が、そのコメント。業平が女たちに贈った歌は、二首目に記した源融の歌と同一の趣向である。この趣向を、業平自身も面白く思ったことだろう、というのだ。「おひつきて」は、すぐに、取りもあえず、の意味。二首目は、一首目の本歌（参考歌）の指摘であり、それを語り手が読者に解説している、という読解である。

この読みの大枠は、現在の高等学校で古文の時間に教える内容と、ほとんど同じである。兼良以前と比べると、どこまでが物語でどこからが語り手のコメントか、その境界線が明瞭となった。

一条兼良の解釈は文脈的にも自然で、古文本来のリズムを正しく把握している。ここが、『源氏物語』に関して『花鳥余情《かちょうよせい》』という卓越した注釈書を残した兼良の面目躍如たるところである。ただし、「はしたなし」「おひつきて」の語義に関しては、まだ問題点が残ってはいるのだが。

これで、一条兼良の解釈のままで、現代に到達したのであれば、何の問題はない。ところが、大文学者である細川幽斎が、何とも意外なことに解釈を昔に戻してしまったのだ。

細川幽斎の逆襲

幽斎の『伊勢物語闕疑抄』の説くところは、結果的には『和歌知顕集』への逆コースである。すなわち、姉妹が業平に源融の和歌をそのまま使って返した、その歌は、鷹狩りで野を駆け回る業平にやっと追い付いた従者から手渡された、とするのである。

幽斎は、兼良の後に生まれた。当然に兼良の正しい文脈理解を知悉《ちしつ》しているはずの幽斎が、なぜ『和歌知顕集』の説に従ったのだろうか。それは、幽斎が『源氏物語』に精通していたからではなかろうか。

幽斎は、思いもかけない場所に、心ときめかせる美女を発見した業平の驚きを、光源氏が五条の陋《ろう》屋《おく》で偶然に夕顔を見つけて、彼女に惑溺した出来事と重ね合わせている。『伊勢物語』に影響を受けて紫式部の『源氏物語』は書かれたが、この二つの物語は同一の趣向と同一の主題をもっている、という理解である。

また、「いちはやき雅《みやび》」の語釈に関して、幽斎は、『源氏物語』若菜《わかな》巻の二つの「雅」という言葉の用例を挙げて、その語義を説明している。

幽斎が、『伊勢物語』第一段を『源氏物語』と響き合わせて読解する姿勢を最も露《あら》わにしたのが、二首目の歌を女の業平への返歌である（すなわち、コメンテーターの解説ではない）とする箇所である。『源氏物語』の空蟬《うつせみ》巻の巻末には、光源氏の求愛を拒んだ空蟬の歌が詠まれている。

空蟬の羽《は》に置く露の木隠《こがく》れて忍び忍びに濡るる袖かな

細川幽斎（京都市・天授庵蔵）

この歌は、空蟬の創作歌ではない。女性歌人として著名な伊勢《いせ》の御《ご》（伊勢）の家集に見える歌である。空蟬は、自分自身の深い思いを、他人の詠んだ歌で代用したと解釈されている。この箇所を、幽斎は思い出す。そして、それと同じことが、『伊勢物語』第一段でも起きていたのだと考えた。業平から歌を贈られた姉妹は、自分たちの思いを新しい創作歌で示してもよかったのだが、それよりも他人の和歌をそのまま書き付ける方が、かえって今の自分たちの状況にふさわしいと判断したのだ。そして、源融の和歌をそのまま返歌とした。

『源氏物語』を利用して『伊勢物語』を読み解く姿勢が貫徹されるには、二首目の和歌は語り手のコメントであってはならず、女の返歌でなければならない。というわけで、歌の贈答された場面設定を、一条兼良以前の『和歌知顕集』の説く通りだと認定した。そして、文脈も「となむ」で句点を打つのだ、と考えたのだ。

さらに、幽斎の説には、別の根拠もあったろう。『伊勢物語』に関する藤原定家《ていか》の簡単な注解（＝勘物《かんもつ》）に、在原業平が源融の和歌を本歌とすることはありえないとする見解があった。業平の生没年は、西暦八二五～八八〇。源融は、八二二～八九五。まさに同時代人であって、歌に関しては自信家の青年・業平が、源融の歌の本歌取りを試みるようなヤワなことがあろうはずはない、というのだ。幽斎も、定家の考えに同意したのだろう。そして、そうでない本文解釈を模索すると、おのずと業平ではなくて、女たちの側が源融の和歌を借用したとする解釈にたどりつく。

つまり、『伊勢物語闕疑抄』の文脈理解は、次のようなものだった。

（業平の贈歌は）春日野の若紫の摺衣忍ぶの乱れ限り知られずとなむ（ありける）。（姉妹は、業平に）追ひ付きて、（返歌を）言ひやりける。（姉妹は、源融の歌をそのまま自分たちの返歌にして別の意味に変えてしまう趣向を）ついでおもしろきことともや思ひけむ。

（姉妹の返歌）みちのくの忍捩摺り誰ゆゑに乱れそめにし我ならなくに

と理解していた。「となむ」の箇所で、文章がとぎれ、句点となる。これ以前と以後とで、主語が変化するのである。屈折した文脈理解であり、いかにも苦しい。

「追ひ付きて」の主語を業平（の使者）から姉妹（の使者）に変えた点が、『和歌知顕集』の理解と違っている。それにしても、何とも不思議な読み方をしたものである。ただし、江戸時代の『伊勢物語』を絵画化した奈良絵本に、野原を歩く業平に歌を手渡す女性（姉妹が遣わした使者）を描いたものがあるのは、絵師がこの珍妙な『伊勢物語闕疑抄』に従って構図を描いた結果である（本書のカラー口絵参照）。

以上を要するに、江戸時代に北村季吟が『伊勢物語拾穂抄』を著す時点では、『和歌知顕集』や『伊勢物語闕疑抄』の解釈が有力で、現在は正しい解釈として疑われない『伊勢物語愚見抄』の説が例外的な少数説で浮いている、という感じだったことになる。

『伊勢物語拾穂抄』の裁き

季吟は、一条兼良の『伊勢物語愚見抄』の説を「一」として引用し、細川幽斎（法名は玄旨）の『伊勢物語闕疑抄』の説を「玄」として引用し、師である松永貞徳の説を「師」として引用して、その説の優劣を勘案する。

では、季吟はこの二つの解釈の対立を、どのように裁いただろうか。これまでの注釈が、どちらか一つの解釈のみを正解として読者に示していたことを肝に銘じよう。ここで、季吟は、「両説の併記」という方法を編み出す。

一見すると、注釈者の責任を放棄する「ずるい」姿勢と受け取られかねないが、決してそうではない。最高裁判所の判決でもそうだが、両説の「併記」は、最終的に良しとする判断が配列順序でおのずと伝わるようになっている。季吟の場合も同様である。

業平の歌が記される箇所までは、問題はない。その後の、「となむ」以下の箇所。季吟は「愚案《ぐあん》」として、「これから先には、二つの解釈が対立している。『闕疑抄』などの解釈は世間に知られていて珍しくないので、まず一条兼良の『愚見抄』の説の方から紹介しよう」という主旨の方針を示す。つまり、季吟は一条兼良の『伊勢物語愚見抄』の解釈を正しいと考えたのだ。けれども、その説を記した後で、『伊勢物語闕疑抄』の説も詳しく紹介している。

このように両説を併記したうえで、季吟は「師説」を書き記す。

「といふ歌の心ばへ也」などいふ詞につきては、『愚見』の御説、さもあるべき歟《か》。然《しか》れども、当流の御説、めづらかにあそばしたり。尤《もつと》も感慨あり。所詮《しょせん》、学者の所好《このむところ》にしたがふべし。

季吟の師の貞徳は、幽斎の弟子である。幽斎は、三条西家に学び、その師は宗祇である。すなわち、宗祇から始まる「古今伝授」の嫡流を、「当流」と呼ぶ。ここでは、「当流」とは幽斎説に流れ込んだ宗祇以来の解釈を指す。貞徳も季吟も、文脈の理解として一条兼良の『伊勢物語愚見抄』の解釈を、より妥当であり適切だときちんと押さえている。

ただし、幽斎ほどの読み手がこだわって提出した「異説＝別解」にも、たとえそれが最善でないとしても、はなはだ感慨があるとして、紹介するのを厭《いと》わない。未来の学者たちは自分たちの好むところに従って、両説のうちのどちらかを取ればよい。ただし、自分は、一条兼良の解釈に従う。

『伊勢物語』に関しては、諸説入り乱れているので、貞徳も季吟も、一条兼良の解釈と幽斎の解釈のどちらを取るか、時と場所によって巧みに使い分けているようだ。貞徳は、まだ幽斎説に従っていた可能性が高いが（『伊勢物語奥旨秘訣《おうしひけつ》』）、季吟は一歩距離を置いている。

複数の解釈が可能な箇所では、それらを可能な限り公平に紹介する。ただし、単なる並列的な羅列ではなく、よく読めば季吟が良しとしている解釈はすぐに判断できる。読者は、季吟の推奨するオーソドックスな解釈を知ったうえで、「深すぎる読み」や「浅すぎる読み」などの別の読み方の存在を教えられる。それらをすべて頭に入れて、『伊勢物語』の残りの百二十四段を読み進めると、突然に、「浅い」と思われたある段の少数説が「もしかしたら、あれも可能かな。いや、こちらが、きっと正しいのかも知れない」などと思い当たる場面が出てくる。

『源氏物語』のように長編の場合には、特定の場面の解釈と、全体を通読したうえでの解釈とが微妙に食い違ってしまうことがある。そういう場合には、季吟の公平な姿勢はまことに役に立つ。

季吟の教訓的な文学観

それでは、細川幽斎・松永貞徳から季吟へと流入した当流の「注釈の系譜」は、どのような古典文学に対する認識を特徴とするのだろうか。

『伊勢物語』の第三段は、業平と二条《にじょう》の后《きさき》との愛を語っている。二条の后は、本名・藤原高子《たかいこ》。清和《せいわ》天皇の后であるが、彼女の生んだ陽成《ようぜい》天皇は、実際には業平の子だったというゴシップが喧伝《けんでん》されている。

『源氏物語』にも、同じ人間関係が見られる。桐壺帝の寵愛を一身に鍾《あつ》める藤壺女御《にょうご》の生んだ冷泉《れいぜい》帝は、実際には光源氏の子どもだった。このような「三角関係」ないし「不義密通」のストーリーを読んだ読者の反応は、汚らわしいと否定する立場と、タブーを乗り越えてまで純愛を貫いた勇気を称揚する立場と、両極端に分かれることだろう。本居宣長の「もののあはれ」の美学は、称賛する側の代表である。そして、否定する側の代表が、季吟たちの「教訓読み」なのだ。

まず、『伊勢物語』第三段の本文を挙げておこう。

昔、男ありけり。懸想《けさう》じける女のもとに、ひじき藻《も》といふ物をやるとて、
　思ひあらば葎《むぐら》の宿に寝《ね》もしなむひじきものには袖をしつつも
二条の后の、まだ帝《みかど》にも仕《つか》うまつり給はで、ただ人《うど》にておはしましける時のことなり。

男（業平）の歌の「ひじきもの」には、歌と一緒に贈った「ひじき藻」（＝海藻の名前）と、「引敷《ひじき》物《もの》」（＝袖を重ねて敷いた寝具）が懸詞になっている。「どんなに粗末な家で暮らすことになって、満足な寝具もなくてお互いの着ている衣の袖しかないような貧しい生活であったとしても、愛さえあれば二人で満足して生きていけます。わたしは、あなたとならそういう暮らしをしたいのです。あなたには、そういう気持ちがありますか」。

ひじき藻　『嵯峨本伊勢物語』第３段挿絵（斎宮歴史博物館蔵）

男が女に向かって、地位も財産も名誉も捨てて、二人で地の果てまで駆け落ちしようと誘っている趣である。どこか、夏目漱石『それから』のラスト・シーンを思わせる悲劇の予感が漂う。

季吟の注釈は、貞徳の文学観を、そのまま受け継いでいる。

師「ただ人にておはします《ママ》時」と書きて、略《ほぼ》この

密通の罪をたすくるやうにいひて、その名をかく書き表はす事、「春秋の文法」にて、深き誡《いまし》め也。この物語は、七条の后へ、伊勢が書きて参らすとて、いかなる密々《みつみつ》の事も世に隠れなくて、末代までもその浮き名立て申す事ぞ、と知らせ参らせて、教誡《けうかい》し侍りしにや候ひけん。

すべて貞徳の「師説」であって、どこにも季吟の「愚案」（愚按）はない。ということは、季吟は、この場面に関しては貞徳のコメントに自分自身の言葉を付け加える必要性を感じなかったのだ。それでは、貞徳はどう述べていたか。本文解釈ではなく、主題把握の領域である。

この第三段には、業平と二条の后が過《あやま》ちを犯したのは、彼女がまだ后と呼ばれる以前で、入内《じゅだい》以前の頃だった、と書いてある。一見すると、入内以前だったから、多少の過ちは若気の至りとして許されるという主旨で、この段は不義密通の罪を弁護しているように思われるかもしれない。ところが実はそうではなく、二人の恋の罪を厳しく断罪するために書かれた章段である。古代中国の歴史書である『春秋《しゅんじゅう》』が、簡潔な筆致で厳正な筆誅《ひっちゅう》を加えたように、この段は道ならぬ恋に溺れた当事者を弾劾《だんがい》し、読者に向かって同じような罪を犯してならないと強く戒めているのである。

そもそも、この『伊勢物語』は、在原業平の残した自筆の恋愛日記を、その没後に、妻だった伊勢（伊勢の御）が推敲・改訂して、女主人である七条の后（宇多天皇の女御・藤原温子《おんし》）に献じた書物である。どんなに秘密にしておきたい恋愛であっても、絶対に後世まで隠し通すことなどできないものであり、永遠に悪名を流し続けてしまうことを、七条の后に教え申し上げる教育書ないし教訓書として、機能していたのだろう。……

以上が、貞徳の読みである。業平本人の一人称の日記を、残された妻が三人称に書き直した、とする古い伝説をそのまま踏襲している。業平の最後の妻だった女性の名前を「伊勢」としている。また、時々、『伊勢物語』の本文に現れるナレーション（コメント）は、この伊勢の肉声だというわけだ。

それはさておき、貞徳は『伊勢物語』第三段の主題を、当事者たちが隠蔽したがっている后の密通の暴露であり、読者に対する「反面教師の提示」だと読み取ったのである。なおかつ、『伊勢物語』の発生基盤を、お后などの高貴な女君の道徳教育に求めている。

連想されるのは、『源氏物語』の薄雲《うすぐも》巻。藤壺が逝去した直後に、夜居《よい》の僧都《そうず》が冷泉帝に向かって、光源氏と藤壺との「もののまぎれ＝不義密通」の事実を奏上する。どんなに当事者が秘密にしておきたい密事でも、いつかは必ず顕《あらわ》れてしまうものである、というストーリーである。

また、『源氏物語』の原文を参考にしながら明治の文豪・尾崎紅葉《こうよう》が書き綴った小説『不言不語《いわずかたらず》』では、ある女性が隠しておきたい過去の犯罪がとうとう露顕してしまう悲劇を描いている。貞徳や季吟の「教訓読み」は、決して孤立した文学観ではない。『源氏物語』の読者が必ず驚愕する薄雲巻のストーリーの「先蹤《せんしょう》」として、『伊勢物語』第三段を位置づけるのである。

イロニーの視線

『伊勢物語』の主題も、『源氏物語』の主題も、貞徳に言わせれば、どちらもが「奔放な恋愛は、いつか必ず世間に知られてしまう」という恋の戒めなのだ。だから、「道徳に背く恋愛は、絶対にしてはならない」という教訓になる。それが、そのまま北村季吟の王朝物語に対する主題認識である。

このような読みに対抗して、本居宣長は「もののあはれ」という文芸的な美意識を提唱した。確かに、「もののあはれ」は、文芸学的にすばらしい。だから、貞徳や季吟の教訓読みは、相対的に底が浅く感じられる。けれども、それは「近代人の文学観」である。享和元年（一八〇一）まで生きた宣長は、一人の近代人だったのだろう。

秘密の恋の露顕におびえる高貴な后の恐怖感をわが事のように思う感受性の鋭い読者にとっては、「自分が、もしお后の立場だったら、業平や光源氏のような男性から言い寄られたらどうするか、あるいはどう対処すべきか」を本気で思索する契機となるだろう。そして、自分の名が、千年後まで「密通者」として語り継がれる恐怖をも理解できることだろう。それが、季吟たちの読み方だった。

単純な道徳教育などではない。物語世界に没入して恋愛絵巻を全身的に夢見て、登場人物の運命を自分のものとして引き受ける熱狂的な視線。なおかつ、物語を読み終わって、悪夢から覚めたように、登場人物の運命を我が身に絶対に引き受けてはならないと強く感じる冷静な視線。この二つの相反する視線が同時に可能であった場合に、初めて「教訓読み」は可能となる。

唐突に思われるかもしれないが、ドイツ・ロマン派に、「イロニー」という用語がある。「アイロニー」とも言うが、対象に没入すると同時に、距離を置いて対象を皮肉に眺めることで、複眼的な視点からその対象の本質に迫ろうとする態度のことである。これを、わが国に移入したのが、保田與重郎《やすだよじゅうろう》たちの「日本浪曼派《にほんろうまんは》」の運動だった。

貞徳や季吟たちの「教訓読み」は、この「イロニー」の視線に限りなく近いと、わたしは考える。激情に駆られて恋の過ちを犯してしまう当事者の心に没入できなければ、露顕した後の衝撃や悲惨さも理解できず、彼らを皮肉に批判する視点には立ちえないだろうからである。

そのうえで、ドイツ・ロマン派や日本浪曼派は、悲劇の恋に泣いた女たちを共感を込めて愛惜し、彼女たちにせめてもの賛歌を捧げることだろう。そこだけが、貞徳・季吟とは違っている。季吟は、恋に泣いた女たちに「鎮魂のモニュメント」を建てることをせず、「反面教師のレッテル」を貼《は》りつける。

季吟の「教訓読み」については、まもなく『源氏物語湖月抄』の花宴《はなのえん》巻を読む時に、さらに考察を深めることにしよう。

『伊勢物語』の狩の使

『伊勢物語』に、話を戻す。第六十九段（狩《かり》の使《つかい》）は、在原業平と伊勢斎宮《さいぐう》との三日間の純愛を描く。この物語のクライマックスの一つである。

業平が、勅使として伊勢の国に派遣された。伊勢には斎宮がいて、業平とは親族・姻族として繫がりがないこともなかったので、彼を親切に接待した。ところが、二人は一目会った瞬間から、互いに心惹《ひ》かれるものを感じた。

斎宮は、伊勢神宮に奉仕する神聖な職務であるので、純潔な身体でなくてはならない。俗人の業平と愛し合うなど、もってのほかである。しかしながら、二人は神の制止を振り切って結ばれようとして苦しむ。

狩の使　『嵯峨本伊勢物語』第69段挿絵（斎宮歴史博物館蔵）

二日目の夜、業平が眠れずにいると、斎宮が童女を一人連れただけで、ひそかに業平の寝所を訪れた。

男、いとうれしくて、（女を）わが寝《ぬ》る所に率《ゐ》て入りて、子一《ねひと》つより丑三《うしみ》つまであるに、まだ何事も語らはぬに、（女は）帰りにけり。

「子一つ」は、午後十一時頃。「丑三つ」は、午前二時頃。すなわち、二人が密室に籠もっていたのは、およそ三時間である。この空白の三時間に、何があったか。「まだ何事も語らはぬに」と、本文にある。話はしなかったとしても、男女の交わり（＝実事《じつじ》）はあったのか。

あったとするのが、有力説。なかったとするのは、少数説。あったか、なかったか、真実は知りがたいとする折衷《せっちゅう》説もある。

一条兼良の『伊勢物語愚見抄』以前の段階では、「あった」ことになっている。生まれた子どもの名前までわかっており、高階師尚《たかしなもろひさ》である。『枕草子』で名高い中宮定子《ていし》の母は、高階貴子《きし》。その貴子の祖父が、この高階師尚である。

一条兼良の注釈は、「本文に書かれてあることを、書かれた通りに解釈し、余計な行間は読まない」

という方針である。だから、「まだ何事も語らはぬに」と本文にあるからには、それを信ずべきだというのが、大原則である。ただし、あまりにも業平と斎宮の密通説が知れ渡っているので、「実際がどうだったかは、わからない」と妥協せざるを得なかった。

実事《じつじ》（＝情交）無きといふ心也。但《ただ》し、神慮に憚《はばか》りて、露《あら》はには言はぬにや。或る説に、一夜のほどにただもなくなりて、師尚を儲《まう》け給へりと言へり。まことは知りがたきことなり。

「一夜のほどにただもなくなりて」とは、たった一晩の男女関係で、女性が懐妊したという意味である。神話・伝説では、「一夜孕《ひとよはら》み」のモチーフと呼んでいる。ふだんは表現の裏など読まない、厳格な一条兼良ですら、二人の過ちの可能性を否定しきれなかった。

細川幽斎は、どうか。二人が「逢《あ》った」と明確に書かなかった「筆勢＝表現」が「おもしろし」と、彼は言う。つづけて、「されども、逢ひ申したることは、ありぞしつらむ」と推定し、師尚は「業平の息《そく》なり」とまで結論している。

これらを受けて、季吟の『伊勢物語拾穂抄』が書かれる。季吟は、『伊勢物語』第六十九段の本文の末尾に、

斎宮《いつきのみや》は、水尾《みづのを》の御時《おほんとき》、文徳《もんとく》天皇の御娘《むすめ》、惟喬《これたか》の親王《みこ》の妹。

と、系譜的事実が明記されていることを重視する。この段に登場する「男」は、むろん業平であり、最初から実名が判明している。女は、これまでの本文では「伊勢の斎宮」とあるのみだったが、この系譜によって、退位後には水尾の里に隠棲した清和天皇の御代《みよ》の斎宮で、文徳天皇の娘である内親王で、惟喬親王の妹ということがわかる。少し調べれば、「恬子《やすこ》内親王」という人名が特定できる。

なぜ、ここで『伊勢物語』本文は、女性の名前をそれと特定できるように「種明かし」したのだろうか。『伊勢物語拾穂抄』は、師の松永貞徳の見解を書き記し、それをもって季吟の結論としている。

かやうに御名を委《くは》しくあらはす事、「春秋の筆法」にて、後代《こうだい》の誡《いまし》め也。

またしても、「春秋の筆法」である。第三段では「春秋の文法」とあったが、同じ意味である。たった一回でも恋の過ちを犯した女性の実名を挙げることは、『伊勢物語』の将来の読者に向かって、「こういう恋をしてはいけない、どんなに隠そうとしても、必ず露顕して世間から悪い評判を立てられるからだ」と教え戒める語り手の強い意志を感じさせる、というのだ。男女関係を正しく保つことは、身を修め、家を安定させ、天下の政道を正しくすることにつながる。一方で、男女関係の乱れは政道の混乱に直結する。

貞徳や季吟は、おそらく『源氏物語』の若菜《わかな》巻も、こんなふうに読んだのだろう。准太上天皇《じゅんだいじょうてんのう》として政界に君臨する光源氏は、若い女三《おんなさん》の宮《みや》を正妻として迎える。ところが、彼女は、柏木《かしわぎ》という若者と過ちを犯してしまう。何と、最初の密通の夜に、彼女は罪の子を身ごもったのである。

この『源氏物語』若菜巻の深刻な主題を光源氏の側から見れば、「因果応報」となる。かつて自分が藤壺と犯した過ちが、若い二人の過ちとして再現されるのだ。柏木の側から見れば、人妻を愛してしまった若者の悲劇となる。貞徳や季吟は、『伊勢物語』第六十九段と重ねて、「どんなに高貴な深窓の奥方であっても、道徳的に間違ったことをすれば、それを最後まで隠し通すことはできない」という教訓として、読んだのだろう。

それは、危険な恋に惑溺する二人の激情をわが物として共感し、罪の子の誕生による恐怖の発生を彼らと分かち合い、真実が露顕した瞬間に彼らが感じた恐怖に同情の涙をこぼし、なおかつ、「でもこんなことは、人間として絶対にしてはいけないことなのだ」という冷静な判断が可能である読者にして、初めて可能となる。

熱い視点と、冷めた視点の同居。すなわち、「イロニーの視線」である。この「イロニーの視線」から、冷めた皮肉な視線を消去すれば、全面的に没入して同情する宣長の「もののあはれ」の視線になるのだろう。それは、ある意味で、読みの「後退＝単純化」であったかもしれないのだ。

和歌が根幹にある

『伊勢物語』は、『大和物語』や『平中《へいじゅう》物語』などと共に「歌物語《うたものがたり》」というジャンルに整理される。各章段が、和歌の絶唱を核として、その詠まれた状況を語るものだからである。歌物語から発展した「作り物語」である『源氏物語』にも、膨大な和歌が挿入されている。この和歌について、季吟はどんな見方をしていたのだろうか。

俳諧師・連歌師としてだけではなく、歌人として北村季吟は第一人者だった。その証《あかし》が、「古今伝授」である。和歌の聖典は、『古今和歌集』。その仮名序には、紀貫之の高らかな和歌の効用の宣言がなされていた。

ところで、『伊勢物語』第百二段は業平のことを、「歌は詠《よ》まざりけれど、世の中を思ひ知りたりけり」と述べている。

この「歌は詠まざりけれど、世の中を思ひ知りたりけり」という表現は、「歌詠みければ、世の中を思ひ知りたりけり」という「あるべき表現」を、ワン・ランク下げたものである。では、歌人はなぜ「世の中」(=世間の道)を知りうるのか。

季吟は、幽斎の説を引用することで、その間の事情を説明している。

ここをもつて知りぬ。歌を詠まん人は、有為《うゐ》無常を知り、世の理《ことわり》をも勘弁《かんべん》して、教誡の端《はし》ともなり、天下の治《ち》をもいたすべき事也。

「歌を詠まん人」は、「和歌を詠むような人」という意味である(「ん」は婉曲《えんきょく》・推量の助動詞)。和歌の創作や鑑賞は、世間の道理を知ることであり、人倫の道を過たないための戒めともなり、天下の政道を正しくすることにもつながる、というのだ。

表面的には「男と女」の奔放な恋愛しか書いてない『伊勢物語』を最も深く理解するためには、

「教訓読み」をしなければならない、という姿勢である。この読み方は、不義密通と三角関係のこれでもかという繰り返しの汚らわしい『源氏物語』を、最良の「人生教訓の書」として理解する物語観と同じものである。

そして、晩年の季吟が、「幕府歌学方《かがくかた》」として召し出され、「天下の治」に参画したのは、彼の文学観の願ってもない実践であり、達成であった。単なる机上の研究が季吟の究極の目標ではなかった。彼は、治世の道を見据えて学問に励んでいた。

幕府に召し出されてからの季吟の著述は、それほど多くない。正確には、激減している。ただし、季吟は毎日のように登城して、激務をこなした。この時でも彼は、「仕事が忙しくて、以前のように執筆の時間が取れない」などと不満をこぼすようなことは、絶対になかっただろう。

宗祇、幽斎と受け継がれてきた「実践的な政道読み＝教訓読み」の総決算として、自分が文学と政治とを一つに融合するのだという希望に、老齢の季吟は燃えていたのだと思われる。

2　『源氏物語湖月抄』を読む

花宴巻を読む

北村季吟の最高傑作は、『源氏物語湖月抄』である。この画期的な注釈書によって、平安時代の文語文で書かれた『源氏物語』が、江戸時代の一般人でも読めるようになった。それだけではなく、この物語の精髄に触れることも可能となった。

既に述べたように、『源氏物語湖月抄』の刊行後に、本居宣長が数多くの新説を提出した。それらを取り込んだのが、『増註《ぞうちゅう》源氏物語湖月抄』である。『増註源氏物語湖月抄』にも、何種類かのテキストがあるが、本書では最も入手しやすい講談社学術文庫の『源氏物語湖月抄・増注』（有川武彦校訂）を用いて、『源氏物語』を読むとはどういう行為なのか、詳しく説明してみたい（なお、名著普及会『増註源氏物語湖月抄』も、同文である）。これが、『源氏物語』を注釈付きの原文で読む愉しさの説明になれば、望外の喜びである。

どの巻を選んでもよいのだが、やはり主人公の光源氏が輝いている巻がよいだろう。それに、内容的にも華麗な方がよいから、花宴《はなのえん》巻にしよう。これから、わたしは大学でこの巻の講読を担当する教官になったつもりで、解説する。文体が急に一変して「話し言葉」になるのは、そのためである。了承されたい。

読者の皆さんの前には、テキストとして、『増註源氏物語湖月抄』が拡げられている、という設定である。『増註源氏物語湖月抄』による講義ではあるが、季吟の文学観を説明する際には、『源氏物語湖月抄』という呼称を用いる。季吟以後の学説を視野に入れる際に、『増註源氏物語湖月抄』という呼称を用いる。混乱のなきよう、お願い申し上げる。

巻の名前について

さあ、これから、花宴巻を読み始めましょう。皆さん、『増註源氏物語湖月抄』のテキストを開いて下さい。すると、本文の前に、一ページ費やして、何やら蘊蓄《うんちく》が書かれていますね。いろいろな注釈書の名前が、略符号で示されていますが、説明する時には略符号ではなく、正式の書名を使います。また、注釈書の文章も原文のままではなく、読みやすい表記に改めて引用します。さて、最初に登場する『花鳥余情《かちょうよせい》』は、室町時代の一条兼良《いちじょうかねら》の注釈書です。そこには、「詞《ことば》を以《もっ》て名とせり」、とあります。

そもそも、『源氏物語』の五十四帖《じょう》には優雅な名前が付いていますが、その巻に含まれる和歌から切り出された巻名と、散文（地《じ》の文）から切り出された巻名とがあります。前者を「歌を以て名とせり」と言い、後者を「詞を以て名とせり」と言うのです。

正確には、①巻名が作中和歌にのみ含まれる、②巻名が地の文にのみ含まれる、③巻名が作中和歌と地の文の両方に含まれる、④巻名が作中和歌にも地の文にも共に含まれない、の四通りがあることになりますね。

このような分類は、現代人にはどうでもよいことかもしれませんが、和歌が文学の本流だった時代には、この物語の「雅《みやび》」を象徴している巻名が「歌語」かそうではないかの区別は、大切な意味を持っていたのでしょう。

また、『源氏物語湖月抄』全六十巻の第一巻「発端《ほったん》」には、「巻々《まきまき》に名を付くる事」という項目があり、上記①から④までの四分類が、仏教の教義における「有門《うもん》」「空門《くうもん》」「亦有亦空門《やくうやくうもん》」「非有非空門《ひうひくうもん》」と対応しているという説明がなされています。これは、『源氏物語』の実質的な冒頭である帚木《ははきぎ》巻や最終帖の夢浮橋《ゆめのうきはし》巻の解釈、すなわち『源氏物語』全編の宗教的・哲学的テーマの把握とも関わるも

花宴

【花】詞を以て名とせり。但巻の詞には南ン殿ンの櫻の宴《エン》せさせ給ふとありて、奥の二條のおとゞの藤の宴の所には、藤の花の宴し給ふとあれば、是につきて巻の名を花の宴といへるにやと覺え侍れど、古來、花の宴とは櫻を翫《モテアソブ》事をいひならはし侍るうへ是は禁中の事也。かれは私の家の宴なれば猶南殿の櫻の宴をもて名目とせりと心得べきなり。【箋】巻ノ名ハ南殿ノ櫻ノ宴ノ事也則花ノ宴也。【細】唐土には花と云は牡丹。日本には花といふは櫻也。櫻ノ宴花ノ宴差別《シヤベツ》あるべからず。【孟】此巻は紅葉の賀の次のとしの春也。源氏十九歳、宰相中將正三位也。【細】【哢】同。花ノ宴ノ之例ノ事【花】國史ニ云ク弘仁《コウニン》三年二月辛《カノトノ》丑幸《ミユキシタマフテ》ニ神泉苑一覽《ミタマヒ》二花樹ヲ一命《シテ》二文人ニ一賦レス詩ヲ賜《タマフテ》レ綿有レリ着《スルコト》云云花ノ宴ノ濫觴也。又云桐壺帝《キリツボノミカド》を醍醐《ダイゴ》に准《ジユン》じ奉るについて、彼御宇《カノギヨウ》花宴を行なはれし事、延喜十七年三月六日常寧殿《シヤウネイデン》ノ花ノ宴ノ詩題《シノダイ》、春夜ニ翫《モテアソブ》二櫻花ヲ一。延長四年二月十七日清涼殿《セイリヤウデン》花ノ宴ノ詩ノ題、櫻繁《シテ》春日斜《ナナメナリ》。此ノ兩度ノ之例《レイ》には過べからず。みな探韻作文《サクモン》の御遊の事あり。抄ニ委。南殿ノ花ノ宴例ノ事【花】村上天皇康保二年三月植《ウエ》二櫻樹ヲ於南殿ニ一有二花ノ宴一詠《シ》二古詩ヲ一誦ス二新歌ヲ一云云。此時は探韻などはなかりしかども、南殿の櫻を御覽の例也。又醍醐の御世の後の事なれども准據《ジユンキヨ》に引用べきにや。

○本居翁云　同君二十歳の春なり。巻の名、此度の櫻の宴の事を、須磨ノ巻薄雲ノ巻をとめの巻などにはすなはち、花の宴と見えたり。

きさらぎのはつかあまり、なんてんのさくらのえん　(細)延長四年二月十七日の宴、此物語の准據に相當れり。醍醐ノ御門延長は御代の末也。今この花ノ宴も桐壺の御代の末の事也。二月廿余日も旁《カタ〳〵》以て延長に叶へり。(河)南殿櫻は、紫宸殿の巽《タツミ》にあり。是大略草創《サウ〳〵キ》よりの樹也。貞觀に枯《カル》といへども根よりわづかに萌《モヘ》出けるを、坂上ノ瀧守《タキモリ》これをもろ、枝葉再《フタタビ》盛《ナリ》云云。(師)左近の櫻と云是也。今も紫宸殿の御階ちかくにあり。拾芥抄云(中山右府御作)南殿前庭櫻樹者本是梅也。桓武天皇遷都《セント》之日所レ被レ植也。而及二承和年中一枯失、仍仁明天皇被レ改《アラタメ》レ樹也云云。(花)延喜の帝、常寧殿の花宴も宴席をば清涼殿にてひらかれし也。此物語の花の宴も南殿の櫻御覽ありて、宴をば清涼殿にかへらせ給ふて、おこなはるる事と心得べき也。

后春宮《キサキトウグウ》　(細)后は藤壺、春宮は朱雀院なり。

左右《サウ》にして　(細)南殿の東西也。東宮

きさらぎ《二月》のはつかあまり、なんでん《南殿は紫宸殿也》の櫻のえん《宴》せさせ給ふ。后春宮の御つぼね《清涼殿にての儀式也》《局》、【細】昔ニよむ也 左右にして、まうのぼり《参上》給ふ。弘徽殿《こきでん》《春宮ノ御母也》の女御、中宮《藤つぼ也》のかくておはするを、【河】毎ニ折節ニ也 をり《折》ふしごとに、やす《安》からずおぼ《思》せど、ものみ《物見》《何ぞ見物の折にはみすぐしがたくて也》にはえすぐ《過》し給はでまゐ《参》り給ふ。日いとよくはれ《晴》て、空《そら》の氣色《けしき》、鳥《とり》のこゑ《聲》も心ちよげなるに、みこたち《親王達》、かんだちめ《上達部》よりはじめて、【細】文學にたづさはる人人の事也 その道のは、みな、たむゐん《探韵》《タンヰン》《サグル》給はりて、ふみつく《詩なり》り給ふ。さいしやうのちうじやう《宰相中將》《源氏也》、『春といふもじ《文字》給はれり』とのたまふこゑ《聲》さへ、れいの人にこと《異》なり。【細】是もさのみおとり給はざるよし也 つぎに頭中將、人のめうつし《目移》も、たゞならずおぼゆ《源の次には心にくゝ見給ふ也》《ふ心也》べかンめれど、いとめやす《見安》くもてしづめて、こわ《聲》づかひなど、ものものしくすぐ《勝》れたり。【細】源頭中將の外の人人を云也 さての人人は、みなおくしがちに《臆する者あまたありし也》、はなじろ《鼻白》めるおほ《多》かり。地下《ちげ》の文人《もんにん》は、《次の恥かしくてと云にかけてみるべし》まして御かど《帝》春宮の、御ンざえ《才》かしこくすぐれておはします《才智勝れ給ふ也》。《文學の道に賢人の中に達したる人おほきと也》かかるかたに、やむごとなき人おほ《多》くものし給ふころなるに、はづ《恥》かしくて《文人どもの心也》、はるばるとくもりなき庭に、たちいづ《立出》《韵をさぐりに也》る程、はしたなくてやす《易》きことなれど、

は左ッ東なるべし。后は右西なるべし。〔明〕花鳥延喜の例を引て清涼殿に歸らせ給ひてと心得べし云云。此義可レ然哉。うちみだれたる宴は、南殿にてはそのたよりありがたきにや。

弘徽殿の女御 〔細〕藤つぼに立后をこされ給ふを恨み給ふて、同座もなき也。され共今日は参り給ふ也。

中宮のかくておはする 〔源〕后に立ち給ひて、帝にそひておはするを云ふ。

日いとよくはれて 〔細〕時節の景氣、又其比の宮中のさまを思ひやりて見るべき也。末代零落の躰にてみれば作者の筆の粉骨もむなしかるべし。

その道のは 〔玉〕上に文學の事見えざるに、其道とは、いかがなるごとくなれども、すべて宴には、詩を作るを、むねとすれば、かくいへり。

【玉補】小櫛に云云とあれど、今思ふに、下の句にふみつくり給ふとあるを、上へめぐらしてその道といへるなるべし。

たむゐん給はりて 〔細〕韵の字を一字づつさぐり得て詩を作る也。各分二一字一の事也。花鳥に見えたり。〔花〕先第一之儒者承レ仰献レ題、次書二韵字一盛二中院一置二庭中文臺上一近衛次将《ジシヤウ》先探二御料韵字二一置二筥蓋一昇自二御前階一献レ之、次公卿堪二屬文一者文人等各進二文臺頭一探二一字一見レ之奏二官姓名及所レ探字一也。今案探韵各分二一字一詩也、悉韵字替也、故懐紙端作云春日同賦三春夜翫二櫻花一各分二一字一應レ制詩〈探得二其字一〉如レ此可レ書也。〔晴〕韵字を一字づつ探つて作る也。其作法は先題を儒者の定て後に、古詩を一字づつにしてさぐる也。詩の名句或は時にあひたる句を用ル也。庭上にして儒者の文臺のうへにふせおくを、中少将おりて主上の御ために韵字を二ッとりて奉る。叡慮にかなはんを一字用《モチヒ》あるべきよしの古實也。諸臣は各一字を探ル事也。作者十人あれば五言ノ詩二句を一字づつ韵にわかつ也。十四人の時は七言二句を用ルにや、悉ク韵の字はかはる也。

さいしやうちうじやう春といふもじ 〔河〕眞淳《シンジユン》臻《シンノ》韵也。〔細〕韵字を探り得ては各其よしを申す也。官姓名何何の字を給はるとなのる也。今日花ノ宴に春の字さぐりテ給ふ事自然の幸也。こわづかひ容儀心づかひ有べき事と見えたり。

つぎに頭中將云云 【玉補】人の目うつしもただならずと、中將の心におぼゆべかんめれど、それにつけて臆する心もなく、といふ意なり。

めやすくもてしづめて 人は心にくくおもへど中將のみづからはおごらぬさま也。【新】めやすくは見苦しきに對ふ語にて、見よくしなし給ふをいふ也。もてしづめとはよくしなし得給ふ也。〔源〕もてしづめては、あわつかならず容儀靜にふるまひ給ふ事也。

はなじろめる 〔細〕臆したるさま也。〔花〕臆病の心也。人のおくしたる時は、よそへめがくばられずして、かならず鼻のうへがしろしろとみゆる也。

はるばるとくもりなき庭に 〔源〕はるばるとは廣き形容《サマ》をいへる辭なり。くもりなき庭は、上に日いとよく晴れてとあるをうけて、且あきらけき君の御前なる由をよせたり云云。

やすきことなれど 〔細〕詩の絶句一首作ルべき事、いとやすきことなれど、時宜にしあつかひたる也。〔明〕今案ルニあながち詩の事にあらず共、立ち出て探韵《タンイン》給はる時の進退をいふにや。〔師〕明星の御説を用ゆべし。【玉補】げに明星の御説よし。やすき事は、上のはるばるとくもりなき庭に立いづといへるをうけ、くろしげなりは、上のはづかしくてと、はしたなくてとをうけたるなり。

がくどもなどは (細)延長四年の例を用ひて書けるとみえたれども、此度は樂なし、されど、事をとりくはへていふ也。(花)凡花の宴には御遊ばかりにて舞樂はなし。天暦三年三月十一日二條院ノ(陽成院ノ事也)花ノ宴同月十二日仁壽殿の花ノ宴、各有リ二舞樂一即奏ス二春鶯囀ヲ一又地下ノ伶人ばかりにて、殿上の舞はなき也。此物語の習面《オモ》かげもあれば、あゐより青く書なしたる也

春の鶯さへづる (細)天暦の例なるべし。春鶯囀花宴にたよりあり。一名は天長寶壽樂と云云。かたがたより有ルこと也。(孟)春鶯囀一越調大曲新樂。

源氏の御紅葉の賀 (細)紅葉の賀の字爰にみえたり。(孟)青海波を舞ひ給ひし事をおぼし出でて春宮の御所望也。【玉補】源氏のおほんここにてきるべし。上の詞にゆづりて、舞といふことをはぶきたるなり。(源)此説いかが、御の字は賀の字へ係《カカ》る意なるべし。紅葉ノ賀ノ巻に御かれうびんがの聲とあるに准ラへて思ふべし。

春宮かざし給はせて (哢)源は何れの舞ともみえず、一さし也。(細)春宮

くるし《苦》げなり。とし《年》老いたるはかせ《博士》ごもの、なり《形躰也》あやしく《怪》やつれて、れいなれ《例の事にて馴たる也》たるも哀《あはれ》に、さまざま御らん《天子の也》《覽》ずるなんをかしかりける。がく《樂》どもなどは、さ《更》らにもいはず、ととの《調》へ《樂の上手をえらび給ひし也》させたまへりc やうやう入日になる程に、はるのうぐ《春鶯》《春鶯囀也》ひすさへづるといふ舞《まひ》、いとおもしろくみ《見》ゆるに、源氏の御《春宮の御心也》紅葉《もみち》の賀《が》のを《折》りおぼし出でられて、春宮かざし《花など冠に付る也》たまはせて、せちにせめのたまはするに、のがれ《源》がたくて、たち《立》て、のどかに袖かへす所を《【河】翻二舞袖一也》、ひと《一》をれ氣色《けしき》ばかりま《舞》ひ給へるに、似るべきものなくみ《見》ゆ。左のおとゞ《葵の父也》《大臣》、うらめしさも忘れて涙《なみだ》おとし給ふ。『頭中將《勅言也》いづら、おそし』とあれば、りうくわえん《柳花苑》といふ舞を、これは今すこし《少》うちすぐ《過》して《【細】源よりは念比に舞ひ給ふ也【孟】聊久しく舞ひ給ふ也》、かかることもやと心づかひやしけん、いと面白ければ、御ぞ《衣》給はりて《【箋】勅祿を給ふ也》、いとめづらしきことに人思へり。かんだちめ《上達部》みな《皆》《【箋】源頭中將臨時の所望にて舞へる間、やむ事を得ずして次第に上達部に及ぶと見えたり。花宴に堂上の舞例なき故臨時の躰に書なすなるべし》みだれ《亂》てまひ《舞》給へど、夜に入りては、ことにけぢめも《いづれよしあしともしれぬ也》見えず。ふみ《文》《其日の詩也》など《講》かうずるにも、源氏の君の御をば《【細】御詩をばと云心也》、かうじ《講師》も《讀》えよみやらず、

のですが、今は詳しくは触れることはできません。

花宴巻に、話を戻しましょう。この巻は、和歌からではなくて「詞《ことば》」から花宴というネーミングが付けられたとあるわけです。では、どういう「詞＝文章」でしょうか。『花鳥余情』には、「南殿《なんでん》の桜の宴せさせ給ふ」という箇所と、「藤の花の宴し給ふ」という二箇所が抜き出してありますね。前者は、宮中で開催された華麗な桜の花の宴ですが、「花の宴」ではなくて「桜の宴」となっていて、巻名そのものとは一致しません。後者は、巻名の「花の宴」そのものですが、右大臣の私邸で開かれた藤の花の宴であって、巻の眼目ではありません。ですから、この花宴巻は例外的に、どの文章から抜き出したということが明瞭ではないのですが、古来「花」と言えば「桜」のことですから、「桜の宴」のことを「花の宴」と言い換えたと考えられます。よって、「猶《なほ》南殿の桜の宴をもて名目《みやうもく》とせり、と心得《う》べきなり」というのが、『花鳥余情』の結論です。

現在、最も権威のある注釈書の一つである小学館の新編日本古典文学全集（阿部《あべ》秋生《あきお》・秋山虔《あきやまけん》・今井《いまい》源衛《げんえ》・鈴木日出男《すずきひでお》の四氏の校注・訳）でも、本文に先立って、「巻名」の説明があり、「巻頭に、『南殿の桜の宴せさせたまふ』とあるのによる」と書かれているのは、この『源氏物語湖月抄』の蘊蓄披露のスタイルを、そのまま踏襲したものです。

光源氏の年齢と、年立

『源氏物語湖月抄』の蘊蓄は、しばらく続きます。本文を読みたくて、皆さんはうずうずしているでしょうが、我慢して、もう少しこの蘊蓄に付き合いましょう。

『孟津抄《もうしんしょう》』の説が引かれていますね。『花鳥余情』といい、『孟津抄』といい、いくつもの注釈書を縦横無尽に引用して、それらに語らせるのが、『源氏物語湖月抄』の方法なのです。「この巻は、紅葉の賀の次の年の春也。源氏十九歳、宰相中将正三位《さいしやうちゅうじやうしやうさんゐ》也」、とあります。すなわち、この巻の光源氏の年齢は、数え年で十九歳である、という指摘です。これを、「年立《としだて》」と言います。『源氏物語』の正《せい》篇《へん》は、光源氏の年齢を基準として組み立てられた一代記です。ですから、光源氏の年齢がわからないと、十分に鑑賞することができません。

　ところが、『増註源氏物語湖月抄』の蘊蓄の最後の行に、次のようにありますね。「本居翁云《をういはく》、同君二十歳の春なり」。「同君」とは、光る君、すなわち光源氏のことです。さっきの『孟津抄』には、十九歳の春とありました。肝腎の光源氏の年齢が、本居宣長以前と以後とで一歳違っているわけです。この一歳の違いは大切でして、例えば「自分が光源氏よりも年上である」と嘆いている六条御息所《ろくじょうのみやすどころ》がいます。彼女と光源氏の年の差が、七歳か八歳かで、かなり読後感が違ってくるでしょう。

　これは、作者の紫式部にも責任があるのです。紫式部は、冒頭の桐壺巻で光源氏の年齢を綿密に記した後は、まったく言及しないのです。ちょっと、読者に対して不親切ですね。何と、藤裏葉《ふじのうらば》巻で、「来年、光源氏は四十歳におなりになる」という意味の言葉が書かれるまで、読者は光源氏の年齢を教えてもらえません。この「藤裏葉巻＝光源氏三十九歳」から逆算して、各巻の光源氏の年齢を確定してゆくのですが、これがややこしいのです。

　特に、玉鬘《たまかずら》巻というところで、幼い玉鬘が都と九州を往復したりして、時間が錯綜してしまいます。この辺で、引き算の間違いが起きてしまうのです。宣長が、きちんと計算をしてくれたので、わたしたちは迷わずに済みます。ただし、これは『源氏物語湖月抄』以後の研究ですから、北村季吟の『源氏物語湖月抄』しか読まない人は、今でも「花宴巻の光源氏は十九歳」と思いこんでしまうでしょう。『増註源氏物語湖月抄』が、座右に必要な理由です。

小学館の新編日本古典文学全集にも、「源氏二十歳の春」とあり、宣長説がそのまま踏襲されています。

准拠の指摘

巻の全体に関わる『源氏物語湖月抄』の蘊蓄は、まだ続きます。退屈なようでいて、案外、この物語の本質に触れているのですから、読み飛ばせません。『花鳥余情』に、「国史に云く」とあるあたりです。何が書かれているのでしょうか。

まず、弘仁三年、西暦の八一二年ですが、この年の二月に嵯峨天皇が神泉苑《しんせんえん》に行幸《ぎょうこう》なさって、花樹を賞された故事が指摘されています。これがわが国における「花の宴」の始まり、すなわち濫觴《らんしょう》だというのです。すべてにわたって「前例・先例」が物を言う貴族社会にあっては、記念すべき「最初の一回」を知っておくことが大切なのです。

次に、醍醐《だいご》天皇（在位八九七～九三〇）の御代に開催された花の宴の前例が挙げられています。なぜ、醍醐天皇なのでしょうか。『花鳥余情』には、「桐壺帝を醍醐に准《じゅん》じ奉るについて」とありますね。すなわち、『源氏物語』は、紫式部によって西暦一〇〇八年頃に書かれたとされていますが、作中世界は作者の生きた同時代ではなく、およそ八十年くらい前の醍醐天皇の御代という設定だったというのです。

『源氏物語』は虚構の物語ですが、実在する人名や地名を多く含み、それぞれにモデル、すなわち「准拠《じゅんきょ》」があるというのです。

『源氏物語』の中で、皇位継承の順序を見てみますと、まず桐壺帝が退位して息子の朱雀《すざく》帝が即位します。朱雀帝のあとは、朱雀帝から見ると弟に当たる冷泉《れいぜい》帝となります。「父から子へ。兄から弟へ」という皇位継承です。この図式を紫式部以前の史実に求めると、醍醐天皇から息子の朱雀帝へ、そして兄である朱雀帝からその弟の村上帝へ、という歴史上の三代の天皇の系譜が浮かび上がります。なおかつ、二番目の天皇が、物語でも歴史でもどちらも「朱雀」です！

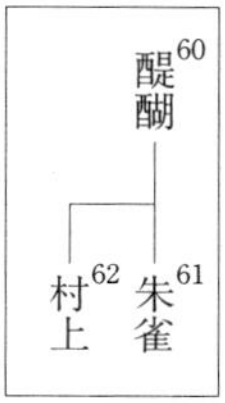

天皇家系図

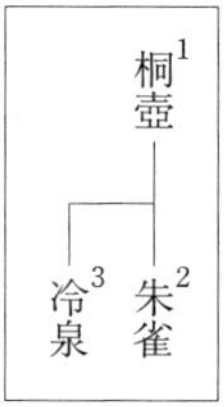

『源氏物語』の皇位継承順

これだけではありません。いくつもの要素があって、物語の中の桐壺帝は、実在した醍醐天皇だという当てはめになったのです。桐壺巻の有名な書き出しは、「いづれの御時《おほんとき》にか、女御《にょうご》・更衣《かうい》あまたさぶらひ給ひけるなかに」ですが、この「いづれの御時にか」は「醍醐天皇の御代」と理解するのが正しいというわけです。

花宴巻は、桐壺帝の治世の晩年です。醍醐天皇の御代に開催された花の宴は、延喜十七年（九一七）

と延長四年（九二六）の二回あるのですが、晩年という設定ですから延長四年の方がよりふさわしいでしょうか。

ちなみに、延喜十七年には常寧殿《じょうねいでん》で、延長四年には清涼殿《せいりょうでん》で、花の宴が開かれています。『源氏物語』の花宴巻は「南殿《なんでん》＝紫宸殿《ししんでん》」ですので、完璧には一致しません。いくつもの史実を総合して、虚構の物語が織り上げられてゆくのでしょう。『源氏物語湖月抄』の准拠に関する蘊蓄の最後には、村上天皇の康保二年（九六五）に、「南殿」で行われた桜の宴の先例が指摘されていますね。紫式部は、こういう漢文で書かれた国史を読みこなし、縦横無尽に取捨選択して、空前絶後のフィクションを紡ぎ上げていったのです。

各場面の「小見出し」

さあ、やっと巻名に関する蘊蓄は終わりました。いよいよ、本文に目を転じましょう。

大きな字で書かれているのが、「本文」です。本文の横に小さな字で書き添えられているのが、「傍注《ぼうちゅう》」です。そして、上欄に中くらいの大きさで書かれているのが、「頭注《とうちゅう》」です。

これから、わたしが「本文」と言ったら「本文」を、「横の方」と言ったら「傍注」を、「上の方」と言ったら「頭注」を、それぞれ見るようにして下さい。

さあ、本文ですが、改行がほとんどありませんね。かろうじて、和歌の前で改行されているだけです。

それから、本文には「小見出し」が何も付いていませんね。最新の小学館の新編日本古典文学全集には、花宴巻全体で六つの小見出しが付いています。ちょっと抜き出しておきましょう。

①　花の宴に、源氏と頭中将《とうのちゅうじょう》、詩作し、舞う
②　宴後、弘徽殿《こきでん》の細殿《ほそどの》で朧月夜《おぼろづきよ》の君に逢う
③　従者をやって、朧月夜の君の素姓を探る
④　源氏、二条院に退出、紫の上を見る
⑤　源氏、大殿を訪れ、大臣らと語る
⑥　右大臣家の藤の宴で、朧月夜の君と再会

『源氏物語湖月抄』では、桐壺巻以前の部分に詳しい「年立《としだて》」があり、各巻における光源氏の年齢が記されています。それに加えるようにして、今の「小見出し」に該当する各巻の内容が列挙されているのです。『源氏物語湖月抄』の花宴巻の場合は、六つではなくて、八つです。

①　二月廿余日《はつかあまり》、南殿ノ桜ノ宴ノ事
②　其ノ夜、弘徽殿ニ於イテ、右大臣ノ六ノ君ニ密通ノ事
③　翌日、後宴《ごえん》ノ事
④　源氏、大臣殿ニ対面ノ次《ついで》、先日ノ花ノ宴ノ事ヲ語ル事

⑤ 三月廿余日、二条ノ右大臣ノ弓《ゆみ》ノ結《けち》、則チ藤ノ花ノ宴有ル事
⑥ 其ノ日、源氏ノ君、布袴《ほうこ》ヲ着《ちやく》シテ、二条ノ第《てい》ニ向カヒ給フ事
⑦ 始メテ扇ノ主《ぬし》ヲ知ル事
⑧ 源氏ト右大臣ノ六ノ君ト、几帳《きちやう》ヲ隔テテ贈答ノ歌ノ事

微妙に違っていますね。この場面の区切り方の違いは、何に由来するのでしょうか。各巻にわたって調べれば、物語や小説を組み立てる最小の単位である「場面」と「時間」と「登場人物」について、今と昔では異なる分析基準に従っていることがわかるかもしれませんね。

冒頭の二つの文章

お待たせしました。花宴巻の冒頭の二つの文章を読んでみましょう。「本文」を見て下さい。左側に漢字が当ててありますが、本文は平仮名が目立ちます。

きさらぎのはつかあまり、なんでんの桜のえんせさせ給ふ。后春宮《きさきとうぐう》の御《み》つぼね、左右にして、まうのぼり給ふ。

「きさらぎ」は、旧暦の二月。すなわち、春のまっ盛りです。「はつかあまり」は、二十日過ぎで、下旬のこと。「なんでん」（南殿）の右の方の傍注には、「南殿は紫宸殿也」とありますね。この紫宸殿は、重要な国家行事や公事《くじ》（政務）が挙行されるおごそかな場所です。

紫宸殿の階段のそばに、「右近《うこん》の橘」と「左近《さこん》の桜」という二本の樹が植えられています。その左近の桜が、満開となったのです。その桜の樹を愛《め》でるのですから、この一文は当然、紫宸殿（南殿）を舞台としています。

ところが、二つ目の「后春宮の」という文章の右側の傍注には、「清涼殿にての儀式也」と書いてありますね。清涼殿は、儀式や政務が行われることもあるのですが、天皇の私的生活が行われる、ややくつろいだ空間です。

おやっ、と思いますね。この二つの文章は、一気に読んではいけなかったのです。「せさせ給ふ」と「后」の間で舞台転換があったわけで、かなりの時間の省略があったというのです。現在、最も信憑性が高いとされる注釈書や現代語訳でも、こういう指摘はほとんどありません。だから、現在では消えてしまった読み方と言えましょう。『源氏物語湖月抄』の読みにこだわるために、上の方の頭注《とうちゅう》を、見ておきましょう。

『細流抄《さいりゅうしょう》』は、三条西実隆《さんじょうにしさねたか》の書いた注釈書で、鑑賞の部分が優れています。『源氏物語湖月抄』に引用された『細流抄』や『明星抄《みょうじょうしょう》』には、本文や成立の問題があるのですが、今は詳しく触れられません。その『細流抄』には、醍醐天皇の治世の晩年、延長四年の花の宴が「准拠」だと書かれています。延長四年の史実は、二月十七日だったので、花宴巻の「二月の二十日あまり」とは数日違っていますが、だいたい一致しているので准拠と認定してもよかろう、と言っています。

ついで、紫宸殿の東南に植えられている「左近の桜」について、蘊蓄が続きます。平安遷都《せんと》の時からあったのだが、貞観《じょうがん》年間（九世紀半ば）に一度枯れたこと。また、元は桜ではなく、「梅」だったが、承和《じょうわ》年間（九世紀前半）に枯れて桜に植え替えられたとする説。「へえ～」という感じです。ここから、左近の桜について、本格的に調べてみようという意欲も湧いてきますね。

そして、いよいよ肝腎な説です。『花鳥余情』の説が、書かれています。「花宴巻の准拠である延長四年の花の宴は、常寧殿で最初は挙行されたが、くつろいだ宴席は清涼殿に場所を移して開かれた」

現在の紫宸殿と左近の桜・右近の橘

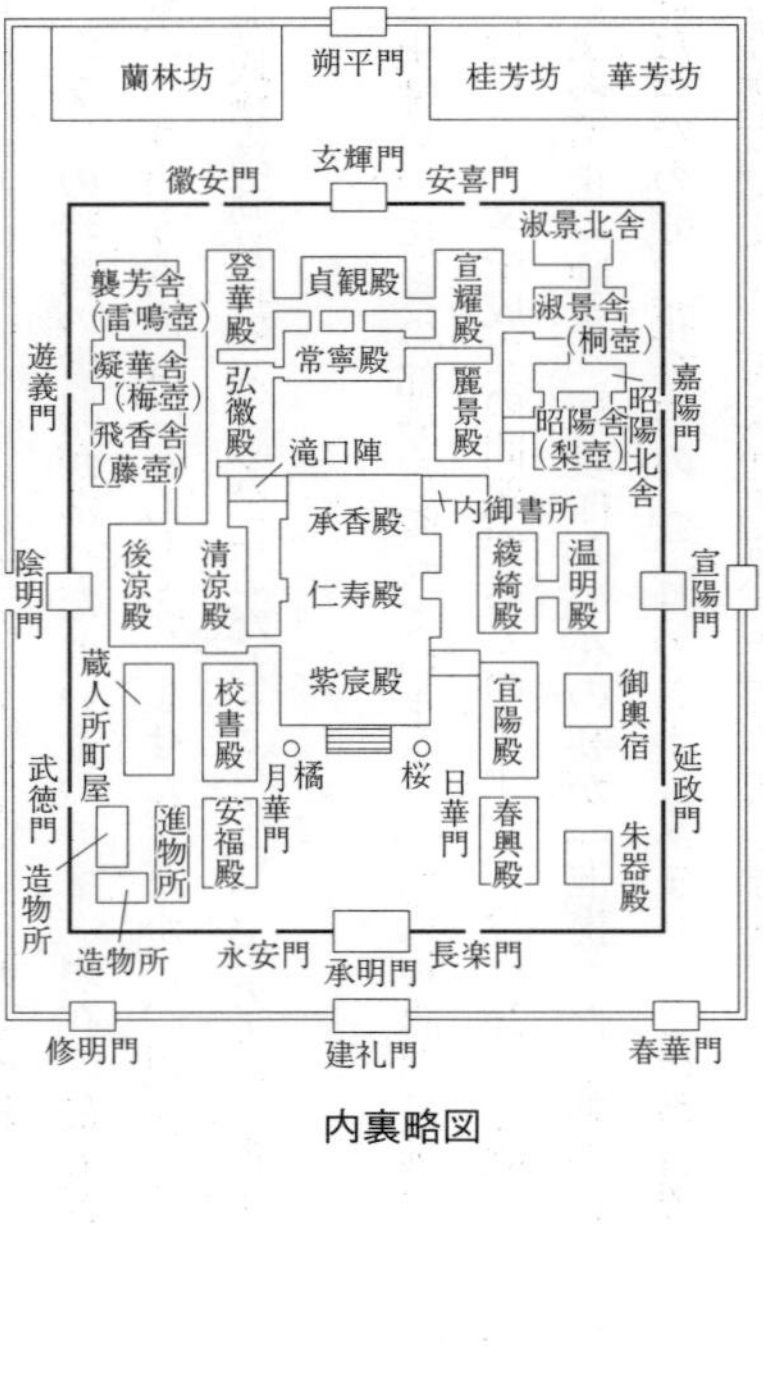

内裏略図

というのです。すなわち、『源氏物語湖月抄』の傍注に指摘があったように、冒頭の二つの文章は場所が違っているというのです。

　ただし、頭注にある『細流抄』は、「后」は藤壺のこと、「春宮《とうぐう》」（＝東宮）は今の皇太子、後の朱雀院だと説明した後で、「左右」の部分を「南殿の東西也」と解説しています。すなわち、『細流抄』の理解では、空間移動というか舞台転換は行われていずに、二つの文章とも南殿（紫宸殿）が舞台だというのです。

　これで、場面の把握をめぐって二つの説が対立していることがわかりますね。ただし、頭注には、『花鳥余情』の説がよく、乱れた酒宴はおごそかな紫宸殿ではふさわしくない、とする『明星抄』の説があって、これが『源氏物語湖月抄』における諸説列挙（併記）の最後になっています。

　だから、この場合の北村季吟の結論は、『明星抄』と同じということになり、宴席の場所が変わっていると読んでいるのです。どこにも「愚案」とありませんが、季吟はしっかりと自分の読みの結論を出しています。そして、その根拠もはっきりと読者には読み取れます。

　さて、二つ目の文章「后春宮の御つぼね、左右にして、まうのぼり給ふ」です。季吟の判断に従って、宴席が紫宸殿から清涼殿に移されたと読んでおきましょう。清涼殿まで参上して、桐壺帝の左右に「御局《みつぼね》」すなわち座《ざ》（見物席）を設定されたのが、「后＝藤壺」と「春宮＝朱雀院」であることは、既に述べました。「左右」の傍注には、「音《おん》に読む也」という『細流抄』の説が書かれています。「ひだりみぎ」と訓読みするのではなく、「さいう＝サユウ」ないし「さう＝ソウ」と音読みせよという指示です。

『源氏物語湖月抄』には書かれていませんが、中央に帝、天皇から見て左が春宮、右が后です。臣下から見ると、「右が天皇で、左が后」です。昔の雛祭りのお内裏様《だいりさま》とお雛様の左右も、これと同じですね。

季吟に導かれて、花宴巻の冒頭を読んでゆきましょう。これまでのところは、「実在した醍醐天皇を強く思わせる桐壺帝の御代の晩年のある年のこと。旧暦二月下旬に、紫宸殿の左近の桜が見事な満開になったので、それを鑑賞する花の宴がおごそかに挙行された。正式の花見が短時間で終わった後、場所を清涼殿に移して、少しくだけた詩歌管絃《しいかかんげん》や舞楽《ぶがく》の宴が始まった。帝の左右には、臣下から見て左には藤壺中宮、右側には春宮である後の朱雀院の御座所《ござしょ》が設けられた」、ということになります。

弘徽殿の女御の人柄

次の本文の読解に入ります。弘徽殿《こきでん》の女御という、物語の中で最大の憎まれ役について語られます。

弘徽殿の女御、中宮《ちゅうぐう》のかくておはするを、をりふしごとに、やすからずおぼせど、ものみにはえすぐし給はでまゐり給ふ。

「弘徽殿の女御」の横の傍注には「春宮《とうぐう》ノ御母也」とあり、「中宮」の横には「藤壺也」とあります。弘徽殿の女御は、次の天皇の位が約束された春宮（＝皇太子）の生母であるのですが、自分の後から入内《じゅだい》した藤壺に、「中宮」という后の位を奪われて、腹立たしく思いつづけているのです。憎い藤壺は帝のそばに特別席があるのに、自分はその二人と春宮の合計三人の後方の席に座らざるをえません。与謝野晶子の『新新訳源氏物語』(完訳)が、「東宮席で陪観《ばいかん》していた」とあるのは、正確ではないと思われます。「下座」という感覚でしょう。

この弘徽殿の女御という女性は、『源氏物語湖月抄』では「悪后《あくこう》」と呼ばれることもあります。光源氏のお母さんである桐壺更衣をいじめ殺した悪女という意味です。漢の高祖の夫人だった「呂后《りょこう》」のイメージがあるとも言われています。呂后は、夫である高祖の死後に、残虐と好色をほしいままにしました。弘徽殿の女御の願いは、夫である桐壺帝が少しでも早く退位してくれて、わが子が新しい帝として即位すること、それだけです。今は、じっと我慢の時なのですが、「ものみ＝物見」すなわち「お祭りごとの見物」が大好きな性格だったので、ライバル藤壺の風下《かざしも》に立つ恥を忍んで、見物のためにノコノコ清涼殿に参上したというのです。

にぎやかなことが好きで、桐壺更衣が亡くなった直後も、音楽を派手に演奏していたくらいです(桐壺巻)。でも、屈辱を我慢してまで儀式の見物にひょこひょこ出てくるというのは、案外に気のいい人なのかもしれませんね。とは言え、この物語の読者は「判官贔屓《ほうがんびいき》」ですから、光源氏や桐壺更衣・藤壺たちに感情移入して読みます。それで、善悪の割り振りは、当然に「弘徽殿の女御＝悪」ということになってしまうのです。

けれども、「イロニーの視点」で逆の側からも眺めてみると、また違った世界が見えてくるかもしれませんよ。善悪双方というか、敵味方の関係にある登場人物のそれぞれの心の奥を公平に覗き込んだうえで、あえて光源氏一派に肩入れして読むというのが、望まれる読み方でしょう。

好天に恵まれて

さて、いよいよ花の宴の具体的描写の始まりです。特別席から眺める帝・后・春宮の視点と、一般席から眺める視点の、これも二つの視線から見届けることにしましょう。さて、本文です。

日いとよくはれて、空の気色《けしき》、鳥のこゑも心《ここ》ちよげなるに、みこたち・かんだちめよりはじめて、その道のは、みな、たむゐん給はりて、ふみつくり給ふ。

一つの文章の中に、当日の天候と、その青空の下で「たむゐん＝探韻」という行事の式次第が進行したことが書かれています。『源氏物語湖月抄』の頭注には、この日の天候をめぐる『細流抄』の鑑賞文が、そのまま引用されています。その主旨は、「旧暦二月の春の盛りの華やかな雰囲気、そして延喜《えんぎ》の聖帝と謳《うた》われた醍醐天皇の聖代の頃の宮中の輝かしさを心にとくと思い浮かべて、読者はこのあたりの文章を読まなければならない。当今のように天皇の権威の衰えた末代に慣れた目で読んだら、紫式部の苦労も水の泡となろう」、というものです。

「鳴くよ、鶯《うぐいす》、平安京」。すなわち、西暦七九四年に創建された平安京の内裏《だいり》は、九六〇年に焼失しました。ですから、一〇〇八年前後に『源氏物語』を執筆した紫式部は、一度も醍醐天皇たちが見た創建当初の壮麗な内裏を拝んだことはないのです。また宮仕えする以前の執筆でしたから、紫式部は一度も内裏の中を実際に我が目で見ることもなかった頃に、すべて想像力だけで華麗な宮中絵巻を繰り広げたのです。想像力が創造力に転化しているのです。

「みこたち」は「親王《みこ》たち」で皇族男性、「かんだちめ」は「上達部」で公卿《くぎよう》（三位《さんみ》以上の高官）。彼らは、文学には素人で、当時の文学の本流だった漢詩文のプロではありません。対して、「その道のは」は、「その道の専門家は」の意味です。つまり、アマチュアもプロも、男性全員が「たむゐん」というルールに従って漢詩を創作したというのです。

「その道」の「その」について、『増註源氏物語湖月抄』は、おもしろいやりとりを記しています。いずれも、季吟没後に「増註」された部分です。まず、宣長の『源氏物語玉の小櫛』の説。「その」という代名詞は、前に来る部分を指示して「その」とあるべきなのに、ここにはない。だから、「その筋の」という場合の「その」と同じで、前文の内容を受けずに読者にそれとなく暗示する「その」なのだ、と言います。それに反論して、鈴木朖《あきら》の『玉の小櫛補遺《ほい》』が、文章の後《あと》の方に「ふみつくり給ふ」とある「ふみ」が漢詩文のことだから、「その道」は「文の道」のことで、後文の内容を先取りした「その」だというのです。

今でも、「その時、彼は四十五歳だった。三島由紀夫は、衝撃的な自決を遂げた」というように、「その」とか「それ」とかの指示代名詞が、前方ではなくて後方に来る語句の意味内容を受けることがありますね。これは、宣長大先生よりも、弟子の鈴木朖の説がよさそうです。

それにしても、「脼《あきら》」という字は、面白いですね。「狼」では、ありませんよ。「朗」という字を左右逆転したもので、「秋」という漢字も左右を逆に書くことがあります。「群」とか「略」とか「松」は、上下に書いて「羣」「畧」「枩」などと書く場合もあります。

さて、「たむゐん」です。漢字で書けば「探韻」ですが、これはどういうものなのでしょうか。

漢詩では、ご存じのように「脚韻《きゃくいん》」を踏む約束があります。「平仄《ひょうそく》」を揃える必要もありますが、それよりも脚韻が重要です。漢詩のテーマは、目の前の桜の花の美しさを称え、この花が美しく咲いている聖帝の御代のすばらしさを称えればよいのですが、それだけでは面白くありません。

『源氏物語湖月抄』の上の方の頭注を見てみます。すると、『細流抄』が引用されていますね。早い話が、「脚韻となる漢字」を一人が一字ずつ探って取る儀式というかゲームだというのです。『細流抄』には、詳しくは『花鳥余情』に書いてあると書いてあります。その『花鳥余情』を頭注で引き続き見てみますと、漢文が長々と書いてあって、読むのがちょっと面倒です。これをわたしが読み下してもよいのですが、『花鳥余情』のあとに『弄花抄《ろうかしょう》』（哢花抄）が引用されていて、大変にわかりやすい和文です。この『弄花抄』は、牡丹花肖柏という、宗祇の弟子だった連歌師が著した注釈書です。肖柏は、「夢庵《むあん》」とも称しました。

このあたり、『源氏物語』をめぐる様々の注釈書が数珠繋《じゅずつな》ぎになっていますが、『源氏物語湖月抄』の挙げる順番に読んでゆくと、すうっと文章の意味が頭に入るようになっています。しばしば口にされる『源氏物語湖月抄』への悪口として、孫引きに継ぐ孫引きで、何の独創性もない、という見解がいます。

ありますす。けれどもこの悪口は、引用されている複数の注釈書の配列順序に細心の配慮が施されていて、必ずしも古い順番になっていない、季吟の腐心の配列だということに気づかない人の言葉だと思います。

また、『源氏物語湖月抄』の挙げる古注釈書の文章が、必ずしも原文通りでないのは、全体としての意味をすっきりさせるために、あえて注釈書の文章が書き換えられていることもあるからです。

『弄花抄』では、「最初に、今日、皆で競詠《きょうえい》する漢詩の題を、儒者が決定する。次に、その題でかつて詠まれた有名な古詩を選び、そこで使われている漢字を一字ずつに分解する。一枚の紙に漢字一字のみを記し、宮中の庭に机を運んで、その上に紙を伏せて置く。まず、中将か少将かが、庭に下りられない（退位するまで土を踏めない）帝の代理として、殿上から庭に下りて、紙を二枚めくる。帝だけは特別待遇で、その二つの漢字のどちらか、漢詩を作りやすい方を脚韻にして、漢詩を詠めばよい。帝以外の人々は、一人一枚ずつしか取れない。そして、自分のめくった紙に書いてある漢字を脚韻として漢詩を作らねばならない」、というのです。実に、すっきりと頭に入りますね。

どういう漢字の書かれた紙をめくるかで、良い漢詩が作れるか、苦吟を余儀なくされるか、大きく左右されます。その偶然性も、遊びの楽しみを倍加させるのでしょう。まさに、ゲーム感覚です。

以上のようなルールに従って、公卿たちが、次々と清涼殿の庭に下りて、韻を探ってゆきます。むろん、帝のそばの御座所では藤壺が男たちを観察し、それより下座の簾越《すだれご》しには弘徽殿の女御をはじめとする多くの女性陣が、殿上と庭を往復する男たちの品定《しなさだ》めをしています。

ここで、やっと光源氏の出番となります。この輝かしい主人公は、今二十歳です。むろん数え年ですから、満十九歳ということになります。本文を示しましょう。

さいしやうのちうじやう、『春《はる》といふもじ給はれり』とのたまふこゑさへ、れいの人にことなり。

光源氏の登場

「さいしやうのちうじやう」は、現在の正しいとされる歴史的仮名遣いでは「さいしやうのちゆうじやう」で、宰相中将（宰相＝参議で、近衛《このえ》中将《ちゅうじょう》を兼任している人物）のことです。すなわち、光源氏の官職です。彼が、女君たちの熱い視線を一身に浴びて、悠然と庭に下りてゆきます。そして、紙をめくりました。すると、「春」という漢字が一字、その紙に書いてあったというのです。

「給はれり」は、「賜《たまは》れり」の宛字《あてじ》です。頭注では、『細流抄』が「脚韻となる漢字を手にしたら、自分の官職、苗字、名前を各自が名告《なの》らねばならない。その後で、『ナントカという字を賜りました』と大声で宣言するのである」、と説明しています。

ですから、光源氏は、自分の一挙手一投足を凝視している大勢の人たち全員の耳に聞こえるような美声で、「ミナモトノなんとか中将朝臣《あそん》、春といふ文字を賜れり」と朗誦《ろうしょう》したはずです。今、わたしが「ミナモトノなんとか」と言ったのは、光源氏の本名が明らかではないからです。

『源氏物語』に、一体何人の登場人物がひしめいているのか、わたしは数える勇気がありません。『源氏物語湖月抄』の巻頭にも登場人物の系図がありますので、そこに記載のある人数を数えてゆくのも、一つのやり方でしょう。おそらく数百人はいることでしょう。その中で、本名が明記されているのは、たった二人だけです。一人は、光源氏の乳母《めのと》の子で、腹心中の腹心である惟光《これみつ》。もう一人は、やはり光源氏の腹心で、播磨《はりま》の国に住む明石の君の情報を初めて光源氏の耳に入れた良清《よしきよ》。それ以外は、男も女も、あだ名（ニックネーム）で呼ばれるのみです。これを、「源氏名《げんじな》」と言います。

光源氏は、皇族から臣籍に下る際に、「源」という姓を賜りました。なおかつ、彼の源氏名が「光源氏」で、「光る君」と呼ばれたというのですから、単に光り輝いていただけでなく、「○光」とか「光○」とかという名前を実際に持っていたはずです。

ちなみに、江戸時代に柳亭種彦《りゅうていたねひこ》の『偐紫田舎源氏《にせむらさきいなかげんじ》』という作品があります。『源氏物語』の徹底的なパロディとして著名です。その主人公の名前は、「足利光氏《みつうじ》」。室町時代を背景としているので、足利尊氏などからの連想でしょうが、「光」という漢字がしっかり入っています。

やや『源氏物語湖月抄』から離れてしまいました。大急ぎで、戻りましょう。頭注の『細流抄』には、名告《なの》りの際の約束だけでなく、この場面の鑑賞が書かれています。「この日の花の宴という後代まで永く語り継がれるであろう晴れの日に、花の宴とまさに関連する『春』という漢字を光源氏が探韻で引き当てたというのは、自然の恵みである」。今が光源氏の青春の絶頂期であり、帝も、女たちも、そして天までも、光源氏に心を寄せているというのです。しかし、光源氏の最大の後ろ盾である桐壺帝の退位は、目前に迫りつつあります。

その名告りをする光源氏の声「さへ」、他の男たちとは格段に違っていた、と本文にはあります。

「違っている」とは、「他よりも抜群に優れている」という意味です。「さへ」とあるのに、注意しましょう。容貌に加えて声までも、というニュアンスです。

頭中将の晴れ姿

本文は、光源氏の次に、頭中将《とうのちゅうじょう》の姿を描き出します。彼は、左大臣の長男です。光源氏の正妻・葵《あおい》の上《うえ》も左大臣の娘ですから、頭中将と光源氏は義兄弟になります。通説では頭中将は葵の上の兄ですが、弟とする少数説もあります。

つぎに頭中将、人のめうつしも、たゞならずおぼゆべかンめれど、いとめやすくもてしづめて、こわづかひなど、ものものしくすぐれたり。

『源氏物語湖月抄』の版本では「べかめれど」なのですが、『増註源氏物語湖月抄』の活字本では「べかンめれど」と親切に印刷してあります。「べかるめれど」が「べかんめれど」となり、「べかめれど」となったのです。しかし、発音は「べかんめれど」の方が普通なので、「べかンめれど」と印刷してあるのです。

「人のめうつし」とは、次々と庭に下り立つ男君たちを観察している観客の「目（＝視線）」が、光源氏から次の人物（ここでは頭中将）へと移ることを言います。光源氏の直後に庭に下り立つ男は、誰でも劣って見えるはずです。さあ、次にはどんな男が来るだろうか、と皆に注目されているはずです。頭中将は、それを自覚しています。「ただならず」とは、頭中将が人々の「目移し」の視線を「尋常頭中将です。頭注で、『玉の小櫛補遺』は、これを正しく読み取っています。すなわち、「おぼゆ」の主語は、頭中将のものでない」と意識して、緊張している様子を表しています。

ところが、『源氏物語湖月抄』の本文の傍注には、「源の次には心にくく見給ふ心也」と小さな字で記してあります。注釈書名を示す略符号が何もないので、これは『源氏物語湖月抄』の著者である北村季吟本人の見解だということになります。この傍注の意味は、「光源氏の次には、この頭中将が優れた男性である、と見守っておられるお歴々は品定めをされた」というのです。主語を、見物のお歴々と取っています。全体の文脈理解は、「光源氏が最も優れていて、頭中将がその次だ」というものですから、要点は押さえているのですが、主語の当てはめを誤ったのです。こういう箇所など、『増註源氏物語湖月抄』のありがたさを感じるところです。

ところで、与謝野晶子の『新新訳源氏物語』では、「次は頭中将で、この順番を晴れがましく思うことであろうと見えたが」という、いささか意味不明の口語訳をしています。別に、わたしは与謝野晶子訳のあら探しをしているわけではありません。ですが、一読して意味の通じない訳文は、読者の理解が足りないせいではなくて、訳文の側に責任があるのです。ここは、北村季吟ですら読み間違っていた箇所です。そこに釈然としなかったので、晶子は自分で新しい訳を案出したのかもしれません。ただし、彼女は『増註源氏物語湖月抄』を参考にしていなかったので、『玉の小櫛補遺』の説を目にできずに、季吟とはまた別の読み間違いを犯してしまったのでしょう。

実は、ここには「本文」の問題も関わっているのです。紫式部の時代の日本語には、句読点も濁点もありません。ですから、この文章は、「つぎに頭中将、人のめうつしも、ただならずおぼゆべかンめれと、いとめやすくもてしづめて、こわづかひなど、ものものしくすぐれたり」とも読めるのです。「べかンめれど」は逆接ですから、頭中将が人の目移しを「ただならず」と思ったであろうが、という文脈になります。一方、「べかンめれと」だと引用の終わりを示す「と」ということになります。頭中将が、「見物の人たちは、光源氏の次に出てくる自分に対して、大変な興味を持っていることだろうな」と思い、落ち着いて行動した、という文脈になります。『源氏物語湖月抄』は「べかめれど」という本文表記なのですが、「と」か「ど」かで、かなり意味が違ってきます。句読点や清濁を誤ると、解釈を合理化しようとして不自然な意味を考案せざるをえないはめに陥るのです。

それでは、「べかンめれど」という逆接の方の本文に戻りましょう。頭中将は直前の光源氏と自分とを比べて見つめる視線を感じて緊張するものの、「いとめやすくもてしづめて」、つまり心の中はドキドキしていても、表面の見た目だけは立派に落ち着いているというのです。『玉の小櫛補遺』は、「臆《おく》する心もなく」と言い直しています。頭中将の振る舞いが、見た目には臆するところもなく堂々としていると映るのです。そして、「藤原のナントカ朝臣、○○という文字を賜れり」と朗誦する「こわづかひ=声」も「ものものしくすぐれたり」、つまり、堂々として他の若者よりはすばらしい、というのです。

この部分の『源氏物語湖月抄』の頭注は、「人は心にくくおもへど、中将のみづからはおごらぬさま也」と述べていて、これも季吟の注です。「人のめうつしも、たゞならずおぼゆべかンめれど」の

「おぼゆ」の主語を頭中将ではなく、「観客」と読み間違っているので、こういうピントはずれの鑑賞が述べられているのです。『源氏物語湖月抄』には、多くの「浅読み」があります。そのことには、やはり注意しておかねばなりません。

その他の男たちの醜態

さて、光源氏と頭中将の後は、普通の、もっとはっきり言えば凡庸な男たちの出番となり、最後には昇殿を許されないけれども、今日の漢詩文創作のために光栄にもお召しに与《あずか》ったプロの学者たちの番となります。このあたりの紫式部は、かなり辛辣《しんらつ》な筆致です。原文を挙げておきましょう。

さての人々は、みなおくしがちに、はなじろめるおほかり。地下《ちげ》の文人《もんにん》は、まして御《み》かど春宮の、御ざえかしこくすぐれておはします、かかるかたに、やむごとなき人おほくものし給ふころなるに、はづかしくて、はるばるとくもりなき庭に、たちいづる程《ほど》、はしたなくて、やすきことなれど、くるしげなり。とし老いたるはかせどもの、なりあやしくやつれて、れいなれたるも哀に、さまざま御らんずるなんをかしかりける。

少し長く引用しました。『増註源氏物語湖月抄』で「すぐれておはします。」とある箇所を、あえて「すぐれておはします、」とするなど、句読点を改めています。その理由は、後で説明します。

「さての」は意味が取りにくいですが、「さて」は副詞です。ここでは「その他の、それ以外の」という意味です。傍注に、「源（＝光源氏）・頭中将の外《ほか》の人々を云ふ也」とある通りです。卓越した貴公子二人以外の男性は、ほとんど全員が緊張して「臆し」てしまい、鼻白んでしまいました。

「鼻白む」は、気おくれがするという意味ですが、頭注では『花鳥余情』の楽しい説を紹介しています。「臆病な心という意味である。人間が緊張しておどおどした時には、目は一点のみを凝視して、ほかのものが視界に入らず（周囲を眺める余裕がなくなり）、必ず鼻の上が白々となってしまうものである」。文字通り、顔面蒼白となり、鼻から血の気が失せて白く見える、というのです。ユーモラスな頭注です。読みながら、にっこりしてしまいます。

「地下の文人」は、清涼殿から下りてきて紙をめくる殿上人《てんじょうびと》ではなく、最初から昇殿を許されない学者たちのことです。ところで、このあたり、文脈が取りにくいですね。「地下の文人は」という主語を受ける述語は、何でしょうか。『源氏物語湖月抄』の傍注は、親切です。「まして」の横で、「下の方の『はづかしくて』とある部分にかけて読むとよい」と教えてくれています。つまり、この文脈の骨格は、

地下の文人は、ましてはづかしくて、はるばるとくもりなき庭に、たちいづる程、はしたなくて、やすきことなれど、くるしげなり。

というものだったのです。その文章の途中に、彼らが恥ずかしく思う理由を挿入したのが、「御かど

春宮の、御ざえかしこくすぐれておはします、かかるかたに、やむごとなき人おほくものし給ふころなるに」の部分だったのです。これを、「はさみこみ」と言います。天皇も、春宮も、学問に造詣《ぞうけい》が深くていらっしゃり、またこういう漢詩文の方面に達者な殿上人がたくさんいらっしゃる頃だったので、専門の学者も緊張したというわけです。

紫式部の生きた時代には、学問で立身出世するという律令制度の基本が既に崩れていました。家柄と血筋が物を言う「摂関体制」になっていたのです。でも、この花の宴の准拠は、延長四年（九二六）でした。紫式部の時代から、およそ八十年昔です。その頃には、上に立つ人も、下にいる人も、皆が学問を積んでいたという認識です。現在の藤原北家の専横政治への無意識の批判でもありましょう。藤原氏である紫式部が、なぜ藤原専横政治を批判しているのか、その理由は皆さんが歴史書で勉強して下さい。

さて、学者先生たちは、「はるばるとくもりなき庭」に出てゆかねばなりません。貴顕の方々、しかも今日は女性もたくさん見物に押し寄せています。彼らに見つめられるのが「はしたなし」なのです。自分がここにいてもいいのかな、というニュアンスです。自分が場違いの晴れがましい場所にいる落ち着かなさ、と言ったらよいでしょうか。

『増註源氏物語湖月抄』は、萩原広道《はぎわらひろみち》の『源氏物語評釈』の説を引いています。この注釈書は幕末に出たもので、画期的なものだとされますが、惜しくもこの花宴巻で中絶しています。広道は、「くもりなき庭というのは、前の部分に『日いとよくはれて』とあったのと響き合う。しかし、それだけではなくて、英明な聖天子の御前《ごぜん》であるという含みも持たせてある」と読み取ります。一点の曇りもないのは天気の問題だけではない、今は聖代であり、天もそれを祝福している、というのです。

今読んだ最後の箇所に、「(地下の文人は)やすきことなれど、くるしげなり」とあります。本来は実に簡単なことなのだが、とてもしづらそうにしている、というのです。何をするのが「やすきこと」なのに、今は「くるしげ」なのでしょうか。

両説を併記する

小学館の新編日本古典文学全集には、「詩を作ることはたやすいのだが、いかにもつらそうな面持《おももち》である」という現代語訳があります。なるほどそうかとも思いますが、ちょっと引っかかります。詩を作る場面ではなく、探韻の儀式の場面だからです。

それで、『源氏物語湖月抄』の頭注を見てみましょう。最初に、『細流抄』の説が載っています。「漢詩の絶句《ぜっく》を一首作るくらいのことは簡単なのだが、雰囲気が雰囲気なので、作りわずらっているのである」。ただし、その直後に、『明星抄』の「今、考えてみると、詩を作ることではない。自分のいた場所から立ち上がって庭に進み出て、探韻の紙をめくる際の進退を言うのかもしれない」という別解を載せています。これで、相反する「両説」が対立したわけです。三番目に、「師説」すなわち、北村季吟に『源氏物語』の講釈をした連歌師の箕形如庵《みかたじょあん》の説が載っています。

この箕形如庵という人物の詳しい伝記はわかっていませんが、三条西家の学問を継承し、八条宮智《とし》仁《ひと》親王に『源氏物語』を講釈したとされる人物です。八条宮智仁親王は、細川幽斎から関ケ原合戦の直前に「古今伝授」を授けられた人物です。幽斎の居城である田辺城《たなべじょう》が西軍の大軍に包囲されたただ中での出来事でした。また、日本建築の精華とされる桂離宮の基礎を作った人物としても有名です。その親王に講釈したのですから、箕形如庵も相当な知識人だったのではないでしょうか。松永貞徳と並ぶ学者だったのでしょう。

その「師説」とは、「両説のうち、『明星抄』の方を用いるべきだ」というのです。『増註源氏物語湖月抄』には、季吟以後の『玉の小櫛補遺』の説も増補していまして、「なるほど、確かに『明星抄』の説の方がすぐれている」と結論しています。

すなわち、季吟は、両説を公平に紹介した上で、『明星抄』の解釈に軍配を上げました。それに、後の時代の鈴木朖も賛成したのです。けれども、なぜか、新編日本古典文学全集では、少数説だったはずの『細流抄』が採用されました。裁判で言うと、逆転勝訴のようなものです。なお、『増註源氏物語湖月抄』には載っていませんが、萩原広道の『源氏物語評釈』は、再び「詩作が平易なのだ」という説を復活させています。「詩作」説は、根強い少数説としてずっと存在してはいたのです。

与謝野晶子『新新訳源氏物語』には、「地下の詩人はまして、（中略）恥ずかしくて、清い広庭に出て行くことが、ちょっとしたことなのであるが難事に思われた」と訳してあります。『源氏物語湖月抄』の通説（多数説）に従ったものです。わたしも、『明星抄』から始まる「かつての多数説」に賛成します。現在刊行されている定評ある『源氏物語』の校訂本では、なぜか古い方の日本古典文学大系（山岸徳平《やまぎしとくへい》氏校注）のみが、「探韻賜りに出る」ことと解しているのみです。新日本古典文学大系では、「詩作」説です。

現在では、権威ある現代語訳であっても（むしろ、権威があるからこそ）、訳文では「一つの言葉に対して一つの意味、一つの文章に対して一つの意味」しか書けません。和歌の「懸詞《かけことば》」の現代語訳なら話は別ですが。ですから、新編日本古典文学全集の読者ならば、『細流抄』の説しか書いてないので、そういう意味の文章なのだと思って、何も疑わずに読み進めてしまいます。逆に『新新訳源氏物語』の読者ならば、『明星抄』の説しか踏まえてないので、これまたそういう文章なのだと思って何も疑わずに先へ進んでしまいます。ここが、「現代語訳」の問題点の一つではないでしょうか。

注釈付きの原文を読む意義

逆に言えば、『源氏物語』を「注釈付きの原文」で読むことの意義が、ここにあるのです。いくら「原文」を読むのがよいと言いましても、原文だけをずらずら印刷した『源氏物語』は、さすがに読めません。明治時代に、そういうテキストも出版されましたが、ほとんど流布《るふ》しませんでした。簡単な頭注の付いた博文館の日本文学全書のようなテキストが、広く読まれたようです。

辞書と、自分の語学力・文法の知識だけでは、ほとんど『源氏物語』の文章は読めません。日本語と日本文化は、千年間の間に大きく変わってしまいましたから。

けれども、『源氏物語湖月抄』のような「いくつもの注釈付きの原文」であれば、話は別です。基本的な文法の知識さえあれば、一つの言葉が二通りに解釈できること、あるいは一つの文章が何通りにも解釈できることが、簡単に教えてもらえます。

一つ一つの言葉、一つ一つの文章にこだわり、ああも読めるしこうも読めると思案し、自分はこの説に従って読み進めようと決心する。こういう「立ち止まる読み方」だと、確かに、読書のスピードは激減します。でも、現代語訳のように、水の流れのようにすらすらと、よどみなく読めてしまう文章を読み飛ばすだけで、本当によいのでしょうか。『源氏物語』は、読者が立ち止まって考えた時間の分だけ、読者が『源氏物語』と文学世界を共有する時間が長くなります。

すなわち、それが、読者が『源氏物語』の中の時間を生きた、ということなのです。『源氏物語』の中の時間を長く生きれば生きるほど、この物語自体への理解は深まり、また疑問も大きくなります。

例えば花宴巻では、桐壺帝の治世を醍醐天皇の「延喜の聖代」になぞらえて賛美していました。『源氏物語湖月抄』の頭注で、何回もその指摘がありましたね。けれども読者は、そういう頭注を読んでいるうちに、ふと思い出すはずです。「あれ、聖代とか聖帝とか言ったって、桐壺帝は息子の光源氏にふさわしい藤壺を、自分の后にしてしまった色好みの天皇ではなかったのかな。桐壺更衣が亡くなった時には、死ぬかとばかり泣いていたけれど、藤壺を入内《じゅだい》させたりして、結局は多くのお后たちとの間に男親王だけでも十人以上作っている。こんな色好みの天皇が、桐壺更衣と純愛を貫いたって言われても、ちょっとそのままは信じられない」。

今、桐壺帝の横に特別の御座所を与えられている藤壺は、既に光源氏との間にできた罪の子を生んでいます。「聖代」という仮面の下には、いつの世にも変わらない恋の苦悩というマグマが、しっかりと存在していたのです。それが、時々噴出して、物語の秩序が混乱すると同時に、はなはだ高揚します。

こういう「物語への本質的な疑問」は、『源氏物語湖月抄』には書かれていません。ただし、注釈に導かれながら、原文と長く接しているうちに、おのずと読者の心に湧き上がってくるものなのです。『源氏物語』の文章は、速く読むべきものではありません。むしろ、ゆっくりゆっくりと、時間と思索を心の中で発酵させながら味わうべきです。

今日の講義の最後に、本書一六一ページで引用した原文の最後のところ、「とし老いたるはかせどもの、なりあやしくやつれて、れいなれたるも哀に、さまざま御らんずるなんをかしかりける」の意味を説明しましょう。

「なり」は傍注に「形躰《けいたい》也」とありますから、「見た目」とか「容貌」という意味です。若い文人とは違って、「年老いたる博士」たちは、見た目はみすぼらしくても、多くの体験がありますから、場慣れしています。「例慣れたる」です。そういう緊張した学者や、場慣れした学者たちを、さまざまに「御覧じ」ている主語は、誰でしょうか。「御覧ず」は「見る」の尊敬語です。傍注には「天子の也」(=「桐壺帝が、である」)とありますので、主語は桐壺帝です。

新編日本古典文学全集は、「帝はあれこれごらんになるにつけても、興深くおぼしめすのであった」と訳しています。『源氏物語湖月抄』の傍注に従ったものです。一方、与謝野晶子の『新新訳源氏物語』は、「この御覧になる方方はおもしろく思召《おぼしめ》された」と訳していて、新解釈を打ち出しています。晶子は、『源氏物語湖月抄』の傍注を知っていて、なおかつ、主語は桐壺帝一人ではないと考えて、「方方」と複数形で訳しました。でも、やはり桐壺帝一人と取りたいところです。

ここで、桐壺帝の視点を出すことで、探韻の場面は終了しました。むろん、桐壺帝の横では、藤壺が眺めていました。桐壺帝と藤壺中宮は、同じような場面を、別々の心で眺めていたのです。特に、藤壺が光源氏を眺める思いには、きっと複雑なものがあったことでしょう。

物語は粗筋や意味ではない

これまで、『増註源氏物語湖月抄』の原文を、講談社学術文庫本で読んできました。取り上げた本文は、全部で十四行半でした。傍注や頭注に助けられて、たくさんの情報量が手に入りましたね。また、おもしろい鑑賞文にも触れることができました。そして、何よりも、それらに導かれて、たくさんのことを思い、考えることができました。それが、『源氏物語』を読むことの本当の意味ではないでしょうか。

ストーリーだけ頭に入っても、この物語を読んだことにはなりません。

次に挙げるのは、明治四十五年、すなわち大正元年に出版された与謝野晶子の『新訳源氏物語』です。昭和十三年の『新新訳源氏物語』とは違って、粗筋を示したダイジェストです。

> 二月の二十幾日に紫宸殿の桜の宴が催された。弘徽殿の女御は藤壺の宮が一段高い中宮としてお出《い》でになるのを見るのが快くないのであるが、こんな華やかな宴会が好きであるから皇太子がおいでになる所へ来て居る。その日は詩を作つた後が酒宴となつた。

以上です。探韻の場面は、まるごとカットされていますね。大胆な切り出し方ですし、切り捨て方です。文章を次の場面とつなげるために、「その日は詩を作つた後が酒宴となつた」という説明文が、新たに作られていますね。

この『新訳源氏物語』は、現代文（口語訳）でしか日本人が『源氏物語』を読めなくなってしまった事実を踏まえて刊行されたものです。けれども、やはりこれでは『源氏物語』を読んだことにはなりませんね。そもそも、「作品と向かい合う時間」が短すぎて、とても読者が作品の中を生きたり、作品と共に生きたりすることはできません。作品と共に生きなければ、共感も反発もなく、本当の意味で『源氏物語』を読んだことにはならないと思います。

それで、晶子は完訳の『新新訳源氏物語』を改めて世に問うことにしたのでしょう。けれども、それすらも「現代語訳」だったという点で、「注釈付きの原文」とは比べものにならないほど、情報量が痩せ細ってしまったのでした。ところで、大正時代に、晶子が全力で取り組みながら、関東大震災ですべての原稿を焼失してしまった『源氏物語講義』という幻の大著は、おそらく「原文」と「注釈・鑑賞」が一体となった講義だと推測されます。この焼失は、まことに惜しまれます。むろん、『源氏物語講義』が出版されていたとしても、後に『新新訳源氏物語』のように平易な訳文のみの本が出れば、一般大衆は「速く読める」方に走ったものと思われます。

今日は、現代語訳に慣れてしまった皆さんに、北村季吟の『源氏物語湖月抄』を読むということがどういうことなのか、体で感じ取っていただきたくて、花宴巻のごく最初の場面だけでしたが、講義させてもらいました。こういう読みを、鎌倉時代から明治時代の半ばまで、無数の日本人が実践して、古典文化を継承してきたのです。

今日の原文講読の分量は十四行半でしたから、このおよそ二千倍弱が『源氏物語』の全編です。ですから、今日の講読の二千倍近くの時間を、『源氏物語湖月抄』の読者は物語と共に生きられるのです。そして、たくさんのことを考えることができるのです。その中には、紫式部への称賛だけでなく、「なぜ、こんな納得のゆかない話を作者は書いたのだろう」という批判も含まれることでしょう。そこから、「自分だけの読み方」の懸命の模索が始まるのです。ご静聴、ありがとうございました。

3　『源氏物語湖月抄』の思想

「振り子」のように揺れる読み

『源氏物語湖月抄』を読む愉しさをわかってもらいたくて、思わず長広舌《ちょうこうぜつ》を振るってしまった。その「愉しさ」の確立こそ、北村季吟が成し遂げた古典研究の最大の意義でもあったのだ。

本文は省略なしに、全文まるごと示されている（その本文系統には言及できず、心残りである）。解説は、堅苦しいものばかりではない。また、頭注に引用されている先行注釈の数も多すぎず少なすぎず、適当な分量であるし、取捨選択や配列に、細心の注意が払われている。しかも、傍注が付いているので、最小限の解説だけで本文を読み進めたいという読者の要求にも添うことができる。本当に、何から何まで、よくできていると感心せざるをえない。

古典の原文（文章）というのは、すらすら読めてすらすら意味がわかってしまってはいけないのだ、と気づかせてくれる。そして、複数の解釈の可能性を教えてくれる。あるいは、現在は消えてしまったけれども、江戸時代の前半までは主流だった読み方の存在を教えてくれたりする。

室町時代以降に『源氏物語』の注釈書を残したのは、わが国を代表する知的水準だった文学者たちである。言わば、この物語の屈指の読み手ばかりである。彼らが、なぜ二十一世紀の多数説と違う読み方をしたのか。その点にこだわると、何通りにも読めてしまう『源氏物語』の本質が、浮かび上がってくる。単に、『源氏物語』は奥深いとか懐が深いと言うだけでは済ませられない問題である。

例えば、二通りに読める文章があったとする。ところが、『源氏物語』五十四帖を通読すれば、二通りに読める文章が、他の巻の文章と響き合い、片一方の解釈がより妥当なものとして浮上したりする。ただし、また別の巻を読んでいるうちに、否定したはずのもう一方の説の方と響き合う文章が発見されたりして、読者は『源氏物語』の全体を読みながら、特定の部分の文章の解釈を二転三転させることになる。

それは、文章の解釈のみではない。ある登場人物の人間性に対する解釈も、三転四転する。まして、この物語の主題は何かという大きな問題は、四転も五転もする。それが、この物語と付き合うために必要な「振り子」的な軸足《じくあし》である。

最初から、文章や主題の解釈を一義的に固着させないこと。固着させていては、長い物語を愉しむことはできない。そして、作中人物と一緒に苦しむこともできない。

これまで読んできた花宴巻本文の直後に、宴会が始まる。音楽と文学の宴である。その場でも、一座の花形として称賛を浴びたのが、光源氏だった。その輝くばかりの光源氏を、複雑な思いで藤壺は見つめている。そして、誰にも聞かれないように、彼女はこっそりと心の中でのみ歌をつぶやく。原文で引用する。

藤壺の和歌

かうやうの折《をり》にも、まづこの君を光《ひかり》にし給へれば、帝《みかど》もいかでかおろかに思《おぼ》されむ。中宮、御目の留《と》まるにつけて、春宮《とうぐう》の女御の、あながちに憎み給ふらむもあやしう、わがかう思ふも心憂《う》しとぞ、みづから思《おぼ》し返されける。

おほかたに花の姿を見ましかば露も心の置かれましやは
御心《みこころ》のうちなりけむこと、いかで洩《も》りにけむ。

「まづこの君を光にし給へれば」の主語は、「帝＝桐壺帝」。いつも、帝は宮中の宴会では、光源氏を「光＝中心」になさるのだが、今日の花の宴でもそうだった。漢詩も舞も、光源氏が花形として脚光を浴びつづける。昼間、紫宸殿で賛美した「花」の精がそのまま抜け出してきたかのような美貌の光源氏を見て、藤壺は「イロニー」的な思いに捕えられる。「この美しい光の源にこのまま吸引されたい」という没入的な熱い視線。そして、義理の息子である彼をこれ以上愛してはならない、距離を置こう、とする冷静な視線。

その相反する藤壺の二つの心のベクトルを、「春宮の女御＝弘徽殿の女御」が光源氏を憎むのが信じられないという「光源氏への共感」と、そう思うこと自体がいけないのだと思う「反省」とで、作者は巧みに表している。

我が心を、光源氏ゆえに二つに引き裂かれた藤壺は、この葛藤状態の中で、歌を詠んだ。

おほかたに花の姿を見ましかば露も心の置かれましやは

この歌は、藤壺の心の中の「イロニー」的な情念の渦巻を表している。錯綜し、矛盾し合う複雑な心を言葉にしたものなので、大変に意味が取りにくい。

与謝野晶子の『新新訳源氏物語』でも、和歌の原文のみあって、まったく訳文や説明はない。それに先立つ『新訳源氏物語』では、

中宮は源氏の君の姿が目につくにつけて、この人を弘徽殿の女御が何故さう悪くばかり思ふのであらうと涙を零《こほ》して居《ゐ》た。暫《しばら》くしてそれをまた何故自分が気にするのであるかとお思ひになつた。我心の中に我心の支配し能《あた》はぬ恋のひそんで居ることを悲しく思はれたのである。

と、和歌を無視して、状況説明で済ませてある。おそらく晶子にとっては、この和歌の意味が、明瞭

な一つの意味を結ばなかったのだろう。
この難解な和歌を、『源氏物語湖月抄』はどう解釈したであろうか。そして、その後の『増註源氏物語湖月抄』ではどういう解釈の変化があったのだろうか。そして、現在はどう読まれているのだろうか。

季吟の総括

季吟のこの和歌の解釈は、『細流抄』に従うという立場を明らかにしている。では、『細流抄』は、どう述べていたか。わかりやすく説明しよう。

「藤壺の歌である。ちょっと意味が取りにくいが、本歌を思い出すと少しはわかりやすくなる。それは、『古今和歌集』の『露ならぬ心を花に置きそめて風吹くごとに物思ひぞつく』である。美しい桜の花自身は、咲くのも散るのも、別にうれしくも悲しくも思わない。何も思わずに咲いて、散ってゆく。ところが、花には朝夕、露が付いて、花への愛着を示している。その露が桜の花びらの上に置くように、花を愛する人間の心が美しい花の上に執着心となって付着してしまう。だからこそ、花は無心なのに、人間の心は、咲くにつけ散るにつけ、心をくだくことになってしまうのだ。この『古今和歌集』の歌を本歌として、藤壺の歌を読んでみる。光源氏の姿は、あまりにも美しい。だからこそ、藤壺の心が、花に置く露のように、光源氏の一挙手一投足に吸い寄せられてしまうのである。もしも、光源氏の容姿や才能が、世間に普通の凡庸なものであったのならば、自分が今のように、光源氏に執着して喜んだり悲しんだりすることもあるまいものを、というのが藤壺の思いの実態である」。

『源氏物語』で「おほかたに」という言葉が出てくると、わたしなどはどの文章も解釈に迷う。「おほかたに」は「普通に」の意味なのだが、何が普通なのか、すぐには読み取れないことが多いのだ。ましてや、和歌の第一句に用いられると、正直言ってとまどってしまう。その点、この『細流抄』の解釈は、何とか筋は通っている。

季吟が支持した『細流抄』に従えば、藤壺の和歌の直訳は、こうなる。

もしも、神々《こうごう》しいまでの光源氏のお姿を、世間並みの普通の水準のものとして見ることができるのでしたら、露が花びらに朝夕置くように、わたしの心が光源氏の上に留まることは、少しもありはしなかったでしょうに。現実の光源氏はあまりにも美しいので、わたしの心はただただ吸い寄せられてしまうのです（そんなに美しいお姿の光源氏なのに、弘徽殿の女御の心がまったくその上に同情の露を置かないのは、不思議でなりません）。

一座の「光」として崇《あが》められる光源氏の姿を、「花の姿」と詠み込んでいる。なおかつ、自分は光源氏を好ましいと思い、弘徽殿の女御は憎く思う、という二つの反応も和歌にさりげなく詠み込んでいる。憧れるのも、憎悪するのも、光源氏を眺める女たちの心々《こころごころ》なのだ。必ずしも、光源氏の側の問題ではない。

朝露や夕露の置いた花が日光や月光で輝くような光源氏の美貌。それにひたすら吸引されてゆく藤壺のか弱い女心。ただし、「もしも……なら、……だろうに。現実には、……なので、……してしまう」という屈折した「反実仮想《はんじつかそう》」の構文である点に、藤壺の「イロニー」的な物思いの核心がある。『細流抄』は、そう読み取った。そして、北村季吟も、それに賛成した。

ところが、この「妥当」と思われた解釈は、現在ではまったく顧みられない。

本居宣長の新見

本居宣長は、『源氏物語玉の小櫛』で、『細流抄』（およびそれに賛成した『源氏物語湖月抄』）の解釈を、崩壊させてしまう。その説くところを、わかりやすくまとめてみよう。藤壺の「イロニー」的な視線が、さらに一層クリヤーになっている。

「この藤壺の和歌の『おほかた』は、光源氏のあでやかな舞姿《まいすがた》を、藤壺が『もしも自分が光源氏と不義密通の罪を犯してしまったという特別の負《お》い目《め》のある人間として見るのではなくて、世間の普通の女たちの単純な気持ちで眺めることができるのであれば』、という意味である。花宴巻の直前の紅葉賀巻《もみじのが》の『おほかた』と関連させて解釈するとよい」。

既に存在する学説を前提として、その取捨選択（言わば交通整理）を基本方針とする北村季吟とは違って、宣長は自分の読みを先に決定する。自分の読みと一致すれば、先人は正しい読みをしていたのであるし、自分の読みと違えば、先人の読みは誤っていたのである。先人に導かれて、自分の読みを決定しようとする姿勢は、宣長には見られない。それが、彼の精神の「近代性」だった。

宣長の解釈では、藤壺の和歌は次のように読み改められる。

もしもわたしが、ごく普通の立場で、花のように美しい光源氏を見られる立場であったのならば、心が気《き》がねしてしまうことは少しもありはせず、純粋に彼を称賛できたでしょうに。現実のわたしは、既に光源氏と恋の過ちを犯し、罪の子まで作ってしまっている特別な関係にあります。だからこそ、光源氏の姿を見ても、思わず苦しんでしまうのです。

萩原広道の『源氏物語評釈』も、宣長説に従う。宣長説を繰り返した後で、「『細流抄』の説は、ひどく間違っている。『古今和歌集』の和歌も、本歌とする必要はない」と切り捨てる。

現在の学説は全部、宣長説を採用し、『細流抄』を良しとするものは皆無である。与謝野晶子が宣長説を採らなかったのは、『源氏物語湖月抄』に載せる『細流抄』には納得しなかったものの、宣長の説を知らなかったためかもしれない。

わたしは、ある大学の文学部日本文学科の講読で、この和歌の解釈について説明した経験がある。学生に先入観を与えないように、現在では宣長説一辺倒であるという事実を伏せて、「『細流抄』の読みもなるほどと思うところがあるし、宣長説も筋が通っている。君たちは、どちらがよいと思うか」というアンケートを取ったところ、何と、受講者全員が宣長説に軍配を上げた。

確かに、宣長説が深そうである。けれども、まだ「おほかた」という言葉の使い方について、わたし個人は釈然としないものが残る。『源氏物語』の全編を読みながら、「おほかた」という言葉と遭遇するたびに、この藤壺の歌を思い出して、どちらの説を取ろうかと思案しつづけている。

北村季吟の『源氏物語湖月抄』の読解は、このようにして、天才的「深読み」を示した本居宣長の出現によって、大きく改められた。だから、もし季吟が宣長の後に生まれていれば、宣長説を良しとした可能性が高い。それが、『増註源氏物語湖月抄』の仕事である。この『増註源氏物語湖月抄』を座右の書とすれば、読者は自力で『源氏物語』の最高水準の読みが可能となる。

「浅い読み」と「深い読み」

可度繰り返してもよいと思うが、『源氏物語』はさまざまに読める。だから、唯一絶対の「正しい読み」というものは、なかろう。これは、正しい解釈を探究する努力の放棄を意味しない。この、世界的にも希有《けう》の物語に対しては、解釈の多層性を認めたうえで接する必要があるのではないか。

このことに気づく時、「ああも読めればこうも読める」という『源氏物語』の懐の深さが浮かび上がる。まさに、常識的な読み、ちょっと浅い読み、浅すぎる読み、ちょっと穿《うが》った読み、穿ちすぎの深読みなどのオン・パレードの観がある。

『源氏物語湖月抄』は、結論として「常識的な読み」を提示することが多い。だから、眼光紙背《しはい》に徹して、物語の深層を読み取ろうとした本居宣長たちによって、厳しい反撃を受けることになった。けれども、この宣長の説ですら、万能ではないのだ。「おほかた」の語義について、なおかつ納得できぬ読者もいることだろう。わたしは『源氏物語玉の小櫛』を読んでいて、時として、「宣長説、ここは違《たが》へり」と思わず独《ひと》りごちる箇所もある。特に、帚木《ははきぎ》巻の「雨夜《あまよ》の品定《しなさだ》め」に関する宣長の見解には、心からは同感できない部分が多い。

現在の学界では消えてしまった読み、現代語訳の際には無視されてしまった古い読み。それらを、

『源氏物語湖月抄』はたくさん載せている。それを発掘して、現在の有力な読みを転覆《てんぷく》させる新たな読み手が出現しても、まったくおかしくはない。『源氏物語湖月抄』は、宝の山である。さらには、『源氏物語湖月抄』の流儀で宣長以降の説すら取り込んで、自分だけの新しい『増註源氏物語湖月抄』を編纂することもできるのだ。

さて、北村季吟は、『源氏物語』の主題をどう理解していたのか。そして、花宴巻から、どのような主題を引き出したのか。

教訓書としての花宴巻

花の宴は、終わった。弘徽殿の女御は、今夜は桐壺帝と添《そ》い臥《ぶ》しすることになった。昼間、弘徽殿の女御は、藤壺よりも下座に配置されて煮え湯を飲まされていたので、夜、帝から直接に慰めの言葉をかけてもらうのだろう。光源氏は、帝と添い臥ししない藤壺の寝所（飛香舎《ひぎょうしゃ》）を窺《うかが》うが、しっかりと鍵がさしてあり、警備は厳重だった。

いささか酒に酔っている光源氏は、「このままでは済まされない」という気持ちになって、向かい側（東側）の弘徽殿の建物に近寄ると、何と戸口が開いたままだった。鍵も開いていて、人少なである。光源氏は、「かやうにて、世の中の過《あやま》ちはするぞかし」と思って、そっと建物に侵入してゆく。そして、朧月夜《おぼろづきよ》（「おぼろづくよ」とも）という女性と契ることになった（カラー口絵参照）。

この「かやうにて、世の中の過ちはするぞかし」という光源氏の言葉が、何ともユーモラスで、読者の多くはここで吹き出してしまう。

王朝文学の「世の中」は、男女関係という意味であることが多い。だから、近代以降の『源氏物語』のテキストは、「こういうふうにして、男女関係の間違いは起きてしまうのだろう」と訳している。それで、意味は通る。でも、わかったような、わからないような、一抹の後味の悪さが残る。

これから、光源氏と朧月夜との「過ち」が、現に起ころうとしている。その「過ち」は、男の側の責任で起きたのか、それとも女の側の不注意で起きたのか、その区別が必要ではなかろうか。与謝野晶子『新新訳源氏物語』が、「こうした不用心な時に男も女もあやまった運命へ踏み込むものだと思って源氏は静かに縁側へ上がって中をのぞいた」と訳したのは、さすがである。物語のただ中へ、当事者の一人となって入ってゆこうとする意欲が感じられる。晶子が「男も女も」と訳したのは、光源氏にも朧月夜にも等分の責任がある、と認定したためだと思われる。

不法に侵入した光源氏が、悪いのか。それとも、鍵をかけていなかったので男の侵入を許しただけでなく、深夜にたった一人でふらふらと歩いてしまった朧月夜が、悪いのか。二人とも、同じくらいに悪いのか。

この判定は、現在市販されているテキストでは、ほとんど問題となっていない。ところが、『増註源氏物語湖月抄』を読むと、丁々発止《ちょうちょうはっし》のやりとりがあったことがわかる。江戸時代の読者たちは、「道徳」というか、「人倫」に関して、はなはだ厳しかったのだ。

寛政の改革を断行した松平定信《さだのぶ》の随筆『花月草紙《かげつそうし》』（『花月双紙』とも）にも、「源氏物語の最大の山場は、光源氏が失脚して須磨をさすらう場面である。このさすらいがなぜ起こったかについて、紫式部は細心の伏線を張り巡らしている。花宴巻で、『かやうにて世の中の過ちはするぞかし』と思いながらもそっと上がっていったとあるのが、その須磨左遷の原因である。実に、巧妙な因果関係の提示である」という主旨の記述がある。

松平定信は、「男の側」から、花宴巻の「かやうにて、世の中の過ちはするぞかし」という文章を読んだことになる。この巻で始まった光源氏と朧月夜の密かな愛は、賢木《さかき》巻で露顕し、光源氏の失脚の直接の原因となる。松平定信という文人政治家が、巻と巻とをまたぐ長期的な時間認識と、強い道徳観と、すぐれた文芸の鑑定眼とをもって、『源氏物語』の本文に接していたことがわかる。

確かに、「かやうにて」という光源氏の心境告白は、光源氏の目と耳を借りて叙述される部分に含まれる。「こういうふうにして、過ちが起きる」と思いながら、光源氏は足を踏み出している。すなわち、「過ちを犯す側＝光源氏本人」の心境を述べたものとするのが、自然である。『岷江入楚《みんごうにっそ》』の「箋《せん》」（＝三条西実枝《さねき》の著した『山下水《やましたみず》』）という注釈書にも、「このことより、須磨の浦のことも起これり」とある。

恋の用心集

ここで、『源氏物語湖月抄』を見てゆこう。最初には、牡丹花肖柏の『弄花抄』の説がダイジェストされている。原文のまま挙げておくと、「世にあやまちする事などを思ひ給ふ也。されども、源氏の今夜のあやまちは思ひつつありし也」。世間の人は無自覚に恋の過ちを犯すのであろうが、光源氏は、こういうことをすれば過ちがきっと起こると自覚しつつも、なおかつ過ちを犯してしまったのである、という主旨だろう。「これだけは、してはいけない」とか、「こういうことをしたら、自分はきっと破滅するに違いない」と頭でわかっていればいるほど、そういう危険に引き込まれてしまうのが、人間というものである。『弄花抄』は、光源氏の側から「男の落ち度」を読んでいる。

『源氏物語湖月抄』は、次に『細流抄』を引用する。成立は『弄花抄』よりも先だが、説明の都合で『弄花抄』の説明を先にした方が明快だと、季吟が考えたのだろう。つまり、『弄花抄』の説が、この文章の解釈の結論だった。あとは、解釈ではなくて鑑賞の領域である。その『細流抄』は、「思ふことに陥《おちい》りたる也。世間の人のあやまちは、かくのごときゆゑなるべし」というコメントを述べる。やはり、光源氏（男の側）から読んでいる。

そして、『源氏物語湖月抄』の「師説」となる。前半は、これまでの流れに沿っている。「世の中にあやまちする人は、かやうの処《ところ》へ分け入りてのゆゑぞと、思ひかへしながら、わが思欲《しよく》におぼれて、そのままのぼり給ふなり」。この「思欲」とは、欲望とか情欲などの意味だろう。「師説」の後半は、少数説への反論である。意訳すると、「こういう時に、自分以外の人たちは、過ちを犯して、不慮の事態に巻き込まれてしまうのだろうと、光源氏が自分の事ではなく徹頭徹尾、他人の身の上のことを考えていると解釈する説もあるが、当流では取らない」。

そして、季吟以後に、宣長が登場する。その説くところは、次の通り。「この文章は、世の中の女が恋の過ちを犯してしまうのも、こういう風に鍵のかけ忘れから起こるものなのだ、と光源氏が気づかれたというのである。古い注釈のすべては、『過ちはするぞかし』の『過ち』を光源氏自身の過ちと間違って解釈したので、意味不明の余計な教訓などを垂れているのである」。すなわち、宣長は、この文章は恋の過ちにのめり込む光源氏の側からではなく、男の侵入を許した女の側の責任に重点がある、というのだ。

『源氏物語湖月抄』に流れ込んだ古い注釈書を十把一絡《じっぱひとから》げにして全否定する激しい口調である。つまらない人生教訓や恋愛教訓など書くものじゃないよ、という宣長の怒りが溢《あふ》れている。確かに、直前には藤壺の寝所の戸締まりが厳重だとも書いてあるので、宣長説には一理はありそうだ。

ただし、客観的に見て、宣長説はどうだろうか。この後、花宴巻の本文は、夜中に一人歩きする朧月夜の姿を描く場面に入る。『源氏物語湖月抄』の「師説」は、ここぞとばかり言いつのる。

この段、悉皆《しつかい》、女の誡《いまし》めに書けり。かく朧月夜の軽々しく一人歩《あり》き給へるゆゑに、このあやまちあり。女は、燈《ひ》ともさでは夜行《やぎやう》せぬこと、『礼記《らいき》』にあり。道の露多しとて、朝疾《と》く女の歩かざること、『詩』に見えたり。尤《もつと》も心すべきことなるべし。

弘徽殿の細殿に上ってしまったのは、光源氏（男）の過失。そして、深夜に一人歩きしてしまったのは、朧月夜（女）の過失。男女双方の過失がからまって、不思議な「過ち」が起きてしまった。しかし、過ちの結果として、世間の指弾を受けるのは、常に弱い女性の側である。だからこそ、女性は警戒の上にも警戒を忘れてはならない。

むろん、光源氏が侵入したのは、女たちが戸締まりをしていなかったからだ。それは、弘徽殿に仕える女房たちの失態であり、彼女たちをだらけた雰囲気にさせてしまった女主人の責任である。ただし、『源氏物語』の作者は、まず男の側から恋の過ちを犯す心理を細かく描き、次に女の側から恋の過ちを犯した原因を描くという順序を取った、とする方が自然だろう。

季吟は、元禄八年（一六九五）に、『源氏物語微《び》意《い》』を著して、『源氏物語湖月抄』に書かなかった「秘説」を開陳した。花宴巻を見てみる。いわく、藤壺の心の中の和歌が世間に洩れたのは、悪事悪行を思うべからずという戒めである。いわく、弘徽殿の細殿が開いていたのは、心遣いの愚かさから恋の過ちが起きたという戒めである。いわく、光源氏がいけないと知りつつ登っていったのは、自分でもおかしいと思うことはすぐにでも止めるべきだという戒めである。

つまり、藤壺、朧月夜、光源氏のいずれにも過失があった、という公平な読みである。わたしは、このような季吟の文脈理解に軍配を上げたい。『増註源氏物語湖月抄』に増補された宣長の『源氏物語玉の小櫛』説には、妥当なものが多い。そのため、この花宴巻でも読者は宣長説を妥当だと思いこみがちだが、必ずしもそうではなかろう。

教訓読みの全盛期へ

ただし、『源氏物語湖月抄』の文脈把握が深かったとして、なおかつ、そこからどういう教訓を読み取るかは、読者の自由である。江戸時代は、過去の時代に書かれた古典文学を、「原文」のままで読解し鑑賞するというスタイルの「注釈書」を完成させた。その最大の功労者が、北村季吟であった。

古典が生きたままで、多くの現代人に手渡された。その際に、多くの人に共感される主題把握が、

「人生教訓」だったのである。『源氏物語』も、『伊勢物語』も、教訓読みがなされた。その潮流が、南北朝期という比較的新しい時代に書かれた『徒然草』という作品を、新しい「古典」として『源氏物語』や『伊勢物語』と同列に並べてもてはやすことにもつながった。この『徒然草』こそは、教訓読みが最も当てはまる絶好の作品だった。季吟の『徒然草文段抄』は、その集大成である。

一般的に言って、昔話『浦島太郎』を読んで、「約束は絶対に守らなければならない」という教訓を得た場合、それを浅いと思うか深いと思うか。それは、その人の文学観と人生観によって、いかようにも変わるだろう。芥川龍之介の『蜘蛛《くも》の糸』を読んで、底の浅い教訓だと思うか、哲学的・宗教的に深遠な思想と読むか、それも読者次第だろう。

『源氏物語』に関しても、仏教の勧め、仏教の教義からの色好み批判、心の成熟のプロセスを辿ったもの、勧善懲悪や因果応報思想の確認、人生教訓、「もののあはれ」の美学、当時の摂関政治への批判、天皇制の賛美など、さまざまの主題が引き出されてきた。それらは、決して排他的なものではなかろう。「ああも読めるし、こうも読める」という無限の文学の歓びに溢れたもの。それが、『源氏物語』を筆頭とする古典文学の豊饒《ほうじょう》さである。

『源氏物語湖月抄』は、近代的な解釈学が確立する以前の「懐《なつ》かしい読み」を網羅しており、それゆえに懐が深い。ここから袂《たもと》を分かって近世の国学は興《おこ》ったし、さらには近代の国文学は開始した。その『源氏物語湖月抄』の懐に虚心に飛び込むことから、閉塞《へいそく》した現代の『源氏物語』観を打破する新しい読みが飛び出すかもしれない。

二十一世紀の今、『源氏物語』は、原文で読まれない。かなりの読書人ですら、現代語訳しか読まない。学者の言葉は、一般読書人の胸に響かない。ここでもう一度、研究者（＝注釈者）と読者が会話していた北村季吟の時代を振り返る必要があろう。

季吟の読みを単純に受け継ぐのではなく、その試みと人生観・文学観をまるごと理解すること。そのうえで、現代性を引き出すこと。それが、平成の時代に『源氏物語』が生き延びる最後の生命線であろう。

4　注釈に生きる日々

注釈家・季吟の面目

季吟の注釈書は、まことに膨大である。ハイドンの交響曲のナンバーに匹敵するのではないかと、思うことすらある。季吟は、多作であったこと、そして一部の評論家から「凡庸・平凡」というレッテルを貼られたことなどの理由から、ちょっとハイドンと似ている。ならば、本居宣長は、ベートーベンか。余計なことを言えば、モーツァルトに該当する古典学者は、わが国には見当たらないようだ。

北村季吟は、承応二年（一六五三）に『大和物語抄』を刊行したのが、最初の古典注釈書の出版だった。そして、元禄二年（一六八九）頃に、『万葉拾穂抄』をまとめ了《お》えている。およそ四十年間にわたる注釈生活だった。江戸に出てからの著作は激減する。

新典社から影印で刊行された『北村季吟古註釈集成』（別巻も含む）の書名だけでも、列挙しておこう。ここに、季吟の人生の真骨頂がある。以下の書名は、版本の表記通りに引用する。

『土佐日記抄』一冊
『伊勢物語拾穂抄』一冊
『枕草子春曙抄』二冊
『大和物語抄』二冊
『源氏物語湖月鈔』十一冊
『徒然草文段鈔』二冊
『徒然草拾穂抄』三冊
『和漢朗詠集注』二冊
『八代集抄』十五冊
『新勅撰和歌集口実《こうじつ》』二冊
『続後撰和歌集口実』二冊
『百人一首拾穂抄』一冊
『古今集序抄』一冊
『仮名烈女伝《かなれつじょでん》』二冊

『女郎花物語《おみなえしものがたり》』　一冊
『歌仙拾穂抄・いわつゝじ』　一冊

冊数は、版本の冊数ではなく、この新典社の影印本の冊数である。なお、同社からは、この他にも季吟の著書が影印で出版されている。

『万葉拾穂抄』　全六冊（他に、別巻一冊）
『初雁文庫本・古今和歌集教瑞抄《きょうずいしょう》』　全五冊

通覧するだけでも膨大な時間を必要とするこれらの注釈書群をものすには、先行文献の整理・下書き・推敲・清書などで、どれだけの執筆時間を必要としたことだろうか。

なお、『仮名烈女伝』『女郎花物語』『いわつゝじ』は、厳密には注釈書ではなくて、説話集である。特に、『いわつゝじ』は男性同士（僧侶と稚児《ちご》）の恋愛をテーマとする説話・物語を集成した異色の著作として名高い。また、これらの説話集は、季吟の名前を冠して出版されたものではないので、作者を疑問視する見解もあるが、現在ではほぼ季吟作と見なすことで多数説が形成されている。『女郎花物語』が確実に季吟の著述であることを、もう少し後で述べよう。

注釈三昧

先ほどの季吟の著述のリストを眺めていると、いかにも壮観である。芥川龍之介の『戯《げ》作三昧《さくざんまい》』という小説が連想されてならない。この短編小説は、大長編『南総里見八犬伝』を孜々《しし》として書きつづける曲亭馬琴（滝沢馬琴）の澄み渡った心境が描かれている。文化十一年（一八一四）から天保十三年（一八四二）まで、足かけ二十九年間にわたって書き継がれた『南総里見八犬伝』は、全九輯《しゅう》九十八巻百六冊から成る巨編である。

季吟の注釈三昧の日々は、約四十年だった。季吟は達筆だったので、彼の書いた読みやすい字がそのまま版木《はんぎ》となったという。ということは、膨大な版本の版下《はんした》も、彼が自らが行ったということだ。驚くべき精力である。

本書では詳しく取り上げられなかったが、『枕草子』の注釈書である『枕草子春曙抄』は、語釈の多くの部分を『源氏物語湖月抄』に仰いでいる。つまり、『源氏物語』と『枕草子』とで同じ言葉が使われている場合に、季吟は『源氏物語』の古注釈書（『河海抄』など）の語釈をそのまま「再録」するのである。これは、『枕草子』に関する古注釈書が少なかったための苦肉の策なのだが、古く『徒然草寿命院抄』で開発されていた方法でもある。

一種の「使い回し」であり、たとえ二つの作品で言葉が一致していても文脈が違っているのだから、読者としてはやや不自然な印象を受けることがある。けれども、短期間に矢継ぎ早《ばや》に大きな注釈書を書き上げるためには、やむをえなかったのだろう。いや、季吟は確信を持ってこの「使い回し」を敢行したのではないだろうか。そもそも、『河海抄』などの『源氏物語』の古注釈書も、他書から一部を切り出して「再録」あるいは「抄録」するという方法だったのであり、それを改めて確立したのが季吟の『源氏物語湖月抄』である。

『源氏物語湖月抄』の方法を発見するまでの季吟の試行錯誤は、その確立後には、自信に満ちた同一手法の展開となる。その結果、すべての古典作品が『源氏物語』研究のスタイルで注釈された。読者は、『源氏物語』を読むようにして『枕草子』を読み、『徒然草』を読むことになる。

ここが、もしかしたら季吟の注釈研究の最大の弱点だったかもしれない。一つ一つの古典作品の個性や独自性の指摘ではなく、普遍性（日本最大の傑作『源氏物語』と響き合う共通性）の探索へと向かってしまうのである。これを「平板」と見るか、『源氏物語』の存在の大きさの確認作業と見るかで、大きく評価が分かれよう。

一つだけ、確実なことがある。季吟の膨大な注釈の基本姿勢は、『源氏物語』研究に最も適合していた、という点である。だからこそ、『源氏物語湖月抄』が彼の最高傑作なのである。

『女郎花物語』の面白さ

『女郎花物語《おみなえしものがたり》』は、わが国の女性を取り上げながら、「女性の生き方」を説くものである。ちなみに、『仮名烈女伝』は中国の女性たちを取り上げている。『女郎花物語』は、万治四年＝寛文元年（一六六一）に版行された。季吟、三十八歳。なお、版行に先立って、早く明暦元年（一六五五）に完成していたとする榎坂浩尚氏説がある。それだと、三十二歳の著作だということになる。

版本は、上中下の三冊に分かれている。その中巻の冒頭に、斎院である選子《せんし》内親王の屋敷で、若き殿上人《てんじょうびと》が姫宮を垣間見《かいまみ》るという話がある。ここで、コメンテーターの出番となる。

斎院などの思ひかけぬあたりにさへ、かかる例侍れば、女はいかにも奥深くありて、かろがろしく人に見ゆまじき也。『詩』に曰く、厭浥行露《えふいふたるみちのつゆあり》、豈不夙夜《あにつとによひにせざらんや》、謂行多露《みちのつゆおほきをおもひてなり》となん。「厭浥」とは、うるほふ心なり。「不夙夜」とは、女の朝疾《と》く、夜深くなど、一人歩《あり》かじとの心也。聖人の世の女は、かく道の露多きを厭《いと》ふと言ひて、朝夜《あさよ》さなど一人歩かずして、無理わざする男などに行き会ふまじき心遣《こころづか》ひをし侍り。女の思ふべき所なるべし。

どこかで、読んだ記憶がある。そう、『源氏物語』の花宴巻で展開されていた『源氏物語湖月抄』の注釈である。朧月夜は、宮中の弘徽殿の細殿を深夜一人で歩いていて、光源氏に手を捉えられて男女関係に巻き込まれた。そこには、

この段、悉皆、女の誡めに書けり。かく朧月夜の軽々しく一人歩き給へるゆゑに、このあやまちあり。女は、燈ともさでは夜行せぬこと、『礼記』にあり。道の露多しとて、朝疾く女の歩かざること、『詩』に見えたり。尤も心すべきことなるべし。

と、書かれてあった。まったく同一の内容である。『源氏物語湖月抄』に「『詩』に見えたり」とあっ

た『詩』の全文が、『女郎花物語』のコメントで明らかになる。

もう一例、『女郎花物語』が季吟作である決定的証拠を挙げよう。今度は、下巻の冒頭である。内《ない》侍直子《しなおいこ》の、

海人《あま》の刈る藻《も》に棲《す》む虫のわれからと音《ね》をこそ泣かめ世をば恨みじ

という和歌に関する説話である。ここで、コメンテーターは、

されば、『伊勢物語』に、「歌は詠《よ》まざりけれど、世の中を思ひ知りたりけり」と侍るも、歌詠む人はうき世の理《ことわり》をばよく知ること、知られ侍り。

と、「和歌の効用」を高らかに宣言する。これも、本書の読者には、既視感ならぬ既読感がおありのことだろう。『伊勢物語』第百二段の「歌は詠まざりけれど、世の中を思ひ知りたりけり」という本文に関して、季吟の『伊勢物語拾穂抄』は、細川幽斎説を引用していた。

ここをもつて知りぬ。歌を詠まん人は、有為無常を知り、世の理をも勘弁して、教誡の端ともなり、天下の治をもいたすべき事也。

『女郎花物語』の中巻冒頭には『源氏物語湖月抄』と一致するコメントが、そして下巻冒頭には『伊勢物語拾穂抄』と一致するコメントが見られる。また、あまり細かな指摘になってしまうので今は省略するが、『源氏物語』帚木《ははきぎ》巻の「雨夜の品定め」との一致点が、『女郎花物語』には数多く見られる。特に、説話に対するコメント（教訓・教戒）の部分に、帚木巻本文や『源氏物語湖月抄』所載の宗祇たちの注釈の影響が濃厚なのだ。『女郎花物語』の作者は、『源氏物語』の注釈者だったと考えると、納得できる。

『伊勢物語』や『源氏物語』を、「人生教訓の書」として読解した季吟の姿勢は、『女郎花物語』が説く婦道・婦徳と同じものである。『女郎花物語』の作者が季吟であることは、疑えないのではないか。むろん、作者の断定には、慎重な検討が必要ではある。例えば、『女郎花物語』には版本の他にも写本系統があり、簡単にすべての作者を季吟だと決めてしまえない事情もある。けれども、『女郎花物語』の作者を季吟だと考えれば、いろいろと面白い事実がある。まず、下巻に「祇王《ぎおう》」が登場するが、彼女は季吟と同じく野洲《やす》の出身だった。また、上巻の三番目に、「衣通姫《そとおりひめ》」の事蹟が語られる。

今、紀の国の和歌浦《わかのうら》に、玉津島《たまつしま》の明神とて跡垂《あとた》れ給へるは、この衣通姫にて侍る也。また、住吉の南の社《やしろ》、この京の五条におはす新玉津島《にひたまつしま》も、皆同じ神になんありける。

衣通姫を祀《まつ》った紀州和歌浦の玉津島社を摂津に勧請《かんじょう》したのが住吉大社であり、さらに都に勧請したのが五条の新玉津島社だというのである。この新玉津島社の社司として、季吟は六十歳から六十六歳まで住むことになる。季吟の晩年の人生を考えるときに、この衣通姫の記述は、感慨無量なものがある。

佐藤直方という儒学者

ここに、佐藤直方《なおかた》という儒者がいる（一六五〇〜一七一九）。山崎闇斎《あんさい》に学び、朱子学を謹厳に研究した峻厳な人物だった。赤穂浪士の討ち入りに際して、彼らの心のありようが「義士」ではないと激しく攻撃したことで有名である。また、天皇制や女帝に対しても歯に衣《きぬ》を着せぬ痛烈な批判をしたことでも知られる。

この厳格きわまりない佐藤直方に、和学書からの抜き書きがいくつか残っている。一つは『徒然草』からの抜粋である『しののめ』。もう一つが『女郎花物語』からの抜粋である『おだまき』である。どちらも、『増訂佐藤直方全集』巻一で読める。

直方は、季吟の『女郎花物語』から二十四話を抜き出している。版本の『女郎花物語』は全部で五十七話であるので、およそ四割を抜いていることになる。もちろん、女性が夜に一人歩きしてはならないという話や、『伊勢物語』を持ち出しての和歌の効用の話などは、しっかりと書き抜かれている。

直方は、『徒然草』を男性読者向けの最良の人生教訓書、『女郎花物語』を女性読者向けの最良の人生教訓書と、理解したのだろう。『おだまき』の末尾には、直方の識語があり、昔は「男の道」と「女の道」がそれぞれ説かれていたが、近年はほとんど「女の道」を説く書物が見られなくなった、世間で広く読まれている『女郎花物語』を自分も読んで、その中から婦女子の訓戒として適当なものを書き抜いて一冊とした、という内容が記されている。

この『おだまき』の成立は、「貞享乙丑之秋《じょうきょうおつちゅう》」とあるので、貞享二年（一六八五）の秋である。当時の季吟は、新玉津島社の社司をしながら、大著『万葉拾穂抄』の執筆を続けていた。

季吟が古典文学の注釈活動という研鑽《けんさん》を通して抽出した「人の道」は、儒者にも受け入れられていた。そもそも、林羅山《はやしらざん》が『徒然草』に関心を持って『野槌《のづち》（＝埜槌《のづち》）』という優れた注釈書を残したのも、『徒然草』が「教訓読み」の可能な「古典」として意識されたからにほかならない。

うがった見方をすれば、戦国時代の宗祇が古典注釈を通して「平和」の到来を祈念したのは、それだけ世の中がうち続く戦乱で疲弊していたからだった。江戸時代に、季吟や直方が学問を通して「人の道」を説いたのは、それだけ世の中が軽佻浮薄《けいちょうふはく》に流れてしまったからだろう。直方の『おだまき』末尾の識語には、「不順・不信・淫奔《いんぽん》・醜行《しゅうこう》、至らざる所無し」という当代への現状認識が語られている。

寛文元年の季吟の自筆日記

寛文元年（一六六一）の季吟の日記が、残っている。『北村季吟著作集・第二集』や、『俳書叢刊』で読むことができる。七月から十二月までの半年間の日常生活が、細かにうかがえる。

時に、季吟は三十八歳。この日記には、著書『土佐日記抄』の刊行直前での内容修正や、ライバルの著書に対する批判など、興味深い話題がちりばめられている。当時の習俗では、人間が「老人＝

翁」の仲間入りをするのは「四十の賀」が最初だが、季吟はまだその二年前の壮年である。にもかかわらず、健康の不安を何度も訴えている。

七月一日から始まった日記の七月四日の条《じょう》に、早くも「暮れかかるほどに、例の眩暈《めまひ》起こり出《い》で」て、所用の途中で帰宅したと記される。「天命の薄きにこそ。養性（養生）は怠ることなけれど、この頃は、なほ心細し」。季吟の愛読した『源氏物語』では、「心細し」という形容詞は死を意識した人間の心に湧き上がる不安を表すことが多い。「もの心細し」だと、まず確実にまもなく鬼籍《きせき》に入ってしまう。

この病弱な体で、季吟は注釈活動を持続したのだ。そして、八十二歳の天命をまっとうしたのだから、その意志の力には脱帽せざるを得ない。「所労《しよらう》起こりて」という記述は、日記に頻繁に見られる。「徒然を読む」とあれば、『徒然草』を読んだということ。単に、「徒然」とあれば、何も特記することがなかったということ。いずれにしても、病と並んで、「徒然」という言葉が乱舞しているのも、特徴だろう。

季吟は、弟子たちの家に出かけていっては、『源氏物語』『徒然草』『和漢朗詠集』『職原抄《しょくげんしょう》』などの講義を行っている。これらの講説が、『源氏物語湖月抄』『徒然草文段抄（文段鈔）』『和漢朗詠集注（註）』などの注釈書に結実していったのだろう。

中でも、三井家の出身である秋風《しゅうふう》（三井《みつい》時次《ときつぐ》）とは、特に親しくしていたようだ。晩年には没落したという秋風には、

正月を馬鹿で暮らして二月哉

という、いかにも遊興人らしい句がある。

季吟と弟子たちとの間には、古典作品の「三ケ《さんか》の大事」などを伝授するかしないかで、駆け引きがあったようだ。古典講説が季吟の経済的な収入の道だったので、どういう条件で秘伝を許すか、いろいろと迷うこともあったのだろう。『土佐日記』に関しても、季吟がかつてある人に秘説を伝授したら、その人が無断で季吟のライバルにも教えてしまったという事実を書き記して、「そういう秘密の守れない人間に伝授した自分の方が、そもそも悪かったのだ」という趣旨の不満を洩らしている。

貞徳や季吟たちの手になる公開講義や古典注釈書の相次ぐ刊行は、「古今伝授」などの秘説を形骸化させていた。にもかかわらず、彼らは「秘伝」を有効に活用して人生を切り拓いていったのである。季吟が「古今伝授」を武器にして、最高権力者である柳沢吉保《やなぎさわよしやす》と交遊していったプロセスは、次章で詳しく見てゆきたい。

第四章　江戸へ、そして最高権威へ

1　新玉津島社に住む

北村季吟は、六十六歳の高齢で江戸幕府に召し出されるまで、六十歳から「新玉津島《にいたまつしま》社」の社司を務めており、そこが松の名所だったので「七松子《しちしょうし》」という別号をもっていた。現在も、「松原通《まつばらどおり》」という地名が残っている。この「七松子」という号は、後に江戸に出て初代の「歌学方《かがくかた》」となった季吟と、権力者・柳沢吉保との交流を考える際のキーワードとなるので、記憶しておいていただきたい。

新玉津島社

なお、新玉津島社は、「新」の付かない本家の玉津島社（紀州）を、京の藤原俊成《しゅんぜい》の旧宅に勧請《かんじょう》したものである。和歌浦の玉津島社は、和歌の女神である衣通姫《そとおりひめ》を祀《まつ》っている。

一方、和歌の神として古くから尊崇された神社に、摂津の住吉大社がある。その神官だった津守家《つもりけ》

新玉津島社（京都市下京区松原通烏丸西入玉津島町）

は、代々歌人を輩出したことでも知られる。『伊勢物語』の最古の注釈書である『和歌知顕集』は、王朝初期の歌聖である在原業平の一生を語る『伊勢物語』に心惹《ひ》かれる人物が、住吉大社で和歌の神様から『伊勢物語』（および和歌）の根源を伝授されるという設定である。

この住吉大社にも、和歌浦の玉津島社が勧請されて、合祀《ごうし》されている。京の新玉津島社は、直接に玉津島社から勧請したのか、それとも住吉大社から衣通姫を勧請したのか、正確にはわからない。

衣通姫は、『万葉集』にも登場するが、『古今和歌集』の仮名序で小野小町の先駆者と言われた女歌の代表者である。

我が背子《せこ》が来《く》べき宵《よひ》なりささがにの蜘蛛《くも》の振る舞ひかねて著《しる》しも

という歌は、名高い。

一方、藤原俊成は、七番目の勅撰和歌集である『千載《せんざい》和歌集』の編者にして、定家・為家《ためいえ》とつづく「御子左家《みこひだりけ》」の歌の家の元祖。言わば「歌のえにし」によって結ばれているのが、衣通姫と俊成の二歌聖である。玉津島社が、俊成旧居のあった土地に勧請されて新玉津島社となったのは、必然だった。

以下の記述は、北村季吟の晩年の暮らしぶりと心のあり方を知るために書かれる。副産物として、平安末期の俊成と、近世の季吟を結ぶ文学史の大きな水脈を何とかして掘り当てることができないものかと念願している。

住吉大社（大阪市住吉区）

玉津島社（和歌山市和歌浦）

俊成社について　藤原俊成は、世間から「五条三位《ごじょうさんみ》」と呼ばれた。この通称が永く日本人の記憶に刻印された理由の一つは、『平家物語』巻七・「忠度都落ち《ただのり》」の名場面であろう。木曾義仲《よしなか》に追われて平家一門が都落ちする際に、薩摩守《さつまのかみ》平忠度は、「五条の三位俊成卿の宿所」を訪れた。忠度は、俊成の和歌の弟子だったのだ。そして、もしも俊成の「御恩」によって自分の和歌が「勅撰和歌集」に入ったならば、俊成の子々孫々までも自分の霊魂は守護神になるだろうと、強く依頼した。

一一八七年成立の『千載和歌集』に収められた、

さざなみや志賀の都は荒れにしを昔ながらの山桜かな

という「詠人知らず《よみびとし》」の歌が、この時に忠度が命懸けで持参した作品の中の一首である。

このエピソードを俊成の側から見れば、死にゆく忠度に大恩を施したので、中世においては和歌の権威として君臨し、子孫の冷泉家《れいぜいけ》が二十一世紀の今日まで「和歌の名門」の血脈を保っているという「忠度の報恩譚《ほうおんたん》」になる。忠度は、昔話「雀のお宿」や「浦島太郎」の雀や亀の立場であり、「恩返し」をする側である。俊成が、正直なお爺さんや太郎の役回りである。

けれども、俊成が彼の懇願を無視していたならば、忠度はきっと恐ろしい「祟《たた》り神」になっていただろう。それは、平家の公達《きんだち》たちの修羅を語る謡曲作品（『船弁慶《ふなべんけい》』など）で繰り返し語られるが、俊成の子孫たちも代々祟られる危険性があった。祟られたら恐ろしい忠度だからこそ、守護してくれたら子孫繁栄という結果につながったのだ。

話を「五条三位」に戻そう。「三位」というのは官位だから、「五条」に住んでいる「三位」の「俊成」という意味である。『源氏物語』でも、六条に住んでいるから「六条御息所《みやすどころ》」だし、一条ならば一条御息所である。では、俊成の邸宅のあったという「五条」とは、現在のどこに当たるのだろうか。

俊成社（京都市下京区烏丸通松原下ル俊成町）

京都のガイドマップを見れば、すぐに「俊成社《しゅんぜいしゃ》」という祠《ほこら》が見つかる。東本願寺の東側の大通りである烏丸通を北に向かってまっすぐ歩いていると、東西に走る松原通の少し手前（烏丸通松原下ル）に、俊成社の小さな祠が建っている。まさに、「ビルの谷間」である。その説明プレートを、引用する。

ここは、藤原俊成の邸跡といわれ後世の人が俊成の霊を祭ったものという。俊成は平安末鎌倉初期を代表する歌人・定家の父で、後白河法皇の命により『千載和歌集』を撰した。

謡曲俊成忠度は、平忠度が歌道に執心のこと及びその最期の様を描いた修業物。即ち岡部六弥太忠澄は西海の合戦で忠度を討った時、その尻籠に収めてあった短冊を持って都に帰り、忠度の和歌の師であった俊成の邸を訪れ、その短冊を見せる。その短冊に、旅宿の花という題〔で〕「行き暮れて木の下蔭を宿とせば花や今宵の主ならまし」と書いてあった。俊成はその文武両道に勝れたのを惜しみ厚く成仏を祈る。　京都市

文中の「修業物」は、もしかしたら「修羅物」の誤字だろうか。それとも、「歌道」ないし「芸道」の修業をテーマとする謡曲という意味だろうか。「祭った」は「祀った」の方が適切かもしれない。この俊成社は、明治三十六年（一九〇三）十一月三十日に「七百年祭」を行ったという。俊成の命日が、元久元年（一二〇四）十一月三十日だから、確かに明治三十六年は七百回忌に当たる。なお、現在は、命日の二日前の十一月二十八日に、「お火焚《ひたき》祭」が行われているという。

この近辺が俊成の旧宅とされた根拠は、中世最後の大歌人だった正徹《しょうてつ》の発言にあるようだ。俊成の息子・藤原定家を神のように崇拝した彼の残した歌論書『正徹物語』には、「俊成の家は、五条室町にて有りしなり」とある。「五条室町」は、現在の「五条烏丸のあたり」である。俊成社は、そのような伝承によって、造られたのだろう。

俊成旧居ではないかもしれないが

なお、この「俊成社」のほんの先の松原通を西に折れると、すぐ左手に、先ほど紹介した「新玉津島社」（松原通烏丸西入ル）がある。「松原通」と呼ぶのは、応仁の乱の以後に松原が生い茂ったからと言われる。もともと、和歌浦か住吉かの松を移植してあっ

たものかもしれない。江戸時代にこの神社の社司だった北村季吟の「七松子《しちしょうし》」という別号からもわかるように、季吟の時代にもまだ松の木は茂っていたのだろう。「七」は、たくさんという意味かもしれないが（「七生報国」などの「七」）、「七松」というのは、後で述べるように玉津島社と深いゆかりがある。けれども、現在は小さな松が数本植えられているばかりである。

それに対して、俊成の旧宅が「五条京極」にあったという記述は、古い日記類にいくつも見られる。石田吉貞氏『藤原定家の研究』などの学説では、この「五条京極」は現在の河原町松原あたりとされる。ということは、新玉津島社よりも、さらには俊成社よりも、かなり東側だったことになる。『正徹物語』の「五条室町」説ならば、新玉津島社や俊成社に近いということになるのだろうか。五条室町と五条京極。本邸と別邸の二つがあったのか、どちらかが誤伝なのか、よくわからない。

しかしながら、現在の場所に新玉津島社が位置し、近くには俊成社もあり、「俊成旧居」として、室町時代以来ずっと信仰されつづけてきたのは紛れもない事実である。

「新玉津島」社は、「にいたまつしま」「しんたまつしま」「にいたまづしま」などと、さまざまに発音されているが、「にいたまつしま」が最も一般的なようである。北村季吟本人も、『新玉津島らくがき』などで、「にゐたまつしま」と表記している。ただし、「しんたまつしま」という呼称も根強い。俊成社が数坪の祠だったのに対して、この新玉津島社は七十五坪の立派な敷地である。西向きに本殿が建っている。

この新玉津島社に、天和三年（一六八三）、社司として北村季吟が移り住んだ。そして、季吟はこの場所こそが藤原俊成の旧居があった場所だと断定した。それは、歴史学的には正確ではなかったかもしれないが、それ以前にも以後にも、人々はそれを信じてきた。

本来は「俊成旧居」と「新玉津島社」が別の場所だったとしても、「俊成旧居とされた新玉津島社」の権威は揺るがない。季吟だけが二つを一致させていたわけでもなく、室町時代から既にそういう伝承はあったからである。足利義教《よしのり》の時代に、勅撰集の撰者を決めるに当たって、新玉津島社の社頭で籤《くじ》を引かせたのも、ここが俊成ゆかりの和歌の聖地だと信じられてきたからこそである。

なお、この新玉津島社は、藤原俊成本人が勧請したとも、俊成の子孫の二条家（二条・京極・冷泉の三家の中の嫡流としての「二条」）に学んだ頓阿《とんな》が勧請したものとも伝えられる。頓阿（一二八九～一三七二）は、二条為世《ためよ》門下の和歌四天王《わかしてんのう》の中でも最大の実力者で、本居宣長の初期の著作にも、頓阿の家集『草庵集《そうあんしゅう》』の注釈がある（『草庵集玉箒《たまばはき》』）。頓阿は、『徒然草』の著者である兼好とも親交があった。俊成から、およそ百五十年後ということになる。この場所には、数百年にわたる「和歌」の歴史が、あたかも「地霊」のように沁《し》み通っている。

新玉津島社を訪ねて

話が私事にわたって恐縮だが、わたしが北村季吟に興味を持った当初から、入手したいと願っている文献があった。「北村季吟大人遺著刊行会」の編集した『北村季吟著作集』である。第一集が『道の栄《さかえ》』（昭和三十七年、三百部限定）、第二集が『北村季吟日記』（昭和三十八年、四百部限定）で、刊行は惜しくもこの第二集で中絶した。第三集は書簡集、第四集は遺文集の予定だったという。

「北村季吟大人遺著刊行会」の代表者は、『広辞苑』の編者として有名な新村出《しんむらいずる》氏であり、発行所は「京都市下京区松原通烏丸西入、玉津島町、新玉津島神社内」に置かれた。定価は、当時の価格で四百円と六百円。この二冊がどうしても欲しかったのだが、古書店の販売カタログに掲載されていることは少ない。

数年前、大学院の学生の一人に世間話としてこの話題を話したところ、その学生は何と講義日の翌日に東京から大阪に行くついでがあったらしく、京都で途中下車して、新玉津島社を訪ねて、『北村季吟著作集』の在庫を直接尋ねたという。いきなり本家本元の新玉津島社に当たるという行動は思いも寄らなかったので、学生の行動力にはなはだ驚いた。

その報告によれば、「新玉津島社の神主さんはつい最近亡くなったそうで、九十歳くらいのお母様がいらっしゃいました。矍鑠《かくしゃく》としておられて、在庫を探して下さり、在庫のあった第二集のみ、当時の定価の六百円のままで分けてくれました。詳しいことは、亡くなった息子さんのお嫁さんがご存じだそうですが、その時はお留守でした」という。

これで、東京に居ながらにして第二集が手に入った。ところが、手に入らなかった『北村季吟著作集』の第一集の方に、『新玉津島記』を始めとする新玉津島社関連の文書が収録されており、藤原俊成以来の和歌の流れを研究するためには、どうしても実物かコピーが欲しい。それで、思い切って新玉津島社に問い合わせてみた。すると、亡くなった当主の夫人の柳本久子さんと電話で話をすることができた。残念ながら、新玉津島社にも、第一集の在庫は無いとのことだった。ただし、北村季吟とゆかりの深い滋賀県野洲町の「銅鐸博物館」（正式名称は、野洲町立歴史民俗資料館）などには実物があるかもしれない、という情報を得た。

柳本さんは、野洲町が刊行した北村季吟の単行本の中で、まだ新玉津島社に残っていた『国学大家北村季吟』『北村季吟・続』の実物も郵送して下さり、貸与してくださった。この本は、一度古本屋の目録で見かけて早速注文したが抽選ではずれて入手できなかった経緯があったので、とてもうれしかった。

ここまで親切に教えて下さったおかげで、野洲で『北村季吟著作集』第一集を閲覧し、そのコピーを入手できた。さらには、銅鐸博物館では、貴重な北村季吟顕彰会『北村季吟』の実物を贈与され、感激した。この時の野洲町探訪の成果も、本書の第一章をはじめ、多数織り込むことができた。

季吟の『新玉津島記』の内容

『北村季吟著作集』第一集収録の『新玉津島記』を読んでみると、京都・五条室町の新玉津島社の来歴について、「藤原俊成が生前に勧請して創建し、室町時代に再興されて栄えた」という説を採用している。

①『正徹物語』では、五条室町の地に、俊成の居宅があった、とされる。また俊成本人が玉津島の衣通姫を勧請して造営した、という伝承も根強い。

②室町時代の歌僧・頓阿の子孫である堯憲《ぎょうけん》（頓阿→経賢《きょうけん》→堯尋《ぎょうじん》→堯孝《ぎょうこう》→堯憲）の記した『和歌《わか》深秘抄《しんぴしょう》』には、足利尊氏が霊夢を見て、新玉津島社（五条室町）を勧請し、経賢を別当職に任命した、とある。

『道の栄』（新玉津島社蔵）

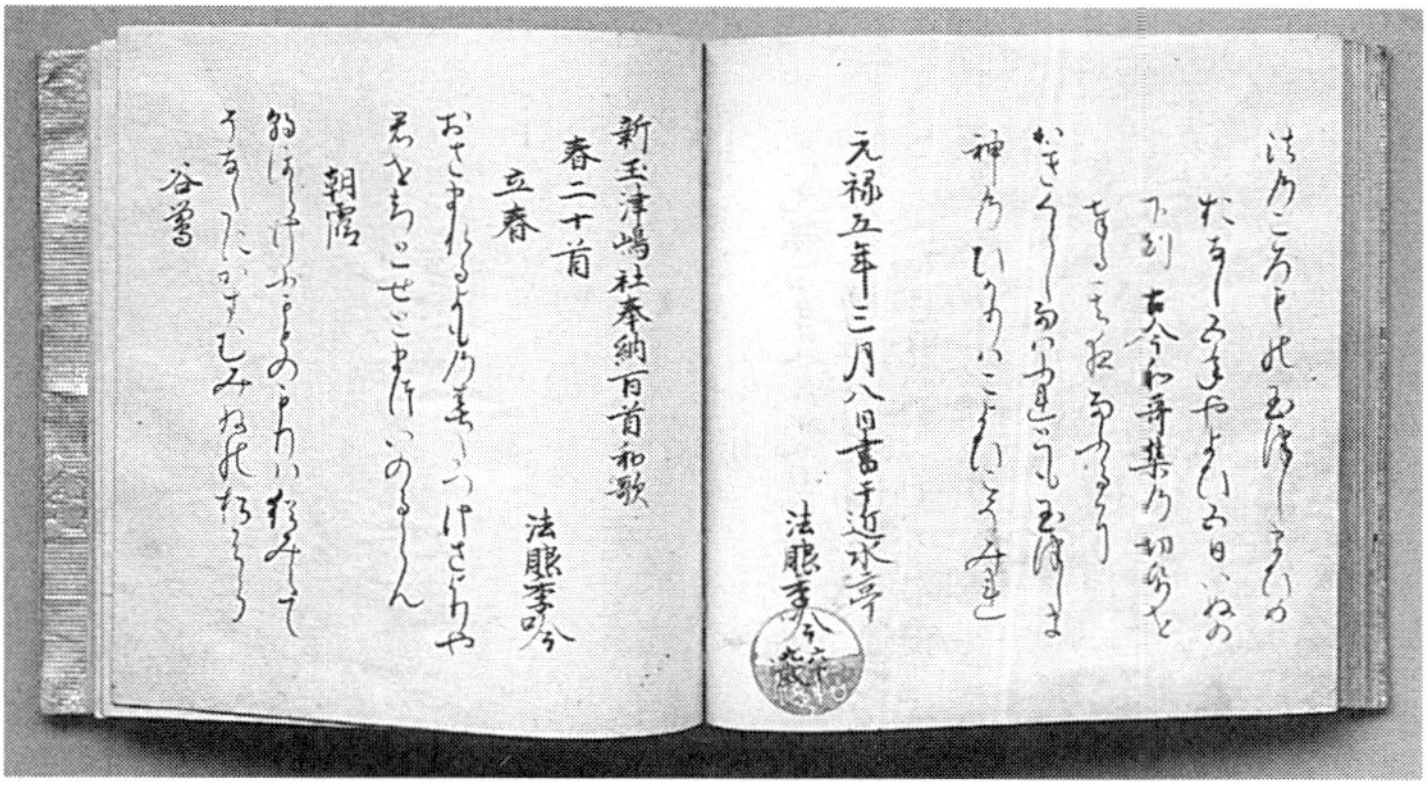

この二つの説を紹介した後で、両者を足して二で割ったような、先ほどの結論に達したのである。ただし、俊成の旧宅が、五条京極ではなく、五条室町であったことの論拠は示されていない。

ちなみに、『和歌深秘抄』には、堯孝の、

七本《ななもと》の松を姿の神垣に君が八千代をなほぞ祈らむ

という和歌が載っているので、「七本の松」が、玉津島社および新玉津島社のシンボルだったことがわかる。季吟が「七松子」と号する二百五十年以上も前である。季吟は、自らの著作『新玉津島記』にも、この堯孝の「七本の松」の和歌を書き記している。なおかつ、

また、堯憲の説に、玉津島は荒磯《あらいそ》にて、さらに御社《みやしろ》も建てえず、七本の松を社頭に用ひて、詣《まう》づるともがらは、短冊《たんざく》などもかの枝にかけ侍りし。海中に、鳥居《とりゐ》なども見ゆ。

とも書き加えている。「七本の松」は、玉津島社の鳥居代わりのシンボルであり、それを勧請した新玉津島社のシンボルともなったのだろう。

結局、新玉津島社の「再興」に力があったのは、足利幕府の初代から三代までの「尊氏《たかうじ》→義詮《よしあきら》→義満《よしみつ》」という将軍家の庇護と、「頓阿→経賢→堯尋」という二条派の三代にわたる歌の家系だという

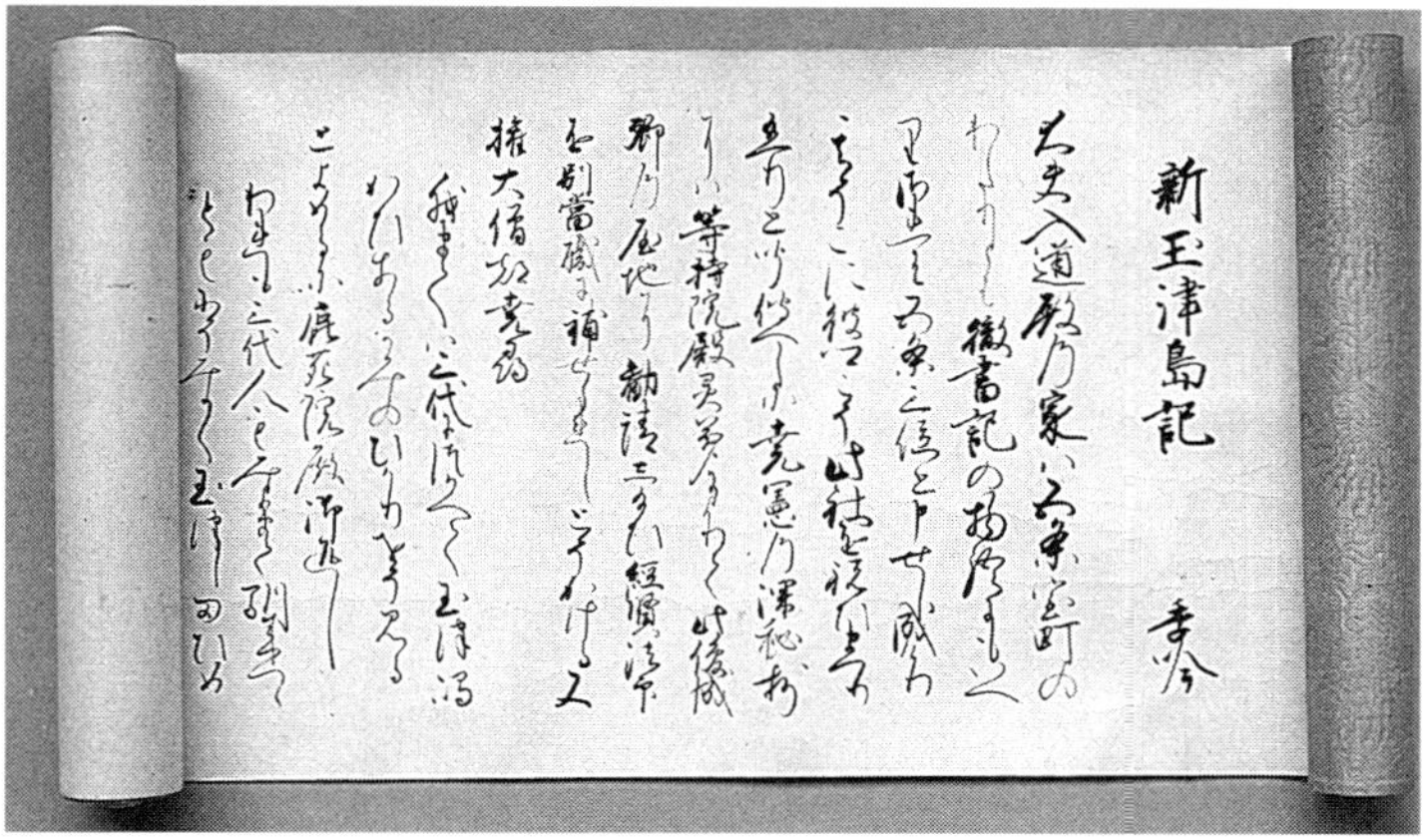

『新玉津島記』(新玉津島社蔵)

ことになる。富山県大山《おおやま》町(かつての越中国東郡)は、富山県の面積の七分の一を占めるほどの大きな町である。中世期にはその大半が京の新熊野《しんくまの》神社の社領であったが、大浦村や福沢村は京の新玉津島社の社領だったという。おそらく、足利将軍の新玉津島社に寄せる庇護が、この社領につながったのだろう。

室町幕府の第二代将軍・足利義詮は、貞治六年(一三六七)三月二十三日に、新造成ったばかりの新玉津島社において、『新玉津島社 歌合《うたあわせ》』を催した。経賢や、その父・頓阿など、北朝方の有力歌人・六十六人が三首ずつ和歌を詠進している。季吟は、これが「新造」と言いながら、実のところは「再興」だったに違いないと『新玉津島記』で推察している。それは、次のような和歌が『新玉津島社歌合』に含まれるからである。

埋《うづ》もるる宮居《みやゐ》はここにあらはれて光も添ひぬ玉

津島姫　　　　　　　　　　　　　　　　　　　　　　　　　　　　（二条為遠《ためとお》）
今ぞなほ光は増さる玉津島ここも昔の宮居なれども　　　　　　　　（冷泉為邦《ためくに》）
いにしへに変はらぬあとや知らるらむ映《うつ》す光の玉津島姫　　　（藤原為頼《ためより》）

俊成が中世初頭の「昔」＝「いにしへ」に定めたという新玉津島社の「宮居」は、いつの間にか荒廃して、埋もれてしまっていた。しかし、将軍・足利義詮の尽力で再び光を放つことができたのだ。神社の再興と対応して、文化の精髄と言うべき「和歌の光」が、待望久しくして、やっと輝きを回復したのだ。「玉津島」の「玉」（真珠のこと）が、「光」の縁語《えんご》であり、失われた玉の光が長い歳月の後に輝きを取り戻したことの喜びが、この三首には歌われている。

室町幕府を作ったばかりで、権勢を誇った時期の足利将軍家の庇護を受けたので、この時の再建がどんなに立派だったか、そして神社の経営がどんなに潤っていたかは、容易に想像できる、と季吟は言う。この新玉津島社のあたりを「松原」と呼ぶのは、広大な神域を誇る再建当時の威勢が語り継がれたからだ、という説も紹介している。

そして、『新玉津島記』によれば、応永二十四年（一四一七）、再建から五十年後に、新玉津島社は造り替えられた。将軍は、第四代・義持《よしもち》の時代になっている。当時、頓阿の子孫で、二条家の歌学を継承して権威を誇っていたのは、堯孝である。彼の勧めで新玉津島社に奉納する百首歌を詠んだ飛鳥井《あすかい》雅縁《まさより》の、

今ここに移すも高き宮居かな元の渚《なぎさ》の玉津島姫

という祝いの歌は、雅縁の子息・飛鳥井雅世《まさよ》が撰者を務めた最後の勅撰集（二十一番目の勅撰和歌集）『新続《しんしょく》古今和歌集』に、入っている。堯孝は、毎年の一月一日には必ず新玉津島社に詣でて和歌を詠進し、一月七日の若菜もこの社頭で雪を払いつつ手向《たむ》けた、と言われる。

再建された五十年後に作り替えられた新玉津島社だが、そのまたちょうど五十年後の応仁元年（一四六七）、有名な「応仁の乱」が勃発して、都は一面の焼野が原になってしまう。新玉津島社も、他の神社仏閣と同様に衰え、形ばかりが残された。ただし、俊成の命日のある旧暦十一月には、必ず祭礼が執り行われ、俊成の子孫である冷泉家からは、幣《ぬさ》が奉られつづけたらしい。

このような状況で、細々と命脈を保ってきた新玉津島社の二度目の「再興」は、江戸時代に入ってからだった。摂津の国の富豪である渋谷信住は、歌道を愛し、住吉明神と玉津島明神を深く尊崇していた。それで、五条室町の土地を買い求め、莫大な私財を投じて神社を復興し、その傍らに「会所《かいしょ》」を造って、歌人・連歌師たちの歌会・連歌会の催しの便宜を図った。このことを、長い間空しく埋もれていた「夜光《やこう》の玉《たま》」（下和《べんか》の璧《たま》）が、久しぶりにたぐいまれな光輝を放ち始めたかのようだ、と季吟は喩えている。

折しも、北村季吟は大著『万葉拾穂抄』の編纂に従事していた。親交のあった儒学者の熊谷荔斎《くまがいれいさい》が、渋谷信住の意を汲んで、「新玉津島社の会所は静かな環境だから、執筆活動には最適だ」と勧めた。

季吟は、この新玉津島社の社司として、移り住む決心をした。そして、江戸幕府に召し出されるまで、ここに住むことになる。ただし、家族全員が新玉津島社に移ったのではなく、どうも季吟一人であったようで、それ以前の住居（間《あい》ノ町二条下ル）の屋敷に、家族は住んでいたようだ。

日本文化が世界に誇る「和歌」というジャンルは、中世の武士の時代に何度も衰亡の危機に直面しつつ、それを乗り越えてきた。まさに、不滅だった。しかし、その美しい「玉」の光はたびたび曇り、時には人々から無視されて埋もれた。けれども、藤原俊成の掲げた「中世和歌の美学」は「奇蹟の復活」を遂げて、北村季吟の時代に至った。それは、たびたび勧請され、埋もれ、再建され、荒廃し、またまた再建されるという新玉津島社のたどった歴史そのものでもあった。

季吟は、この新玉津島社の土地が、『平家物語』で平忠度が訪れた「五条三位俊成」の旧居だと信じていた。それで、次の歌を詠んでいる。

今もなほ昔ながらに残る名は千年《ちとせ》の後《のち》の世にも朽ちせじ

平忠度が俊成に託した、「さざなみや志賀の都は荒れにしを昔ながらの山桜かな」という歌の、「昔ながら」というキーワードを踏襲している。どちらも、地名の「長等《ながら》」を懸詞にしている。なおかつ、俊成の配慮によって、忠度の歌が「詠人知らず」として納められた『千載和歌集』の書名をも、「千年の後の世」と詠み込んでいる。

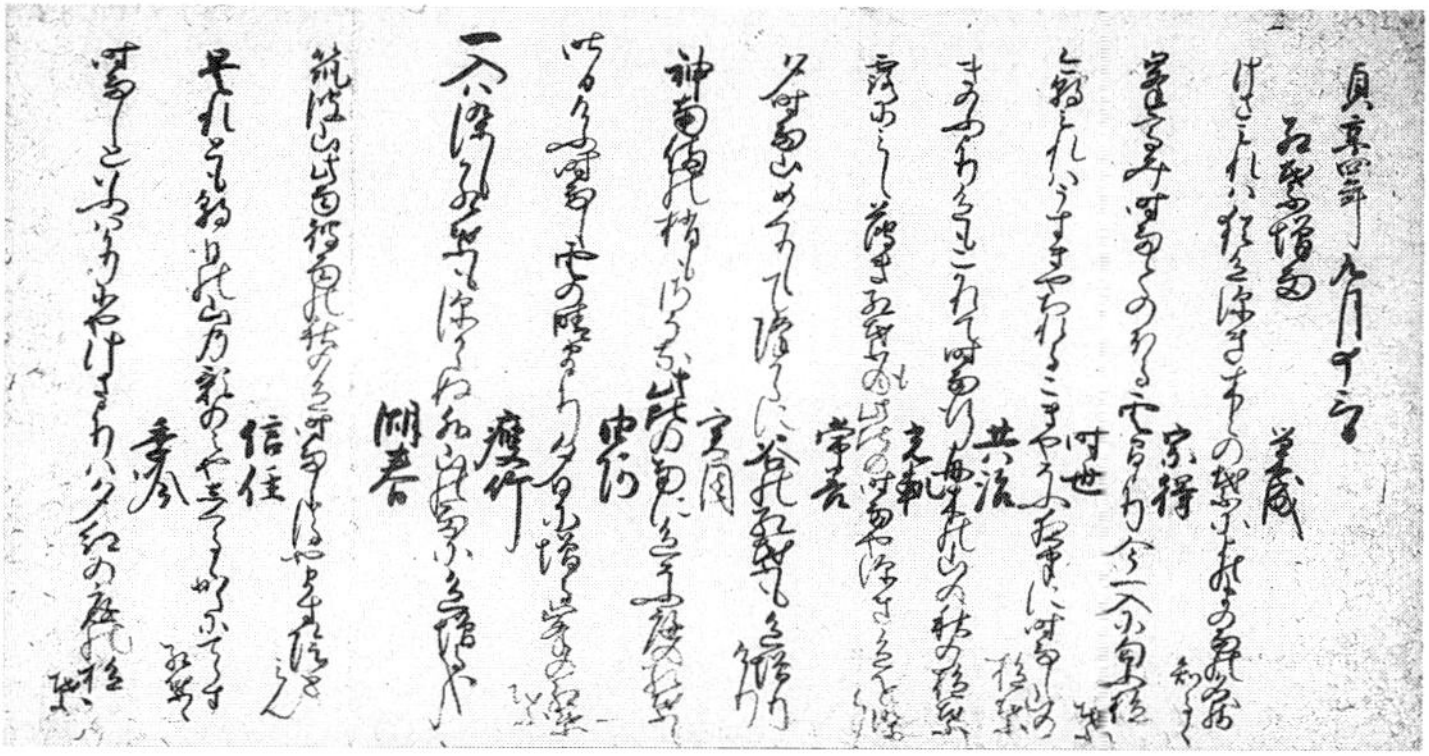

北村季吟等詠『紅葉増雨』（京都大学附属図書館蔵）

季吟が新玉津島社で暮らしている貞享四年（一六八七）九月十三日に書かれた色紙。「紅葉、雨に増さる」の題で詠まれた十二首。最後の歌が季吟で、「時雨しといふはかりにやけさよりは夕紅の庭の栬葉」（時雨［しぐ］れしと言ふばかりにや今朝［けさ］よりは夕紅［ゆふくれなゐ］の庭のもみぢ葉）。後ろから二首目が、季吟に土地と建物を提供して新玉津島社に移るように強く勧めた渋谷信住の歌。「曇れとも朝日の山の影のみやしくるゝからにてらす紅葉ゝ」（曇れども朝日の山の光［かげ］のみや時雨［しぐ］るるからに照らすもみぢ葉）。信住の歌は、季吟の嫡男・湖春よりも後に置かれており、破格の待遇である。

平家一門の都落ちは、寿永二年（一一八三）の七月。平忠度が一ノ谷の合戦で討死《うちじに》したのは、翌寿永三年（一一八四）。『千載和歌集』の撰進が、その三年後の文治四年（一一八七）。本書をわたしが執筆しているのが、平成十六年（二〇〇四）だから、確かに、「五条三位」を現在の新玉津島社の土地に訪ねた薩摩守平忠度の「歌の誉《ほま》れ」は、八百年以上も語り伝えられて、不朽である。おそらく、あと二百年は語り継がれて、「千載、青史《せいし》に名を列する」ことも、十分に可能だろう。

季吟は、このあとで祭神の和歌の神様である衣通姫の考証などを行って、『新玉津島記』の筆を擱《お》いている。

天和三年（一六八三）元旦から二月までの『北村季吟和歌懐紙』には、京五条の「新玉津島」という「俊成卿の御旧宅」に自分が移り住んだ感慨を歌に詠んでいる（ここに転居したのは同年の二月十四日）。引き続いて、「昔」の『新玉津島社歌合』に倣《なら》って、自他の歌人たちに和歌を詠ませたとあり、「浦霞《うらがすみ》」「尋花《はなをたづぬ》」「神祇《じんぎ》」の三つの題の和歌が書かれている。

俊成の「花」の歌

この三つの題は、貞治《じょうじ》六年（一三六七）に、新玉津島社の再興を祝って催された『新玉津島社歌合』でも用いられていた歌題である。「浦霞」は、新玉津島社が和歌浦の「玉津島社」を勧請したことからの連想だろう。また、新玉津島社は、当然のことに神社である（祭神は衣通姫）から、「神祇」という題が選ばれたのだろう。

では、その二つの題の間に挟まれている「尋花」（花を尋ぬ）は、なぜ選ばれたのだろうか。玉津島社は、松の名所だが、取り立てて花の名所ではない。これは、新玉津島社のゆかりである藤原俊成が、数々の花の名歌を残していることから、「俊成賛歌《さんか》」ないし「俊成頌《しょう》」だったのではあるまいか。

季吟が「尋花」という題で詠んだ歌。

たをりくる人に問はばや山桜花ある方の道はいかにと

山の麓にいる人が、山桜の咲き具合を気に揉《も》んでいる。すると、満開の山桜を折り取って、下山してきた人がいた。麓の人は、その人に、「ここでは山桜は咲いていないけれども、奥山の花が咲き誇っている所では、道も狭いくらいに桜の花びらが散り敷いていますか」と、尋ねたく思っている。

俊成の子の定家が撰者を務めた九番目の勅撰和歌集である『新勅撰和歌集』には、俊成が「遠尋山花《とほくやまのはなをたづぬ》」という題で詠んだ名歌、

面影に花の姿を先立てて幾重《いくへ》越え来《き》ぬ峰の白雲

が、輝いている。すぐ近くには、やはり俊成が「山桜」を詠んだ、「雲や立つ霞やまがふ山桜花よりほかも花と見ゆらむ」という歌もある。配列的には離れているが、釈教歌《しゃっきょうか》には、「たをりつる花の露だにまだ干《ひ》ぬに雲の幾重《いくへ》を過ぎて来《き》ぬらむ」という歌もある。

これらの俊成の「桜＝花」の歌を意識して、室町時代の『新玉津島社歌合』の歌題は選ばれたのだろうし、江戸時代に季吟も桜の歌を詠んだのだろう。

『六百番歌合《ろっぴゃくばんうたあわせ》』で、「源氏見ざる歌詠《よ》みは、遺恨《ゐこん》のことなり」と言い放った藤原俊成。紫式部の没後二百年の間に、乱れに乱れた『源氏物語』の表現を校訂して、「青表紙本《あおびょうしぼん》」と呼ばれる信用すべき本文を確定した藤原定家。そして、『源氏物語湖月抄』を完成させた季吟。

季吟は、まず『源氏物語』の「信用できる本文」を大きな字体で示した。また、たっぷりと開《あ》いている行間には、本文で省略されている主語や目的語や会話主を、簡潔に記した「傍注」をサービスし

た。これで、江戸時代の初心者にも、何とか平安時代の日本語が読めるようになった。なおかつ、解釈の分かれている箇所の諸説一覧や、百科事典がわりの有職故実《ゆうそくこじつ》の知識を詳述した「頭注」が付いていて、上級者の好奇心をも満足させてくれる。

俊成が唱えた『源氏物語』の復権という日本文化の最大の懸案を見事に解決した北村季吟は、まさに「源氏文化の中興の祖」である。

新玉津島社と、夕顔の宿

季吟が新玉津島社に移り住んだ経緯は、『新玉津島記』では次のように語られている。

去《い》にし年の神無月朔日《かんなづきついたち》より、万葉集の拾穂抄を述作し侍るに、熊谷荔斎、「かうやうのわざは、閑《しづ》かなる所に籠《こ》もり居《ゐ》てこそあらめ。この新玉津島の会所《かいしよ》こそ辺《あた》りは人繁《しげ》きやうなれど、奥まりかごかいかなる所なれば」と勧《すす》めらるるに、信住も共に催すに引かれて、今年二月《きさらぎ》の中の四日、ゆくりもなく住み始め侍りし。

思はずよ六十《むそぢ》の春の老《おい》の波玉津島根《たまつしまね》に身を寄せんとは

熊谷荔斎は、『国書人名辞典』によれば、漢学者、生年未詳、元禄八年（一六九五）没。尾張藩儒だったが、致仕《ちし》してからは洛南に住し、北村季吟などと広く交遊したという。

さて、季吟が新玉津島社に住む決意を述べたこの文章には、印象的な古語（源氏詞《げんじし》）が見える。「かごかなる」（＝ひっそりとしている）である。この源氏詞は、『源氏物語』夕顔巻に現れる。光源氏は、「五条」の陋屋《ろうおく》に住む謎の女・夕顔に惑溺する。しかし、彼女は物《もの》の怪《け》におそわれて急死してしまった。腹心の惟光《これみつ》は、東山でこっそりと葬儀を済ませようと提案する。

辺《あた》りは人繁《しげ》きやうに侍れど、いとかごかに侍り。

季吟は、この惟光の言葉を引用している。彼の脳裏には、夕顔巻の世界が渦巻いていた。すなわち、「五条わたり」にあった夕顔の宿と、自分がこれから住むことになる「五条室町」の新玉津島社とを重ね合わせてイメージしているのだ。

されればこそ、次のような記述も納得できる。

軒の菖蒲《あやめ》うち香《かを》りつつ、五条わたりの今日の様《さま》珍らかなれば、
青やかに菖蒲の 鬘《かづらか》懸けて今日思ひぞ出づる夕顔の宿
（『新玉津島記』）

五条わたりの昔の跡《あと》を訪《と》めて、軒に夕顔を纏《まつ》はせて
吹きかよふ下風涼し夕顔の白き扇に色も紛《まが》ひて
（『新玉津島後記』）

季吟は、自分の住む新玉津島社の住まいを「夕顔の宿」に見立てて、閑居の暮らしを楽しもうとし

ている。季吟は、新玉津島社に多くの草花を植えるが、その中には撫子《なでしこ》（常夏《とこなつ》）があった。それを、詠んだ歌。

涼しさは嵐吹き添ふ秋もいさ露になびける常夏の花　（『新玉津島社花草記』）

この季吟の歌が、『源氏物語』帚木《ははきぎ》巻で、夕顔（常夏の女）が詠んだ、

うち払ふ袖も露けき常夏に嵐吹き添ふ秋も来にけり

を踏まえていることは明らかだろう。夕顔が、五条の陋屋にひっそりと暮らしながら、頭中将の訪問や、光源氏の来訪を待ち受けたように、季吟の新玉津島社にも、たくさんの友人知己《ちき》がひっきりなしに訪れる。それで、「閑《しづ》かなる本意《ほい》も違《たが》ひて、明《あ》かし暮らすに」（『新玉津島記』）という、忙しい毎日となった。例えば、ある日の客人。

清水寺執行宝性院秀盛、因幡堂宝持院寛晃、熊谷荔斎立閑など、花見ける日、

雨降りければ、

降りぬとも花な散らしそ春雨に濡れつつも来て見む人のため

新玉津島社で閑かに執筆に専念することを勧めた熊谷茘斎までが、頻繁に訪れ、風雅な文学の遊びに日を暮らしている。新玉津島社は、客人をもてなす場所であり、客人の訪問を前提とした楽しい「閑居」の住まいだった。季吟も、「雨よ、たとえ降ったとしても、花を散らさないでおくれ。わざわざ春雨に濡れて花見にやって来る人のために」と詠んでおり、客人を決して嫌がっていない。

なお、季吟が新玉津島社の暮らしを夕顔の宿に喩えていたように、林羅山も五条にある住居を「夕《せき》顔巷《がんこう》」と命名していたという。この二大文化人のもう一つの共通項は、「江戸に出た」ということである。

夕顔が新しい恋人の出現と五条の陋屋からの脱出を夢見ていたように、季吟たちも「自分たちの才能を正しく見抜き、正当な待遇をしてくれる為政者」の出現を無意識のうちに待望していたのかもしれない。それが、彼らの江戸出府を呼び込むことになる。

2　『伊勢紀行』その他を著す

草花を愛す

『新玉津島花草記』には、新玉津島社に生育している草花の名前と、それに因《ちな》む漢詩・和歌がまとめられている。当社は和歌の神を祀《まつ》るから、ここに生える草花は是非とも和歌に詠まれねばならない、と述べている。牡丹など、わざとらしい花はあえて植えなかったという。今は、草花の名前だけ、季節の順に抜き出しておこう。季吟の風雅な暮らしぶりが、目に浮かぶようだ。

水仙・桜艸《さくらそう》・麗春花《れいしゅんか》（美人艸《びじんそう》）・菫《すみれ》・山吹・高麗菊《こうらいぎく》・葵花・葵・麒麟草《きりんそう》・菖蒲・雄丹百合《おにゆり》・夕顔・萱草《かんぞう》・瞿麦《なでしこ》・夏菊・蘭花・藤袴《ふじばかま》・近見薄《ちかみのすすき》・鷹羽薄《たかはのすすき》・古砌荻《こせいのおぎ》・鶏頭花《けいとうか》・浜木綿花《はまゆうか》・萩《はぎ》・朝顔・仙《せん》翁《おう》花《げ》・小車花《おぐるまか》・桔梗《ききょう》・女郎花《おみなえし》・紫苑《しおん》・菊

夕顔を詠んだ歌を挙げておこう。

月影はいさよふほどにゆくりなくほのぼの白き軒の夕顔

ここには、『源氏物語』夕顔巻の「いさよふ月にゆくりなくあくがれんことを、女は思ひやすらひ」という箇所が踏まえられている。沈みかねている月の光に照らされて白く咲いている夕顔の花を、わたしは偶然にも見たことだ。……

なかなか余情に富んでいて、よい歌である。

『伊勢紀行』を書く

季吟が新玉津島社に在住していた期間に、伊勢の国へ足かけ三箇月の旅に出た記録が、『伊勢紀行』である。貞享四年（一六八七）四月二十五日、新玉津島社の祭神である玉津島姫（衣通姫）に加護を祈って旅立ち、六月六日、無事に帰り着くまでの日記である。『徒然草』の引用もある。その巻末に、帰り着いた新玉津島社での感慨が、書き留められている。

新玉津島の家居《いへゐ》は、夕、顔も今年は見えず、葵《あふひ》・撫子《なでしこ》の園生《そのふ》もいつしか荒れて、夏菊・蘭《らん》など香ばしく立てり。涼しき夕つ方、竹縁《たけえん》に寄りて、口ずさびし。

やはり、季吟にとっての新玉津島社は「夕顔の宿」のイメージである。伊勢では、知人や弟子たちに歓待され、『古今和歌集』や『伊勢物語』などの古典文学の講義や句会・歌会で多忙な毎日だった。松坂（松阪）では、荒木貞道《さだみち》が、庵を用意してくれた。

いとかりそめながら、目やすく、うるはし。「行きとまるをぞ」と思ひなすに、蓮胤《れんいん》法師の方丈の心地して、いとをかし。

この後でも、「蓮胤の方丈よりは、今少し心選《えら》びしたり」ともある。この「蓮胤」は、『方丈記《ほうじょうき》』の作者である鴨長明《かものちょうめい》のこと。季吟は、日野山に隠遁した鴨長明と自分とを重ねている。そう言えば、季吟が青年期に長岡に住んでいた時にも、『方丈記』の「落穂を拾ふ」とか「穂組《ほぐみ》」などの言葉が彼の念頭に上ったりしていた。

さらに推測を逞《たくま》しくすれば、現在は伝わっていないが、鴨長明には『伊勢記《いせき》』という紀行文があったという。季吟の『伊勢紀行』は、長明の『伊勢記』とも何らかの関連があるのかもしれない。松坂の庵にも、ひっきりなしに客人が来訪する。庵の名を「常関《じょうかん》」と名づけたものの、この関(=関所)は名のみだった。新玉津島社に、友人がしきりに来訪していたのと同じように。

ところで、先の引用文中の「行きとまるをぞ」という表現は、どういう意味なのだろうか。ここには、『古今和歌集』詠人知らずの、

世の中はいづれかさして我《わ》がならむ行きとまるをぞ宿と定むる

という歌が引用されている。「人生は旅のようなものであり、どこかを指さして『ここが自分の終《つい》の住みかだ』と決めることなどはできない。足の向くままに歩いて、その足が止まったところが、その夜の『仮の宿りだ』と決めるしかないのだ」、という意味。

季吟は、この歌を当然『古今和歌集』で知っていたのだろうが、彼の頭の中では、『源氏物語』夕顔巻の一節がこだましていたはずだ。光源氏は、ごみごみした五条わたりの小家を眺めながら考える。

見入れのほどもなき住まひを、あはれに、「いづこかさして」と思《おも》ほしなせば、玉の台《うてな》も同じことなり。

『古今和歌集』の歌の第四句「行きとまるをぞ」を季吟は引用し、第二句「いづれ（こ）かさして」を光源氏は口ずさむ。またしても、「五条の夕顔の宿」のイメージである。季吟は、旅の途中で仮の庵に宿っても、そこが新玉津島社と同じく「夕顔の宿」だと思ってしまうのだ。

気心の知れた友人や門下たちと楽しい文学談義を行い、古典注釈に没入する一方で、季吟の心の中には大いなる「不遇意識」があったのではないだろうか。けれども遂に、雌伏《しふく》久しかった野《や》の人・季吟が、召し出されて天下に雄飛する時が来た。

3　古典文化の体現者、江戸に出る

六十六歳の決断

「人生七十古来稀《まれ》なり」と言われるが、北村季吟はその直前で大きな決断をした。六十七歳となる元禄三年（一六九〇）正月を目前とした元禄二年の十二月六日、京の町奉行である前田安芸守《あきのかみ》直勝《なおかつ》の館で、季吟は徳川幕府から突然の召命を受けた。「公方様《くぼうさま》御用《ごよう》」に付き、「江戸へ父子ながら参向」せよ、というのである。

同日、京都所司代《しょしだい》・内藤大和守重頼《しげより》に、江戸出仕を承知する旨を申し出た。早くも十日には、高齢にもかかわらず、彼は長男の湖春《こしゅん》と共に京を離れ、江戸へ旅立った。幕府から、名誉ある初代の「歌《か》学方《がくかた》」に任命されたのである。新玉津島社には、次男の正立《まさたつ》を残した。

この大抜擢のあった元禄二年には、正確な日付はわからないが、新玉津島社で完成させた『万葉拾

北村季吟像（野洲文化ホール前）

穂抄』を五代将軍・徳川綱吉に献上しているし、十五年前の延宝二年（一六七四）には、『源氏物語湖月抄』を四代将軍・徳川家綱《いえつな》に献上してもいた。季吟は、最初から上昇志向が強かったのではあろう。長岡に住んでいた青年期から、大名家との縁故を作ることには熱心だったし、伊賀の藤堂家との関係も、さらなる身分上昇を願ってのことだろう。しかし、文学の研究を通して修得した成果を政道に活《い》かしたいというのは、宗祇・幽斎以来の伝統であり、季吟にもその思いが強かったことだろう。それが、遂に実を結んだのだ。

江戸に到着した十二月二十日には、季吟二百俵、湖春二十人扶持《ぶち》で召し抱えられた。それ以後の歩みは、実に順調である。元禄三年には、神田《かんだ》小川町《おがわまち》（鷹匠町《たかじょうまち》を生類《しょうるい》憐《あわれ》みの令により小川町と改名）に屋敷を賜り、季吟三百俵、湖春二百俵に加増された。元禄四年、「法眼《ほうげん》」に叙せられた。元禄五年には、「紅裏《もみうら》御免《ごめん》」となる。元禄七年には、六百俵に加増。元禄十一年、領地を与えられた。現在の横浜市港北区烏山《からすやま》町、同小机《こづくえ》町、横浜市都筑区池辺町、同佐江戸《さえど》町に該当する四つの村だった。元禄十二年、「法印《ほういん》」に叙せられ、再昌院《さいしょういん》という号を受けた。元禄十四年には、二百俵を加増されて、合計八百俵となった。

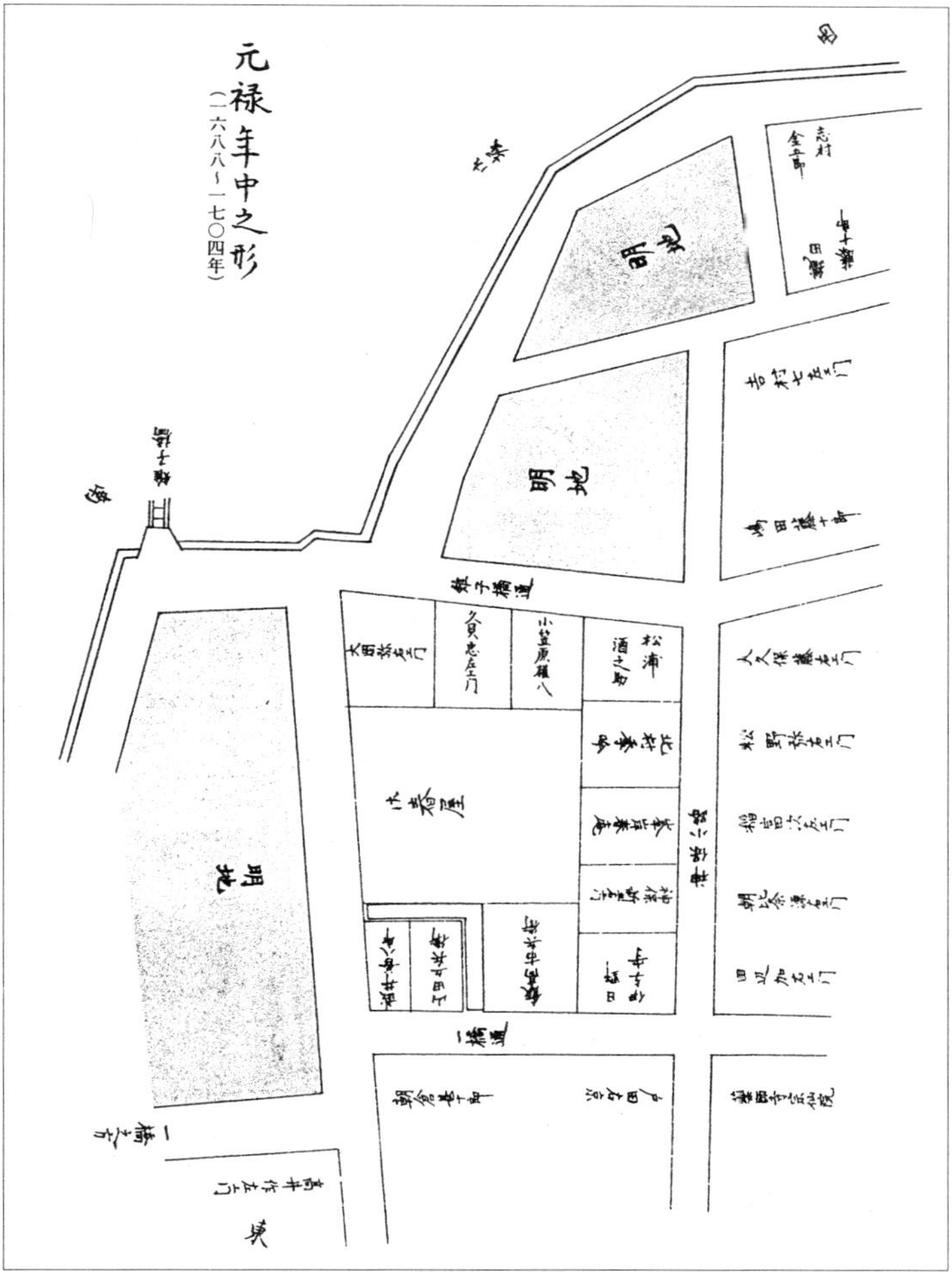

神田小川町（『江戸城下変遷図集』第３巻より）
「北村季吟」の名が見える。

幕府は、京の文化を江戸に移し植えるために、次々と文化人を江戸に招請していた。大学頭《だいがくのかみ》・林羅山しかり。絵師の住吉具慶《すみよしぐけい》しかり。「神道方《しんとうかた》」の吉川惟足《よしかわこれたる》（「きっかわこれたり」とも読む）しかり。これら一連の文化人の大移動の中に、季吟の招聘《しょうへい》も位置づけられる。

江戸で季吟と親交を結んだ大学頭の林鳳岡《はやしほうこう》（羅山の孫）は、季吟の出府を「東来《とうらい》」と表現している（『鳳岡林先生全集・巻五十六』）。都の文化の精髄が、江戸へと「東来」ないし「東漸《とうぜん》」したのである。

誰が推挙したのか

京の一隅・新玉津島社にひっそりと隠棲する季吟を、一体誰が幕閣に推挙したのか、さまざまな憶測がなされてきた。『燕石十種《えんせきじっしゅ》』には、季吟以前に烏丸光広《からすまるみつひろ》が将軍家の歌の指南を務めていたという記事があるので、ここを誤読（拡大解釈）して烏丸光広の推挙説が囁《ささや》かれたりした。光広の子の広賢《ひろかた》の推挙説もある。

また、一足先に京から江戸に出て活躍した絵師・住吉具慶が、大奥に『源氏物語』の絵を描く必要のために季吟を呼び込んだ、とする俗伝もある。貞門七俳仙の一人である高瀬梅盛《たかせばいせい》という説などもあった。しかし、それらはすべて憶測に過ぎなかった。

季吟研究の第一人者である野村貴次氏も、「要するに推薦者については未詳である」と、匙《さじ》を投げている。その中で現在、最も信憑性があるのは、季吟研究に数々の新機軸を打ち出した榎坂浩尚氏の説である。榎坂氏は、松平直矩《なおのり》の『見聞集《けんぶんしゅう》』を調査している過程で、直矩の家臣・杉本道継《どうけい》と季吟との深い結びつきを発見した。松平直矩（一六四二～一六九五）は、家康の二男・結城秀康《ゆうきひでやす》の孫で、文化人と交流した。姫路藩・村上藩・日田藩・山形藩・白河藩などに転封されたが、元禄二年当時は山形藩主だった。

榎坂氏の『北村季吟論考』に収められた「季吟と『見聞集』」という論文を読みながら、わたし自身も確かな手応えを感じた。抜擢直後の季吟が杉本道継に宛てたものだと榎坂氏が探り当てた手紙を、次に引用しておく。表記は読みやすく改め、一箇所、榎坂氏の翻刻不備を訂正してある。

年頃《としごろ》の御心ばへを見慣れて、御心やすさのままに、わりなきことを申し入れ参らせ候ふところ、思ひ寄らざる御方様へ仰《おほ》せ上げられ候ひて、ありがたき御心ばへを見奉ること、まことに「夜《よる》のものまで」とか、昔物語めきて、「露や紛《まが》ふ」とあるまでの袖の上にて候ふ。

こころざし劫《こふ》を経《ふ》るとも忘れめや足も撫《な》づてふ天《あま》の羽衣《はごろも》

喜びに耐へぬばかりのしどけなさ、御目に懸《か》け入り候ふことは、必ずなされくだされ候ふまじく候ふ。あなかしこ。

十二月廿二日　　季吟

ここには、『伊勢物語』第十六段が踏まえられている。心がけは立派だが、世渡りが下手で、貧乏な紀有常《きのありつね》という男がいる。彼は、長年連れ添った妻が出家して尼になるのだが、彼女に何の餞別《せんべつ》もしてやれない。それで、親友の在原業平に援助を願い出る。業平は、尼の衣服はもちろんのこと、寝具などの「夜のものまで」調達して、紀有常に送り届けた。紀有常は、感涙にむせび、「喜びに耐へで」

（喜びを堪《こら》えることができず）、

これやこの天の羽衣むべしこそ君が御衣《みけし》と奉りけれ
秋や来《く》る露や紛ふと思ふまであるは涙の降《ふ》るにぞありける

という二首を業平に示した、という。

この平安時代の「昔物語」と、元禄二年の季吟の身に起きた「現実」とが、まさに対応している、と季吟は手紙で表現しているのである。

学問の研鑽に何十年も励みながら、苦しい生活を余儀なくされている北村季吟。それを、季吟は杉本道継に訴えた。道継は、季吟の窮状を主君の松平直矩に伝言しただけでなく、松平直矩から将軍家への推挙まで取り計らってくれた。このような杉本道継の、まことに至れり尽くせりの友情に対して、季吟は「あなたは、紀有常を助けてくれた在原業平そっくりのお方であり、わたしの大恩人だ」と心から感謝しているのだ。

この『伊勢物語』第十六段には、紀有常の、

手を折《を》りてあひ見しことを数《かぞ》ふれば十《とを》と言ひつつ四つは経《へ》にけり

という和歌が挿入されている。尼となる妻とは「四十年」（現在は十四年とする説が有力だが、季吟の『伊勢物語拾穂抄』は四十年とする細川幽斎説を採用している）の夫婦生活だったという回顧である。もしかしたら、季吟は杉本道継に対して、

手を折りて学びしことを数ふれば十と言ひつつ六つは経にけり

とでも詠み送って、本心からの不遇意識と江戸幕府への出仕意欲を伝えたのではないか。

小川町の近水亭・向南亭

季吟が、江戸で拝領した屋敷は、小川町（旧「鷹匠町」）にあった。現在の神田神保町二丁目二十一番付近である。坪数は、三百四十四坪五合もの広さだったという。この敷地内の建物を、季吟は「近水亭《きんすいてい》」「向南亭《こうなんてい》」などと命名した。「近水亭」を「迎水亭」とする写本もある。

ちなみに、季吟の子孫である幕末の北村季文《きぶん》一門の和歌を集めたのが、『向南集《こうなんしゅう》』である。この近水亭に、季吟は玉津島明神を勧請して、祀った。「歌学方」としての栄達は、新玉津島社の祭神である玉津島明神（衣通姫）の加護であり、本家の玉津島社の加護でもあるからだ。

江戸での暮らしは、季吟にとっては身に余る喜びであったようだ。京に残った妻に早く江戸に来てほしいと書き送った手紙に、「一生の本意《ほい》を遂げ候と存じ、まことに喜び候」と書いたり、将軍から直々《じきじき》のお言葉を賜り、「かやうの結構《けっこう》なる御事どもは、千万人《せんまんにん》の知音《ちいん》にも替《か》へがたく思ひ参らし候」

「頼もしき身になり申し候」などと悦に入っている（早稲田大学図書館所蔵）。

季吟は、江戸に勧請した玉津島明神に、節目節目に和歌を奉納している。

君が代の千歳《ちとせ》をかねて松蔭《まつかげ》にいはひそめつる玉津島姫　（勧請に際して）

おほけなき身にや受けけん和歌の浦の道守るてふ神の恵みを　（元禄三年の加増に際して）

かけてなほ君が千歳を祈らまし法《のり》の衣《ころも》の玉津島姫　（法眼に叙せられた際）

かきくらし雨は降れども玉津島神の光は今宵こそ見れ

（元禄五年、将軍に『古今和歌集』の切紙《きりがみ》を献上する際）

「君が代」「君が千歳」などとあるのは、ここでは天皇ではなく、将軍を指すのだろう。和歌の神の威徳が永遠であることと、将軍家の永続とを重ね合わせて、両者の恩寵を一身に受けた喜びを、季吟は誇らしく歌っている。

中でも、三首目の「法の衣の玉津島姫」の歌は、凝っている。「法眼」は、医師・画工・連歌師などに与えられた地位であり、季吟はこの地位・称号に憧れていたらしい。その夢が実現した喜びが大きかったのだ。「法《のり》の衣」（＝法眼の衣）と「衣の玉」（＝衣の裏の玉）、そして「玉津島姫」とを、懸詞にしてつなげている。初句の「かけてなほ」も、「言葉に出して」（「かけまくもかしこし」の「かけ」）の意味と、「玉を架《か》ける」との懸詞である。和歌の力は、まさに『法華経』などにある如意宝珠《にょいほうじゅ》（＝

衣の裏の玉）のように万能である。「何でも願いを叶えてくれる如意宝珠に向かって、和歌の道を奨励する理想の将軍家の末永き安泰を、わたしも言葉に出して歌おう」と、季吟は感激している。

元禄十二年には、更に格式の高い「法印」となり、「再昌院」と名告《の》った。この時の歌がある。

　十二月十八日、法印に叙《じょ》したる歓びに、玉津島の神前にて、

身の上に見るも尊《たふと》し君をのみ千代にと祈る法《のり》のしるしを

　同晦日《つごもり》に再昌院と院号を賜りて

つもり来て老いずは今日にあはめやと思へば暮るる年もうれしき

4　六義園の造営と、季吟

六義園

柳沢吉保《やなぎさわよしやす》（一六五八～一七一四）は、五代将軍・徳川綱吉の寵を一身に受けて、わずか五百石取りから出発して幕府の最高権力者にまで登り詰めた人物である。綱吉も、吉保も、どちらも学問をはなはだ好んだ。吉保の側室の一人である正親町町子《おおぎまちまちこ》には、『源氏物語』を思わせる華麗な文体で夫の吉保の栄華を称えた『松蔭日記《まつかげにっき》』があり、才媛《さいえん》の誉れが高い。吉保の正室・定子《さだこ》は、季吟の和歌の弟子だった。

江戸に出た北村季吟は、この柳沢吉保と親交を結んだ。現存史料で証明される限り、二人の交流が

六義園（文京区本駒込）

判明する最初は、元禄十三年（一七〇〇）のことである。ただし、野村貴次氏が「元禄の当初から両者の接触はあっても不思議ではなかろう」（『季吟本への道のり』）と述べるところに、わたしも賛成したい。季吟の綱吉への進講には、吉保の同席があったに相違ないからである。

そして、元禄十三年九月二十七日、柳沢吉保に対して季吟は「古今伝授」を行った。ちなみに、吉保の子・吉里《よしさと》も、季吟の和歌の弟子だった。なお、漢詩人として名高い服部南郭《はっとりなんかく》も吉保に仕えていたが、彼も初期の頃は季吟門下の弟子であり、南郭の父も季吟門下だったと言われる。柳沢吉保は、季吟と数々の人脈で結ばれていた。

柳沢吉保は、綱吉から駒込《こまごめ》に四万八千五百坪の土地を拝領し、そこを整備して「六義園《りくぎえん》」を造営した。完成したのは、元禄十五年（一七〇二）七月五日であった。季吟は、時に七十九歳。八十二歳で没した彼にとっては、最晩年である。元禄十年には長男・湖春に先立たれ、元禄十五年の八月には、次男・正立までが逝去した。この正立は『松蔭日記』で「今の世の歌よみ」（当世きっての歌人）と言われ、柳沢邸にもしばしば招かれたほどの逸材であった。直系の子孫で、和歌の道で季吟に恥じぬ名をなした人物の出現は、季吟から数えて六代目の北村季文まで待たねばならない。

才能ある二人の息子に先立たれた季吟ではあったが、江戸に出府した季吟が親交を結んだ人々を通して、彼の古典文学に対する愛情と理解は、目に見える形で確実に伝わっていった。

例えば、柳沢吉保の六義園。明治時代に三菱財閥の岩崎家の所有に帰し、現在でも東京都の管理のもとに見事なたたずまいを保っている。この六義園こそ、その根源は北村季吟の「和歌の理念」を体現した庭園だと見なしてもよいのである。

六義とは

六義園に関しては、建築史（庭園史）・美学史・日本史などの観点から研究が積み重ねられているが、国文学の分野からも研究が進展している。中でも、宮川葉子氏「柳沢吉保と六義園」・「六義園」（淑徳大学『国際経営・文化研究』二〇〇三年三月、十一月）は、六義園と和歌の関わりについての出色の研究である。それらの考察に導かれつつも、季吟との関連という新しい角度から、「六義園」の成立事情を読み解いてみたい。

まず、六義園というネーミングである。六義とは、中国古代の詩集である『詩経《しきょう》』の六つの分類である。「風《ふう》」「賦《ふ》」「比《ひ》」「興《きょう》」「雅《が》」「頌《しょう》」の六つ。これを、紀貫之は、『古今和歌集』の仮名序で日本風にアレンジして、わが国最初の文学評論宣言を行った。「そへ歌」「かぞへ歌」「なずらへ歌」「たとへ歌」「ただこと歌」「いはひ歌」の六つである。

『古今和歌集』の仮名序の解釈は歌学の根幹であったので、長い研究の蓄積がある。季吟から「古今伝授」を受けた柳沢吉保が、自らの庭園を「六義園」と命名することには、深い思いと自負が込められていたことだろう。なお、季吟が芭蕉に伝えた俳諧の秘伝書である『誹諧埋木』にも、この六義に関する蘊蓄《うんちく》が長々と語られていた。

古今伝授との関連

六義園の造営の開始は元禄八年のことで、季吟が「法印」の位を与えられたのが元禄十二年、古今伝授が元禄十三年、六義園の落成が元禄十五年。こう見てくると、柳沢吉保は季吟から古今伝授を受けることを前提として、六義園の構想を練り上げ完成させたのではなかろうか。

六義園の構造を季吟との関連で読み解く最大の根拠は、六義園の庭内に「新玉津島社」を勧請したという事実である。なおかつ、「七本の松」を植えた「新玉松《にいたままつ》」という名所も作られていた。六義園には「八十八境《きょう》」とも呼ばれる数多くの名所がちりばめられているが、その一つが玉津島社と新玉津島社の七松を模した「新玉松」だったのだ（カラー口絵参照）。そもそも、六義園は日本各地の和歌の名所を象《かたど》ったものではなく、八十八境のすべては和歌の神を祀《まつ》る紀州の玉津島社の近辺の壮大な自然を象ったものなのである。この重要な点が、従来の研究では見落とされがちだった。なお、「新玉松」を平仮名で表記すれば、「にゐたまつしま」ではなく、「にひたままつ」なのだと思われる。季吟が、新玉津島を「しんたままつ」と表記しているからである。

柳沢吉保が古今伝授を受けた季吟は、江戸に出府する以前は、京の「新玉津島社」に住んでいた。この京の「新玉津島社」を、季吟が江戸の私邸にも勧請していたことは先に述べたが、そのスケールをさらに巨大にしたのが六義園だったのだ。

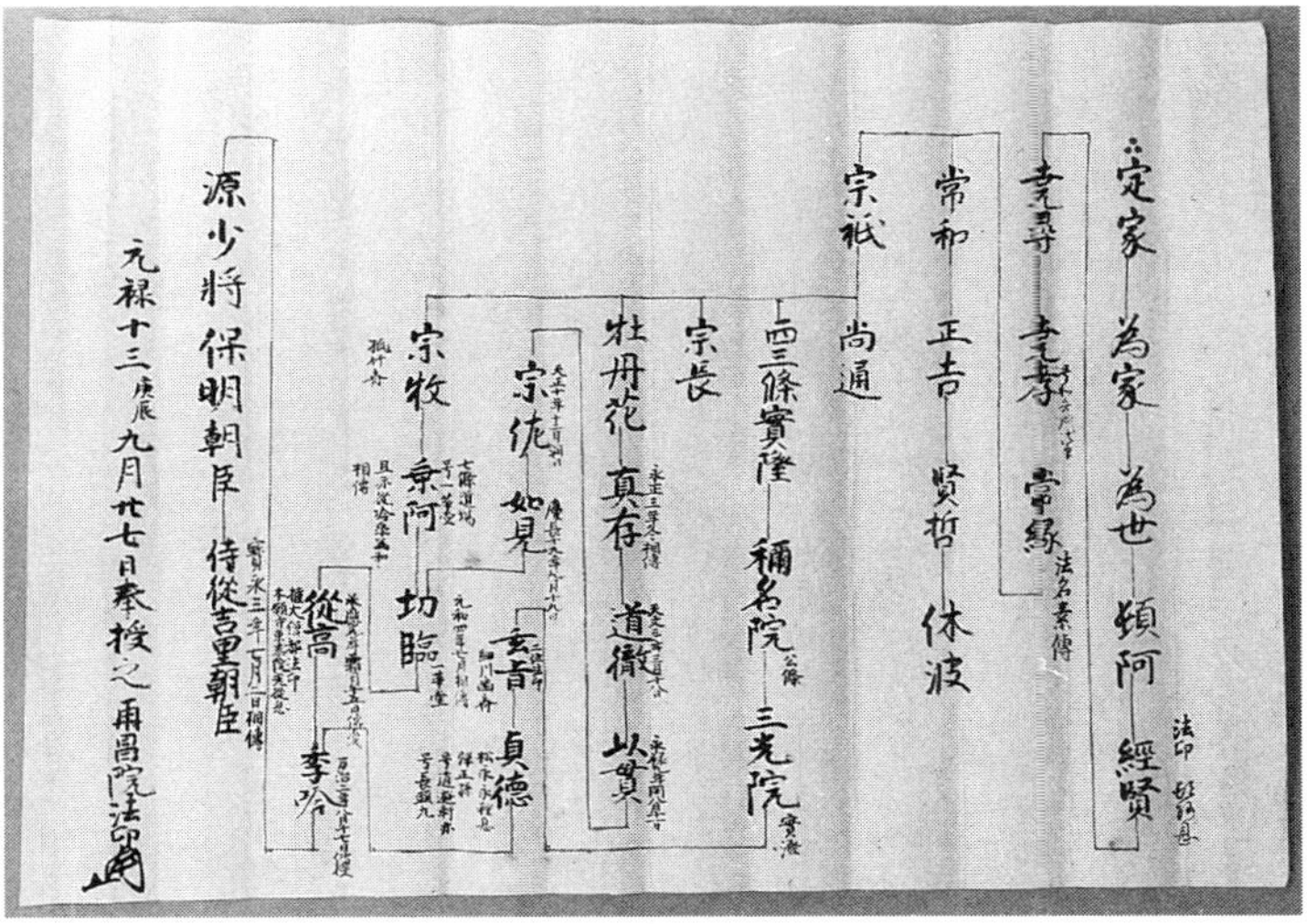
定家　為家　為世　頓阿　經賢
堯尋　堯孝　常縁
常和　正吉　賢哲　休波
宗祇　尚通
三條實隆　稱名院　三光院
宗長
牡丹花　真存　道徹　以貫
宗佐　如見　玄旨　貞徳
宗牧　乗阿　切臨
從高　季吟
源少将　保明朝臣　侍従吉里朝臣
元禄十三庚辰九月廿七日奉授之　再昌院法印

「古今伝授系図」（㈶郡山城史跡・柳沢文庫保存会蔵）

六義園落成の模様を記した柳沢吉保の『六義園記』には、八十八境の三十番目として、

新玉松　ここも東の新玉津島なれば、七本《ななもと》の松をかくもや言ふべき。玉津島姫の磨《みが》ける光もいよいよあらたならんことを祝して。

と、書かれている。「ここも東の新玉津島なれば」という口ぶりに注意したい。本家の玉津島社に対して既に「西の新玉津島社」が季吟旧居の京にあり、「東の新玉津島社」として江戸駒込の六義園内に勧請した祭神は「西の新玉津島」だ、というのである。これは、「玉津島社」の衣通姫を守護神とする和歌の道が途絶えることなく続いて吉保まで到達したという歓びと、それを自分に授けてくれたのが「新玉津島社」の北村季吟だという感謝とを、込めたものであろう。

宮川氏が宝永五年（一七〇八）以降に新たに記されたと推定している巻子本『六義園記』には、

新玉松　新玉津島を勧請して、松を七本植ゑたり。

とある。あくまで、六義園には「新玉津島社」を勧請したのであって、「玉津島社」を勧請したのではなかったのである。

わたしは、現在の六義園を歩き回ったが、残念ながら「新玉松」は現存しなかった。ただし、小高い岡に松が一本のみ残っており、六義園の古記録や古地図と実地を照合すれば、ここが新玉松の跡だとすぐにわかる。ただし、現存する一本が、当初の七本の名残なのかどうかはわからない。柳沢保泰《やすひろ》（一八一一年家督相続）の頃の六義園を描いた著者未詳『駒籠別墅《こまごめべっしょ》の記』（我自刊我書屋《がじかんがしょおく》『江戸名園記』所収、一八八一年）によれば、「あら玉の松（＝新玉松）とて、山に四株あり」とある。七本のうち四本はまだ幕末期に残っていたことが判明する。

七本の松の木

もう少し、「新玉松」に「七本の松」が植えられていたという事実にこだわりたい。

なぜ、七本であるのか。宮川葉子氏は、「ニ」「イ」「タ」「マ」「ツ」「シ」「マ」の七文字の一字ずつを一本の松の木に喩え、全部で七文字だから七本となったという一つの推測を示している。ただし、わたしは北村季吟が京の新玉津島社時代に「七松子《しちしょうし》」という号を称していた事実を連想せざるをえないのである。六義園の「七本の松」もまた、季吟の「七松子」という号に由来している可能性も否定しきれない。

紀州の本家・玉津島社に「七本の松」という名所があったという事実を、わたしはまだ確認できていない。ただし、京の新玉津島社に住んだ季吟は、かつて『新玉津島記』において、玉津島社は荒磯なので鳥居を建てられずに、替わりに七本の松を印《しるし》とした、という尭憲《ぎょうけん》の説を引用していた。

京の新玉津島社は、室町幕府の初期に、頓阿《とんな》（とその子孫）の手によって、藤原俊成旧居跡とされる土地に再建されたものである。先にも紹介したが、頓阿の子孫である尭孝《ぎょうこう》には、新玉津島社の再興を祝った和歌が伝わっている（『和歌深秘抄』）。

新玉松跡（六義園内）

七本の松を姿の神垣に君が八千代をなほぞ祈らむ

歌そのものは、玉津島社の景を歌ったものであろう。ただし、それが新玉津島社の永遠を祈る気持ちと重なっている。この歌を踏まえて、季吟も「新玉津島社の社司」となる際に「七松子」と称したのだろう。

この「京の新玉津島社＝七本の松」が、六義園に「新玉松＝七本の松」という名所を取り入れる構想に影響を与えたのではないだろうか。堯孝の場合には、「君が八千代をなほぞ祈らむ」と足利幕府の永続を歌った。柳沢吉保は、足利と同じく源氏の血を引く徳川将軍家の繁栄を、「東の新玉津島」から祈るのである。

季吟の『新玉津島社らくがき』には、江戸に移ってから、京の新玉津島社を思いやる望郷の念を切々と記している。ここにも、

七本の松に立ち添ふ八重霞《やへがすみ》今日を春とは神も知るらん

と歌っている。それほど、「七本の松＝新玉津島社」というイメージの結合は、強固であった。「七」と「八」の数字が印象的な歌である。

ちなみに、『太平記』の巻三十七に、「七松居士《しちしょうこじ》」という人物が出てくる。後光厳《ごこうごん》天皇が京都にお戻りになった際に、里内裏《さとだいり》が荒れていたので、補修が完了するまでの間、北山の西園寺家の旧宅にお入りになった。ところが、ここも荒れていて、松の木と柳の木が手入れもされずに生い茂っていた。

年年《ねんねん》に皆荒れはてて、見しにもあらず成りぬれば、雨を疑ふ岩下《がんか》の松風、糸を乱せる門前の柳、五柳《ごりう》先生が旧跡、七松居士が幽棲《いうせい》もかくやと覚えて物さびたり。

「五柳先生」は、家の前に五本の柳を植えていた陶淵明《とうえんめい》（陶潜《とうせん》）のこと。「七松居士」（「七松処士《しょし》」とも言う）は、七本の小松を庭に植えた鄭薫《ていくん》のことだという。鄭薫は、居所を「隠巌《いんがん》」と称したとされる。堯孝の「七本」の歌の背後に鄭薫の故事を想定することは困難だが、新玉津島社に隠棲して「七松子」と号した北村季吟には、もしかしたら鄭薫の人生が脳裏をかすめていたかもしれない。

和歌浦の風景の再現

季吟は、京の新玉津島社に住んでいる頃から、和歌浦《わかのうら》の玉津島社の景色を文字通り「移す」ことに熱中していた。玉津島社の景を写して、新玉津島社の造園を試みたのである。『新玉津島後記』には、次のようにある。

今年は睦月《むつき》加はりて、春ののどけさも常に異《こと》なるに、石を畳《たた》みて山をなし、砂《いさご》をならして浜を作りて、紀路《きぢ》の玉津島になぞらへむとなり。御社の右に松を植ゑて、和歌の浦松を写し、鳥居《とりゐ》の西に菊の苗取りて、吹上《ふきあげ》に立てる面影を通はす。地狭《せば》ければ、まことに掻《か》い包みてももてゆきつべく、匠《たくみ》おろかなれば、しばしば見まほしき情もなけれど、人に見すべきにもあらず。わが徒然《つれづれ》の心やりばかりなり。いでや、一枚《ひとひら》の紙絵に洞庭《どうてい》に座し、一拳石に大山を眺むる類《たぐひ》なりけんかし。かくて、朝夕《あしたゆふべ》も春秋冬、花鳥《はなとり》に雪に月に、和歌の浦風を身にしめてんとぞ。

玉津島恋ふる心も慰みぬ磐根《いはね》の松を面影にして

ここもまた入江や霞む春の夜の月の都の玉津島山

季吟には財がなく、土地も手狭で、造園技術も劣っていたので、京の新玉津島社には和歌浦の玉津島社の美景が、ほとんど写し取れなかった、と嘆いている。

歌学方として江戸へ出た季吟は、柳沢吉保と知り合う。吉保は、古典文学の理念の体現者としての季吟の話に耳を傾け、二人は和歌について熱っぽく語り合う。そんなある日、季吟は今引用した『新玉津島後記』に書いたような夢を、吉保に語る。おそらく、その時ではなかったか。吉保が心に、「よし、自分がこの和歌の庭園の理想を実現しよう」と決意したのは。吉保は権力と財産に任せて、広大な敷地に庭作りの名人の手で「玉津島社近辺の美景」を写す作業を実行した。『松蔭日記』にも、「(六義園は)玉津島・和歌浦を本《もと》と写して」と書かれている。そして「新玉松」の神々しさが、何度も印象深く語られている。

造園を開始して四年近く経《た》ってもただの「山里」だった吉保の駒込の庭園は、季吟の助言を得て「玉津島の景の庭」としての最終構想となって一挙に完成へ向かって造営されていった。

六義園こそは、和歌浦に建つ玉津島社の周辺の名所を八十八も配した「理想の新玉津島社」なのであった。

再昌院という院号と、『古今和歌集』の真名序

季吟と柳沢吉保との交遊から、六義園の根幹思想が確立した。わたしは、そう考えたい。その交流のクライマックスは、「古今伝授」だった。一連の流れを再整理しておこう。

元禄　二年　季吟、江戸に迎えられる。
　　八年　吉保、六義園の造営を開始する。
　　十二年　季吟、「法印」の位を与えられ、再昌院と名告る。
　　十三年　季吟、吉保に「古今伝授」を行う。
　　十五年　六義園、落成す。その直後、柳沢家の火事で焼亡した秘伝書を補うため、季吟が再度吉保に「古今伝授」を行う。

元禄十二年、季吟は「再昌院《さいしょういん》」という院号を授かった。これは、季吟の人生の頂点でもあった。「桂昌院」など、「○昌院」という院号は当時頻繁に見られるので、決して珍しくないが、「再昌院」という院号には、何らかの深い理由があると思われる。

季吟は、宗祇以来の「古今伝授」の流れを汲んでいた。その知識を将軍家や柳沢吉保に伝授することで、「法印」の位を得たのではなかったか。ところで、宗祇から伝授を受けた一人が、三条西《さんじょうにし》実隆《さねたか》である。この三条西実隆に、『再昌草《さいしょうそう》』という家集がある。柳沢家は、甲府藩主になったあと、大和郡山《やまとこおりやま》藩に転封《てんぷう》された。その大和郡山に、柳沢文庫が伝えられる。この柳沢文庫の『再昌』(＝再昌草)を、井上宗雄氏が紹介している。『再昌草』の流布《るふ》は極めて稀《まれ》で、従来は宮内庁書陵部《しょりょうぶ》にある二本のみしか存在が知られていなかった。その中に、宗祇と実隆との和歌の贈答が載っている。

この贈答について、金子金治郎氏は宗祇が上杉房能《ふさよし》への「古今伝授」を図って果たせなかった事情を語っていると推測している（『連歌師宗祇の実像』）。

三条西実隆の家集『再昌』が柳沢家に伝わったこと、そこに部分的とはいえ「古今伝授」関連の記事が見られること、季吟が柳沢吉保に「古今伝授」を行ったこと、季吟が「再昌院」という院号を幕府から授かったこと、これらのすべては地下水脈で結びついているのではなかろうか。

三条西実隆の『再昌草』という家集のタイトルは、

もし、わが道の再昌なる日にもあへらば、浜千鳥跡《あと》を留《とど》むるよすがにもと、吾家の二、三子に、これを授く。

という家集の序文から付けられた。

「再昌院」という法印の位が季吟に授けられた元禄十二年の前年、長男の湖春が没している。けれども、孫の湖元が歌学所に勤め始めている。季吟を初代とする幕府の「歌の家」の血筋が、子々孫々まで「再昌」することを願っての命名であろう。もちろん、季吟自身が和歌を「再昌」させたという誉め言葉でもあろう。

実は、三条西実隆の「わが道の再昌なる日にもあへらば」という言葉は、『古今和歌集』の真名序《まなじょ》（漢文で記された序）に見える言葉である。紀淑望《きのよしもち》が執筆した真名序の最後の部分に、適《たまたま》和歌の中興《ちゅうこう》に遇《あ》ひ、以《も》ちて吾が道の再び昌《さか》りなることを楽しぶ。

とある。ここが、『再昌草』や「再昌院」の直接の典拠だったのである。『古今和歌集』の真名序は、当然に、「古今伝授」と関わる。すなわち「再昌院」という称号は、季吟こそが「和歌の中興」の最大の貢献者だという意味である。この季吟と深く交わったのが、柳沢吉保だった。

三条西実隆（＝逍遙院《しょうよういん》）から始まる学問の家は、公条《きんえだ》（＝称名院《しょうみょういん》）、実枝《さねき》（＝三光院《さんこういん》）へと三代にわたって伝わった。そして実枝（「実澄」とも称した）の後は、幽斎・貞徳・季吟と受け継がれ、「古今伝授」によって柳沢吉保も、この流れに加わったのである。

『六義園記』には、宝永元年（一七〇四）六月二十三日の『六義園新玉松奉納和歌百首』を載せている。

『六義園新玉松奉納和歌百首』

この日付について、宮川葉子氏は、「新玉松の縁日は三の日だったと想定される」と述べている。その通りだろう。季吟の『新玉津島記』には、「霜月、中の三日（十一月十三日）ごとには、御神事を営むわざはさすがに絶えず、今も冷泉殿より、幣《ぬさ》奉り給ふことなどありける」と記しているし、京の新玉津島社では、現在でも十一月の十三日に「御火焚《おひたき》」の行事が執り行われている。

季吟が新玉津島社に住んでいた頃から、毎月十三日には「月次歌会《つきなみかかい》」が開かれていたし、本居宣長が宝暦二年（一七五二）に在京していた頃には、新玉津島社司の森河章尹《もりかわあきただ》（一六七〇～一七六二。季吟の弟子）に入門して、十三日の「和歌月次会」に出席して歌を詠んでいる。

さて、季吟は当時八十一歳の高齢だが、この百首の中に、和歌を二首寄せている。翌年六月には季吟は没する。さすがに、和歌の技巧はかなりの衰えが見られる。だが、ほかならぬ京の新玉津島社を勧請した六義園の新玉松に奉納する百首なので、季吟は力を振り絞って二首を詠んだのだろう。

吉保と、その側室・染子《そめこ》（吉里の生母）の和歌を、二首挙げておく。

幾千代《いくちよ》も光を添へよ七本の玉松が枝《え》に磨く言の葉　　吉保

七本の玉松が枝の神垣や幾千代かけて磨く言の葉　　染子

二人の和歌は、驚くほど似ている。そして、先ほど「七本」の実例として引用した堯孝の和歌とも、似ている。「新玉松」に和歌の道の永遠と、子孫の繁栄と、主家の安泰とを祈っているのだろう。「武」ではなくて、言葉の力で、それが実現できると信ずるのが柳沢吉保の向学心であり、古くは『古今和歌集』仮名序や真名序の精神なのでもあった。その『古今和歌集』の精髄を吉保に授けたのが、繰り返すけれども北村季吟であった。

季吟の和歌は、二首。

落花

風の上にありか定めぬ花見ればちりの憂世《うきよ》ぞ思ひ知らるる

深雪
降る雪の積もる砌《みぎり》を見るがうちに松と竹ともけぢめ分かれず

「落花」の歌は、『古今和歌集』の有名な歌を本歌取りしている。

風の上にありか定めぬ塵《ちり》の身は行方《ゆくへ》も知らずなりぬべらなり

第一句と第二句とは、本歌と完全に一緒である。季吟は、「塵」に「散り」を懸詞にすることで、述懐のモチーフを組み替えて落花を惜しむ情緒を加味することに成功した。けれども、この季吟の歌は、既視感を漂わせている。どこかで読んだ記憶のある言葉つづきである。そう、思い出した。あれは、『源氏物語』の夕顔巻。

謎の美女・夕顔を狭苦しい陋屋《ろうおく》から連れ出して広大な廃園で愛欲の日を送る光源氏の目の前で、物《もの》の怪《け》にたたられて、彼女ははかなく死んでしまった。途方に暮れた光源氏は、こういう時に役に立つしっかり者の惟光《これみつ》を呼ぶ。けれども、惟光は惟光で自分の情事で夜歩きしており、呼び出してもやってこない。この深刻な場面。

物の足音、ひしひしと踏みならしつつ、背後《うしろ》より寄り来《く》る音す。（光源氏は）惟光とく参らなむと

思《おぼ》す。（惟光は）ありか定めぬ者にて、ここかしこ尋ねけるほどに、夜《よ》の明《あ》くるほどの久しきは、
（光源氏は）千夜《ちよ》を過《す》ぐさむ心地《ここち》し給ふ。

なぜか、笑ってしまう。恐怖の場面なのに、文体が洒落《しゃれ》ているのだ。惟光は「ありか定めぬ」者であるので見つからないという説明が『古今和歌集』の本歌取りなので、不思議な余裕が発生している。緊張が、一瞬だけゆるむ。そして、また、長い恐怖の夜になる。

北村季吟は新玉津島社に住んでいた頃に、そこを「夕顔の住む陋巷《ろうこう》」に何度も喩えていた。よほど、夕顔巻が好きだったのだろう。そして、人生の終わりを目前にした八十一歳の心境を、夕顔巻の名場面と、そこで踏まえられていた『古今和歌集』の和歌とに託したのだ。

季吟の歌のもう一首は、「見るがうちに」という、勅撰集にはあまり使われない、比較的新しい言葉つづきが目に付く。見ている間《ま》に、見る見るうちに、というニュアンス。

再び、『六義園記』

柳沢吉保は、自ら記した『六義園記』で、この庭は「和歌浦」すなわち、和歌のシンボルたる「浦＝海岸」を模したものだと言っている。そして、そこを歩き回れば、おのずと和歌浦の玉津島社に参詣したことになるだけでなく、和歌の道の根幹たる「六義」の神髄が会得《えとく》できるとも記している。

吉保は、激務のかたわら、「公《おほやけ》より退出《まかりいで》ぬる暇《いとま》」や「家に団居《まとゐ》するゆふばへ（夕方）」を利用して、ある時は「花鳥の色音《いろね》を弄《もてあそ》び」、ある時は「風月の光と影」とをさまよった。そして、それら

の花鳥風月を、五七五七七の和歌として詠みつづけた。その結果、詠みためた和歌を書き記した短冊や反古《ほご》が「漸《やうや》くにして筐《かたみ》に満ち」溢《あふ》れてきた。たくさんの和歌を詠んでいるうちに、おのずと和歌について会得するところがあり、「百千里《ももちさと》のみものもへを出づることを待たずなりぬ」という状態にまでなった。

この「百千里のみものもへを出づることを待たずなりぬ」という文脈の意味が、いささか取りにくい。ただし、漢文で書かれた箇所には、同じ意味と推測される内容が、「百千里観不竢出戸」とある。ということは、「百千里の観《みもの》も家《へ》を出《い》づることを待たずなりぬ」という意味なのだろう。ことわざに言う。「歌人は、居《い》ながらにして名所を知る」。和歌の道を修練することで、吉保は、自邸を一歩も出ずに、百里も千里も遠く離れた日本の名所旧跡を観る能力を獲得した、と自負しているのであろう。現に、古今伝授まで受けている。

そして『六義園記』は、「遂《つひ》に、駒込の離れたる館《やかた》に就《つ》きて、いささかに和歌浦の優れたる名所を移す」と続ける。これからあとの文章は、「八十八境」を織り込みながら綴《つづ》りなされる。この六義園を歩くだけで、さらなる和歌の道の鍛錬になるというわけである。

老齢の北村季吟に、この庭園の回遊記たる大名庭園拝見記が残っていないのを、残念に思わずにはいられない。決して若くはない年齢で、住み慣れた京を後にして江戸に出てきた季吟が、どんな感慨をもってこの壮大な和歌の庭を逍遥《しょうよう》したことだろうか。

幕閣の最高権力者が、莫大な富と権力を費やして、季吟が古今伝授した「和歌の精神」を体現した巨大な大名庭園を造ってくれた。しかもそこには、かつて自分が住んでいた新玉津島社までが勧請されている。

柳沢吉保の『六義園記』には、「とりが鳴く東《あづま》の都《みやこ》治まれる代《よ》の声、楽しびを共にす」とある。これは吉保の心境であるだけでなく、はるかに東来してきた季吟の思いでもあったのではなかろうか。

5 最後の著作『疏儀荘記』

『疏儀荘記』を書く

季吟の最晩年の日々をありありと伝えているのが、『疏儀荘記《そぎそうき》』である。これまで、『疏儀荘記』という閑居記に注目した人は、ほとんどいなかった。疏儀荘は千坪以上の敷地があったらしいが、柳沢吉保の四万八千五百坪の六義園とは比較にならぬ規模の「別邸」である。けれども、季吟の最晩年の心は、澄み渡っていた。

『疏儀荘記』は、大田南畝《おおたなんぽ》が珍書貴書を蒐集《しゅうしゅう》してまとめた『三十輻《みそのや》』で読めるが、どうも誤植が多いようだ。季吟研究の第一人者である野村貴次氏は季吟自筆の『疏儀荘記』を所有しておられる由《よし》であるが、著書に掲げられた写真を見る限り、『三十輻』の本文とかなり相違している。また、東京市が編纂した『東京市史稿・遊園篇・第一』にも翻刻がなされている。

これから、『疏儀荘記』の記述の流れに沿って読みながら、季吟本人の晩年の心境を覗《のぞ》き込んでみよう。まず、江戸に出て栄達したわが身の幸せを嚙みしめる。なお、本文を校訂した箇所があることをお断りしておく。

そのかみ、新玉津島の七松子《しちしょうし》など言ひて、詞《ことば》の林に遊び、筆の海辺にさまよひし老《お》いらくの、東路《あづまぢ》の空に召されて、春の光に当たり、朽木《くちき》の梅の花咲き出でたるやうに、紅裏《もみうら》や綾縞《あやしま》など若《わか》えありく。これを聞きて、清水谷《しみづだに》大納言、

君が恵みくれなゐ深き花衣《はなごろも》　齢《よはひ》も共に千代を重ねよ

と言ひおこせ給ひし。情ありて、いとうれし。返し、

花衣君が恵みに取り重ね深き心の色を見るかな

京の都はずれの新玉津島社での文筆三昧《ざんまい》の暮らしから一転して、江戸には華《はな》やかな暮らしがあった。元禄五年（一六九二）、「古今伝授切紙」を将軍に献上して、紋付紅裏小袖《もんつきもみうらこそで》を拝領して、「紅裏御免」の身となった。六十九歳にして、派手な色合いの紅裏の服を着て江戸城に出仕する我が身を、梅の老木が蘇《よみがえ》って再び赤い花を咲かせたようだ、と喩えている。

何ということはない叙述だが、「七松子」と「詞の林」、「新玉津島」と「筆の海辺」（本家の玉津島社は和歌浦の海辺にある）、「東路」と「春」、「梅の花」と「紅裏」とがそれぞれ交響しており、軽快にして緊密な文体である。老練とは、こういう文章を指すのだろう。ちなみに、「詞の林」は、和歌浦の八十八境を集めた六義園に、「詞林松」という名所があることと関連していよう。『古今和歌集』の

真名序にも「詞林」とある。

都の清水谷実業《さねなり》大納言は、三条西実条の孫に当たる。その実条は、実枝の孫である。貞徳没後に、季吟が師事した和歌の師匠であるとも言われる。彼から、季吟の栄華を喜ぶ歌が贈られてきた。季吟は、「新しく将軍家から賜った恩寵」に加えて「古くからの大納言様のお恵み」のありがたさを痛感しますにつけ、大納言様の深い心をしみじみと嬉しく存じます、と返事した。この二人の和歌の贈答は、「花衣」の縁語で「襲《かさね》」(重ね)が導き出され、それが動詞「重ね」と懸詞になっている点がおもしろい。もちろん、これらは、「紅裏《もみうら》」と関連する衣服の縁語である。

『疏儀荘記』が書かれたのは宝永二年(一七〇五)であり、季吟の没年である。彼がこの隠居所で暮らしたのは、わずか三箇月あまりだった。『疏儀荘記』の前半部分は、神田小川町の屋敷での日々の回想である。

「再昌院」と名告る

さて、宝永二年から六年前の師走《しわす》に「法印」に叙された季吟は、「再昌院」と名告《なの》った。これを、大学頭《だいがくのかみ》である林鳳岡《ほうこう》(一六四四～一七三二)が漢文で言祝《ことほ》いでくれたので、額に仕立てて、軒に飾ったという。その文は、『疏儀荘記』には記されていないが、『鳳岡林先生全集《ほうこうはやしせんせいぜんしゅう》・巻六十一』に全文が載っている。

ちなみに、『鳳岡林先生全集』(百二十巻六十七冊)を通読すると、季吟と林鳳岡との交遊の実態がよくわかる。季吟の「東来」を喜び、「加増」を喜び、湖春の早世を悼《いた》む漢詩を、鳳岡は残している。特に、「蘭」の花を介しての贈答が目を引き、季吟から分けてもらった蘭に鳳岡が感謝する漢詩が何首も収録されている。さて、「再昌院」の漢詩を読み下し文で引用する。

北村季吟ニ贈ル　幷《なら》ビニ序

延喜ノ朝《てう》、紀淑望《きのよしもち》、『古今和歌集』ニ序シテ曰《いは》ク、「適《たまたま》、和歌ノ中興ニ逢《あ》ヒテ、以テ吾《わ》ガ道ノ再昌ナルヲ楽シム」。文華ハ時トトモニ盛衰スル者乎《か》。洛人・北村季吟、幼ヨリ和歌ニ志シ、其《そ》ノ名ヲ識《し》ラル。近歳、召シニ応ジテ東来シテ、営中ニ侍候《じこう》シ、法眼ノ位ニ叙サル。己《き》卯《ばう》十二月十八日、階《かい》ヲ進メ、法印ノ位ヲ拝ス。曾《かつ》テ聞ク、堯孝・堯憲ノ後、和歌ヲ以テ法印ニ叙サル者ハ殆《ほと》ンド希《まれ》ナリ。進ミテ清時ノ盛《さかん》ナルヲ感ジ、退キテ恩栄ノ厚キコトヲ喜ブ。乃《すなは》チ、再昌院ト称シ、以テ家号ヲ貽《おく》ル。絶句一首ヲ、其《そ》ノ需《もと》ムル所ニ応ジテ云ハク、

五七成章言葉抽　太平雲物祝千秋
詞源風送文明化　恩沢無窮敷嶋流

（五七章《しやう》ヲ成《な》シテ、言葉ヲ抽《つむ》ギ、太平ノ雲物、千秋ヲ祝フ。
詞源《しげん》ノ風ハ送ラレ、文明、化《くわ》シ、恩沢 窮《きはまり》無《な》ク、敷嶋《しきしま》ニ流ル。）

「堯孝・堯憲」は、頓阿の流れを汲む、新玉津島社ゆかりの歌人である。その新玉津島社からはるばると東来した北村季吟が、歌人として「法印」の位に叙されたのは、それ以来の慶事である。かつて王朝の盛代には文化の華が開いて、『古今和歌集』が編纂された。今の将軍綱吉は、まさに醍醐天

皇の再現を思わせる聖主である。ここに、聖主と北村季吟の力が合わさって、「吾ガ道ノ再昌ナルヲ楽シム」という『古今和歌集』真名序の内容が出現した。だから、季吟は「再昌院」と名告り、家の名ともした。

季吟が額に仕立てたのは、おそらく七言絶句の部分であろう。「抽」「秋」「流」が韻を踏んでいる。なお、詩中の「詞源」は美しい言葉という意味。六義園の八十八境の一つにも「詞源石《しげんせき》」がある。

家宝の数々

『疏儀荘記』に戻る。季吟は、額の話題の次に、家宝の数々を誇らしく列挙する。何と言っても、和歌の聖典『古今和歌集』。この『古今和歌集』の真名序に、ほかならぬ「再昌」という言葉があったのだった。そして、「わが国の至宝」と一条《いちじょう》兼良《かねら》が讃《たた》えた『源氏物語』。この二つの所持本の来歴が語られるが、そこには「古今伝授」の系譜に連なる一流の文化人たちの名前が綺羅星《きらぼし》のように並んでいる。

加えて、『伊勢物語』『百人一首』『詠歌之大概《えいがのたいがい》』『万葉集』『八代集』『新勅撰和歌集』『続後撰和歌集《しょくごせん》』『文選《もんぜん》』『白氏文集《はくしもんじゅう》』など、由緒正しい来歴の和漢の本が取り揃えられている。

これらをもちて家を立て、一流を立て、我が子孫のこの道に志さん者学び習ひなば、いかで菟《うさぎ》の裘《けごろも》のはかなき名を残す者あらん。

季吟は、「一家」を立て、「一流」を完成させた。これらの書籍と、初代・季吟の学説があれば、子孫はいつまでも「歌学方」として万全であろう、と未来永劫にわたる我が子々孫々の安泰を願っている。「菟の裘」とは、『十訓抄《じっきんしょう》』の巻十「才芸を庶幾《しょき》すべき事」の巻頭に据えられたエピソードを踏まえている。

平安時代の兼明《かねあきら》親王は、当代一流の文人だった。けれども、彼は藤原兼家《かねいえ》（道長の父）に退けられて、左大臣を辞し、嵯峨に隠棲した。そして、兼家と天皇を恨む気持ちを、『菟裘賦《ときゅうのふ》』という漢文で訴えた。「菟裘」というのは、中国の賢人が隠遁した地名である。

ところが、親王の息子の源伊陟《これただ》は、不肖《ふしょう》の子だった。彼は、父の著名な作品に出てくる「菟裘」が中国の地名であるとも知らずに、ただのウサギの毛皮だと思っていた。また、『菟裘賦』の中には、「君、昏《くら》く、臣、諂《へつら》ふ」という天皇を批判する一節があるのも知らずに、村上天皇の目に触れさせてしまった、という。

季吟は、我が身を兼明親王になずらえ、子孫たちに「間違っても、伊陟のような、無学な人間にはなるな」と教訓しているのだ。「学問の家」を守ってほしい、という祈りだろう。

ちなみに、季吟が後継者と目していた長男の湖春は、元禄十年（一六九七）に五十歳で急逝し、孫の湖元がわずか十九歳で残された。この湖元が、季吟没後には「歌学方」を継承して、第二世となる。明るい色彩で埋め尽くされた『疏儀荘記』には、悲しいこと、不安なことを何一つ書き記していないが、子孫への不安は老いた季吟の心を苦しめていたことだろう。

八十歳の賀、盛大に催される

元禄十六年（一七〇三）の元旦、季吟は数え年で八十歳となった。正月二十九日、「源少将」保明《やすあきら》朝臣、こと柳沢吉保から、数々の祝いが届けられた。

既に述べたように、元禄十三年（一七〇〇）九月二十七日、季吟は幕府の最高実力者である柳沢吉保に、「古今伝授」を行っている。吉保は風雅を愛し、「六義園」という詩歌（詩経＝毛詩、古今集仮名序）に因《ちな》む庭園を造っている。大和郡山市の柳沢文庫には、「古今集 幷《ならびに》 歌書品々御伝授御書付」という朱塗りの函《はこ》入りの書類一式が、今も保存されている。

さて、『疏儀荘記』が語る吉保からの御下賜品《ごかしひん》は、まことに豪勢である。狩野探雪《かのうたんせつ》の画、時服《じふく》、宝船の工芸品。何よりもうれしかったのは、定家自筆の『新勅撰和歌集』を、尊応法親王《そんのうほうしんのう》と公助《きんじょ》大僧正が書き写し、冷泉為敦《ためあつ》が「証本」であるという奥書を記した写本を、梅を象《かたど》った銀製の文鎮と一緒に賜ったことだった。またしても、家宝が一つ増えた。

二月二十六日には、孫の湖春や、次男・正立《まさたつ》の養子である季任《すえとう》が、小川町の向南亭で、八十の賀を催してくれた（次男の正立も、前年に四十七歳で没していた）。この時にも、柳沢吉保から数々の祝いが届けられた。季吟の喜びは、とどまることを知らない。

豊かなる袖にもあまるべし。まして、狭《せま》き家のうちには、置き所なきまでなん。

ここは、おそらく『源氏物語』蓬生《よもぎう》巻が季吟の念頭にあったのだろう。貧しい末摘花《すえつむはな》は、光源氏の経済的援助で何とか生きてこられた。権力を極める光源氏から見ればほんの少しの援助でも、貧しい末摘花にとっては莫大な財産だった。「待ち受け給ふ袂《たもと》の狭《せば》きに」とか、「かくあやしき蓬のもとには置きどころなきまで」などと、蓬生巻にはある。柳沢吉保が光源氏で、季吟が末摘花である。京の都はずれの新玉津島社で細々《ほそぼそ》と暮らしていた季吟一家が、綱吉・吉保に見出されて至福感に浸るのは、まさに末摘花が光源氏と再会したような喜びだ、というのだろう。

関口に隠居する

男子二人に先立たれた季吟は、孫の湖元に職を譲り、宝永二年に、小石川《こいしかわ》の関口《せきぐち》に住む山川某から土地と家屋を購入し、隠居した。ちなみに、関口に「芭蕉庵」を構えた弟子の松尾芭蕉は、十年以上も前に没している。季吟は、長命であった。

ここに八十《やそぢ》余《あま》り二年の春、老耄《らうもう》の身をも静かに安んじ、時ありては幼き孫、足弱き妻子《めこ》など、しばらく休め楽しめん料《れう》に、江城《がうじやう》のかたつほとり、関口といふ所に、かごかなる屋所《やどころ》を設《まう》けて、疏儀荘と名づく。

ここに、またまた「かごかなる」という見慣れた言葉が見える。これは、かつて季吟が新玉津島社の社司になった際に、そこが静かで落ち着いた場所であることを示した言葉であり、『源氏物語』夕顔巻に因んでいた。またしても、ここが「かごかなる」場所だとされているわけだ。季吟の頭の中には、「閑かな場所＝かごかなり」という発想が根強くあったのだろう。

「疏儀荘」という命名は、「世のことの細《こま》かなる業《わざ》も知らねば」とあるように、世間に疎《うと》い、世慣れていない人の住居、という意味だろう。また経典や医書の注釈には、「〇〇疏儀」「〇〇疏義」などのタイトルがしばしば見えることから、「注釈の大家」としての季吟の隠遁所の名称としてまことにふさわしいし、季吟が本来医者であったことや、江戸城では「奥医師待遇」であったこととも関連するかもしれない。

酒を嗜《たしな》まなかった季吟は、気心の知れた友人たちと、ここで数箇月間ではあったが、茶や和歌を楽しんだ。『疏儀荘記』には、時鳥《ほととぎす》を詠んだ歌が三首載っている。

昨日今日《きのふけふ》わが住む宿のほととぎす元《もと》の主《あるじ》を慕ひてや鳴く
初雁の稲葉に落つる声はあれど植ゑし田面《たのも》に鳴くほととぎす
花も見つほととぎすをも待ち出《い》でつこの世のちの世思ふことなき

「昨日今日」の歌の第五句（結句）には、「しのびてや鳴く」「しのびねや鳴く」などという異文がある。ここは、「慕ひてや」が正しいと考えたい。なぜなら、ここで季吟の念頭にあるのは、『源氏物語』花散里《はなちるさと》巻だと思われるからである。

花散里巻で、光源氏は自分に従ってあちこち飛び回るかのような時鳥の声を耳にする。「ほととぎす、ありつる垣根のにや、同じ声にうち鳴く」、と本文にある。季吟は、それを踏まえて、「つい最近

海老澤了之介著『新編若葉の梢』（新編若葉の梢刊行會, 1958年）より

自分が住み始めたばかりの疏儀荘で、自分を慕ってやって来て鳴いてくれるような時鳥はいない。それに、自分は光源氏でもない。おそらくあの時鳥は、わたしの前に住んでいたこの家の主を慕って飛んできたのだけれども、主が替わってしまったので、悲しくて鳴いているのだろうよ」、と戯れた。そうは言っても、疏儀荘をしめやかな花散里の住まいになぞらえて、季吟は閑居の気味《きび》を楽しんでいるのだろう。

二首目は、『伊勢物語』第十段の、

みよしのの田面《たのむ》の雁もひたぶるに君が方にぞ寄ると鳴くなる

を踏まえ、「秋の初雁が田面で鳴くのは知っているし、またよく見聞きしたものだが、初夏に田植えしたばかりの田面で時鳥が鳴くのは初めて見聞きしたよ」と、関口の豊かな自然に驚いて見せる。

三首目は、三月に疏儀荘へ移り住んでまもなく、六月十五日に逝去した季吟の「辞世」となった。確かに、この土地で、季吟は花も時鳥も満喫できたことだろう。ただし、秋の紅葉と冬の雪は、体験することができなかった。この辞世歌では、時鳥がこの世（現世《げんせ》）とあの世（来世《らいせ》）の境界である「死出《しで》の山《やま》」を自由に越えて往還できると信じられていたことから、「この世のちの世思ふことなき」という下の句が、スムーズに導き出されている。老練なテクニックである。

疏儀荘の自然と、その周囲

京の新玉津島社に多種多様な草花があったように、疏儀荘にも恵まれた自然があった。ただし、都の自然と江戸の自然とには、大きな違いもあった。

馬場のあなたに、百歩《ひやくぶ》ばかりの園あり。その中に、百千《ももち》の鳥、声を尽くして囀《さへづ》り合へり。雁・鳩、遠く聞こえ、尾長鶏《をながどり》け近く巣食ひ、斑鳩《いかるが》と鵤《しめ》といそばへ歩く。早桃《さもも》・青梅、色づき黄ばみなど、枇杷《びは》の枝には金玉《こんぎよく》を懸《か》く。垣穂の桑、濃紫《こむらさき》の実を垂れぬかし。葵《あふひ》・花菖蒲《はなあやめ》・縞萱草《しまくわんざう》・小百合・姫百合・撫子《なでしこ》をも、秋の盛りをも待ち出《い》づべき。本《もと》あらの小萩《こはぎ》、今も盛りの色をほのめかす。紫陽花《あぢさゐ》の盛り久しく、芥子《けし》の花のほどなきも、いとあはれなり。

その他、「桜草・夏菊・桜・若楓」も植えられていた。都にはなかった植物名がいくつもあるし、鳥の名前がたくさん書かれているのも新鮮だ。季吟は江戸に出てきて、都とは違う自然を発見したのだろう。中でも、「東《あずま》」のシンボルとも言える富士山。『伊勢物語』第九段で、真夏にも消えない白雪を戴いた富士山を見て、業平《なりひら》も腰を抜かさんばかりに驚いた。西行も、富士の煙を見て、武蔵野に足を踏み入れる感慨を強くしている。太田道灌《おおたどうかん》は、自分の築いた江戸城静松軒《せいしょうけん》の眺望を、

わが庵《いほ》は松原遠く（松原つづき）海近く富士の高嶺《たかね》を軒端《のきば》にぞ見る

と高らかに自賛した。季吟の『疏儀荘記』でも、富士山が印象的だ。

老いの歩みに、なほ近ければ新長谷寺《しんちやうこくじ》に詣《まう》でて、不動尊の堂下より、西南に傾《かたぶ》く日陰《ひかげ》も、杖を立てて時知らぬ富士の白雪を眺め、千町の田面《たのも》の緑に靡《なび》く風に涼みて、しばらく息を延《の》べつ。

季吟は、富士の山を仰ぎ見ながら、八十二年にわたる自らの人生を振り返っていたことだろう。俳諧師としては必ずしも超一流ではなかったけれども、古典注釈家としては質量共に超一流の仕事を成し遂げた。そして、幕府の「歌学方」としての名誉にも恵まれた。

総じて、彼の人生は「末広がり」であり、富士の山の姿を体現した「思ふことなき」幸福な人生だったと言えよう。季吟と交遊のあった柳沢吉保が、季吟の死を悼む和歌を残していないのは、季吟没の六日後に綱吉生母の桂昌院が没したため、その見舞いや葬儀の準備などで多忙だったためだろう。『松蔭日記』を読むと、この頃吉保は側室の一人も喪っている。ただし、季吟の遺族に丁重に慰問したことも書かれている。吉保は、季吟のことを心から大切にしていたのだ。

疏儀荘の所在地

『疏儀荘記』は、「宝永二年五月初めつ方、法印季吟、口に任せ筆に任す」と閉じられる。そのあとで、後人の書き入れがある。

此記一巻以テ㆓季吟真蹟ヲ㆒臨㆓写ス之ヲ㆒　正恭

御水屋敷と云《い》ふは、本所家の前、町屋の所より後、御組辺《あたり》と言ふ。この辺、御成《おなり》の節、御膳水を汲みし井ありと言ふ。今は知らず。大炊頭殿《おほひのかみどの》の東の北面《きたおもて》に、北村季吟叟《そう》の汲み遣《つか》はれし井あり。埋《うづ》もりて跡のみありと、土人《どじん》の説也。土人は東屋理宗也。
疏義荘の跡は、今は大炊頭殿の屋敷に入りしと言ふ。未詳。

疏儀荘のあった目白台付近

「土人」とは、現地に住んでいる人という意味。古地図を見ると、広大な肥後細川藩の屋敷の斜め向かい側に、松平大炊頭の屋敷がある。松平大炊頭は水戸家の分家で、常陸宍戸《ひたちししど》一万石を領していた。現在の地図を重ねてみると、文京区立目白台図書館や関口教会の敷地である。椿山荘《ちんざんそう》の道路向かいでもある。諸書に見られる疏儀荘関連記事を紹介しておこう。

疏儀荘。北村季吟が屋敷なり。今の松平大炊頭屋敷内なり。西北の隅に、千五百坪ほどのところなり。季吟の井と言へる、今もその名ありと。（『江戸紀聞《えどきぶん》』）

松平大炊頭様御本屋敷なれども、小石川様の御分地ゆゑ、水戸様を御本家様と申し上げける。昔より種々あり。筆紙に及びがたし。御屋敷の西の方に、北村季吟の屋敷千坪ばかり、御垣内《おかきうち》にあり。

関口てふ所に別荘を求め侍りて（また一説には別荘を構へけると言へり）

住みつかぬ我が宿問はぬほととぎす元の主を慕ひてや鳴く　季吟

このあたり、時鳥《ほととぎす》の名所にて、はなはだ早しと言ふ。　（『若葉の梢《こずえ》』）

拾穂軒北村季吟翁別荘旧地　同所○小石川。目白の台、松平大炊侯の庭中にありと言ふ。山の井と言へるあり。これ、翁のこの地に閑居ありて著述ありし故《ゆゑ》に、この名ありと言ふ。このあたり時鳥の名所にして、外《ほか》よりも早しと言へり。按《あん》ずるに別荘の名を疏儀荘と言ふ。　（『江戸名所図会《えどめいしょずえ》』）

疏儀荘は、千坪とも千五百坪とも言われる別邸だった。名水に恵まれ、季吟の旧著『山之井《やまのい》』に因《ちな》んで、「山の井」と命名された井戸もあった。ただし、この地で『山之井』を書いたわけではない。なお、目白台図書館の司書の方の話では、「山の井」かどうかわからないが、近年まで図書館の北側に井戸があったという。

大田南畝にとっての季吟

『疏儀荘記』は、大田南畝が筆写した『三十輻』に収録されている。『大田南畝全集』を通読していると、北村季吟をめぐるエピソードがあちこちにちらばっていることに気づく。南畝は、季吟という人物に大きな興味と関心を持っていたようなのだ。

まず、『万紫千紅《ばんしせんこう》』には、南畝本人の『東豊山十五景《とうぶざんじゅうごけい》』が載る。同文が、『六々集抄《ろくろくしゅうしょう》』にもある。ここには、『疏儀荘記』の本文の一部分も引用されている。その部分は、もう少し後で永井荷風『日和《ひより》下駄《げた》』を引用する際にまとめて示したい。

この「東豊山十五景」は、『疏儀荘記』の原文を読んだからこそ、南畝が書き得た文章であった。『万紫千紅』は文化十五年（一八一八）の刊行で、数年前の作品を集めたものとされる。

漢詩集『南畝集』には、十千亭主人が南畝に、儀式張った「北村季吟翁の冠服図考」と好色な「西川祐信《すけのぶ》の秘戯図」という奇妙な取り合わせの二冊を贈ってきたおかしさを、詠んだ詩がある。ただし、季吟にそういう書物はないので、山本北山《やまもとほくざん》の『冠服図抄』と混同しているのかもしれない。もし季吟だとすると、彼を「北叟」と呼んでいる。

文化十三年の備忘録『丙子掌記《へいししょうき》』には、「清水《きよみづ》や庭にしかくる花の滝」という「北村季吟の発句」を書いた「色紙」を見た、とある。

享和三年（一八〇三）頃の『杏園間筆《きょうえんかんぴつ》』には、季吟が「若菜」という題で詠んだ、

これやつみてほけ経《きやう》を得し鶯菜《うぐひすな》

という短冊を見た、とある。これは、平安時代の大僧正増基《ぞうき》の名歌、

大田南畝　谷文晁筆『近世名家肖像』
（東京国立博物館蔵）より

法華経《ほけきやう》を我が得《え》しことは薪《たきぎ》こり菜《な》つみ水汲み
仕《つか》へてぞ得《え》し　（『拾遺和歌集』）

を踏まえ、なおかつ、「ホウホケキョウ」という鶯の鳴き声を詠み込んだ佳句である。

文化四（一八〇七）、五年頃から書き始められ、文化十四年に刊行され『南畝莠言《なんぽしゅうげん》』には、南畝が池《いけ》の端茅町《はたかやちょう》の正慶寺《しょうけいじ》を訪れて季吟の墓を見たこと、そしてその墓に刻まれた「花も見つ時鳥をも待ち出でつ……」という和歌が厳密な意味での「辞世」ではないのだが、最晩年の『疏儀荘記』の最後に見えることから「按ずるに、この歌、まことに絶筆なるべし」と、考察している。ここにも、具体的な『疏儀荘記』の文章を長く引用しており、南畝が季吟の疏儀荘のような隠遁の暮らしに憧れていたことを強く推測させる。

この『南畝莠言』とまったく同文が、『一話一言《いちわいちげん》』巻三十五（文化七、八年）に含まれることから、文化四、五年以降に、南畝は『疏儀荘記』の写本の存在を知り、書き写したのではなかったろうかと推測される。

というのは、『一話一言』の巻六には、北村季吟の墓は正慶寺にあること、その寺は京極《きょうごく》伊予守《いよのかみ》邸の向かい側であることが記されているが、『疏儀荘記』にはまったく触れていないからである。巻七にも、巻六と同文があり、墓の所在についてしか触れず、『疏儀荘記』には触れていない。これらは、天明四、五年（一七八四頃）の記事である。

『一話一言』巻一八には、「湯原氏日記」から書き写した「北村季吟・湖春父子の扶持《ふち》」の記述がある。最初に幕府に召し抱えられたときの扶持である。巻二十五にも、季吟の正慶寺の墓と辞世のことが書かれているが、『疏儀荘記』にはまったく触れない。これらは、文化四年以前に書かれたものである。

南畝がどこから『疏儀荘記』の本文を入手したのか、『三十輻《みそのや》』の目録にも、『疏儀荘記』という書物のみが記され、何年何月に誰それの好意で書き写したなどと書かれていないので、すべては推測である。同じ『三十輻』に収められた『季吟子和歌』には、「浪華寺」の「寺田氏」から贈られたという説明があるにもかかわらず、である。

南畝の季吟への興味を、最後までたどっておけば、『一話一言』巻四十四には、

下種《げす》ちかう飛べや雲井《くもゐ》のほととぎす

という季吟の句が引用され、『瀬田問答《せたもんどう》』では、北村季吟が歌学方になる以前には、烏丸光広が将軍家の和歌の指導に当たったという記述がある。南畝は、ここでも季吟に与えられた禄高《ろくだか》について具体

的な数字を書き記している。

幕臣である南畝は、「幕府歌学方」として文人の最高の権威を授けられた北村季吟について、無関心ではいられなかったのだろう。そして、正慶寺で季吟の墓を見た。そして、そこに刻まれている和歌を書き記したが、それを「辞世」とする根拠を探しあぐねていた。そのうちに、偶然から、南畝は季吟最晩年の隠遁記とも言うべき『疏儀荘記』の本文を入手した。そして、「花も見つ時鳥をも待ち出でつ……」という和歌の出典と、それが詠まれた具体的な状況を知り得た。時に、おそらく文化七、八年頃であり、『疏儀荘記』を書き記して季吟が没した宝永二年（一七〇五）から、およそ百年が経過していた。

日本の古典文化に対する深い教養を前提として、当代の視点から巧みに狂歌に仕立てる新しい文芸復興が起きていた。その中心人物の大田南畝は、江戸時代の初期に登場して、古典性と現代性の融合した「俳諧」を生み出した松永貞徳に比すべき「知の巨人」であった。そして、南畝の「考証家」としての業績は、ある意味で北村季吟の「古典注釈」と対応する営みだったのだろう。

もはや、注釈の時代は去った。「考証随筆」の時代へと変わっていったのである。

永井荷風『日和下駄』

季吟、南畝という文学者の系譜は、意外なことに永井荷風につながる。すなわち、荷風の散策記たる『日和下駄』に南畝の文章からの引用があり、そこに『疏儀荘記』からの引用が「入れ子」のように組み入れられているのだ。

『日和下駄』の「崖」の章である。水道端《すいどうばた》の通りを行き尽くして音羽《おとわ》へ曲がろうとすると、高い崖

がそびえている。後ろは赤城《あかぎ》の高地、前は目白の山の崖。こういう説明をした後で、に曰く

目白の眺望は既に蜀山人《しょくさんじん》の東豊山十五景の狂歌にもある通り昔からの名所である。蜀山人の記

として、蜀山人（＝大田南畝）の著した『東豊山十五景』を、十五首の狂歌ごと引用してある。その南畝の筆の冒頭に、

東豊山新長谷寺目白不動尊のたゝせ玉《たま》へる山は宝永の頃再昌院法印のすめる関口の疏儀荘よりちかければ西南にかたぶく日影《ひかげ》に杖をたて、時しらぬ富士の白雪をながめ千町の田面のみどりになびく風に涼みてしばらくいきをのぶとぞ聞えし

とある。「再昌院法印」が北村季吟のことであり、「西南にかたぶく」から「いきをのぶ」までが、若干《じゃっかん》表記は違っているが以前に引用した『疏儀荘記』の本文の引用である。

荷風は、南畝の文章を引用しただけで、特に季吟に関してはコメントを書き記していない。けれども、オーソドックスで自然な文学観の持ち主だった季吟の文学的水脈が、荷風という近代の奇才にまで及んでいる事実は、興味深いものがある。

おわりに

季吟のめざしたもの

八十二歳まで長命だった北村季吟の最大の傑作は、『源氏物語湖月抄』だった。彼の「湖月亭」という号は、その出色の出来映《できば》えを自画自賛するものである。

北村季吟の名は、『源氏物語湖月抄』と共に不滅である。いくらでも増補改訂できる柔軟構造を誇る『源氏物語湖月抄』は、『増註源氏物語湖月抄』へと不断に脱皮し続けることで、いつの時代でも最高の『源氏物語』入門書として機能してきた。

これさえあれば、今でも現代語訳など要《い》らないのだ。現代語訳は、ある物は簡潔すぎるし、ある物は饒舌《じょうぜつ》すぎる。紫式部の息づかいや、彼女が言葉に込めた切々たる思いは、原文で読まねばわからない。紫式部の「心」がわかったという「ユウリカ！」の実感は、禅でいうところの「悟り」の境地とも近い。『源氏物語湖月抄』を読み進めると、どこかの巻で「紫式部の肉声」が聞こえてきたような、そして時間の壁を超えて作者と自分が「魂の会話」を交わしたかのような、一瞬の感覚に捕えられることがある。

それだけではない。紫式部の肉声以外にも、わが国を代表する文化人たちの個性や人柄まで手に取るようにわかってくる。『源氏物語湖月抄』は、『源氏物語』の入門書であるだけでなく、日本文化の最良の入門書でもある。これには、『源氏物語』に関して、季吟以前に、わが国最高の知性たちが全力で立ち向かってきたという積み重ねがあったことも幸いしていよう。この蓄積を無駄にせず、まさに活《い》かしながら、季吟は自らの注釈の方法を完成させたのだった。

季吟は、声高に自分の個性的な読みを主張しなかった。その意味で、『源氏物語』の作者である紫式部とも人間的に似通っている。紫式部のライバルの清少納言は、自らの個性を信じて、「自分だけの美意識」を主張した。その姿は、独創性を重視する本居宣長の姿とも似ている。紫式部は、「自分を語る」スタイルを、よしとしなかった。そして、女性であるにもかかわらず、光源氏という男性の理想像を語り続けた。その迂遠《うえん》で遠回りの自己表白が、『源氏物語』という日本文化の最高傑作を生み出す要因となった。

ところが、である。『源氏物語』の本文を通読すれば、紫式部という本名も生年月日も没年も不明な女性が、心の奥底で何を願い、何を悩んでいたか、手に取るようにわかってくる。読者は、紫の上と一緒に泣いたり、浮舟が最後まで口にできなかった言葉を彼女に替わって叫ぶことすらできる。北村季吟の注釈のスタイルも、まさにそのようなものであった。

季吟は、先人に語らせることで、自分を「黒衣《くろご》」の立場に置き、最小限の「愚按《ぐあん》」（愚案）だけで済ませようとした。その姿勢は、決して「凡庸」でもなければ、「謙虚」でもない。むしろ、自信と卓越性の反映ですらあろう。

季吟に導かれた『源氏物語湖月抄』の読者は、自らの手で、『源氏物語』の出門書、すなわち日本文化の出門書を書き上げることすらできる。むろん、この「入門書」ならぬ「出門書」という言葉は、わたしの造語である。わたしたちが『源氏物語』や日本文化の探究を出門できるのは、『源氏物語湖月抄』以後のすぐれた読みを「増註」できた時である。この時、わたしたちは連綿として続く文化的伝統のただ中に生きているという満足感を心から味わうことができる。そのうえで、伝統を革新する決意を新たにすることができる。

紫式部が『源氏物語』の執筆の際に資料としたり引用したりした漢籍の作者、仏典の著者、和歌の作者、歴史記録の記述者、古代神話や伝説のヒーロー・ヒロインたち。それらが、『源氏物語』の表現の中に吸引され、溶かされ、再生してゆくプロセスが、まず体感できる。次に、『源氏物語』の成立の後に、その影響を受けて詠まれた和歌や、それぞれの時代でこの物語がどのように読み替えられていったかという歴史まで、実感できる。

この一連の流れの最後に、わたしたちがいる。与謝野晶子は、『源氏物語』の現代語訳に没頭していた大正十、十一年頃に、

劫初《ごふしよ》よりつくりいとなむ殿堂にわれも黄金《こがね》の釘一つ打つ　（『草の夢』）

と歌っている。けれども、晶子の（というよりも現代語訳の）流儀では、劫初から営まれてきた『源氏

物語』の殿堂に、黄金の釘を一本「打ち足す」ことはできないのではないか。それは、この一本で伝統が途絶えてしまう危険性があるからである。現代語訳は「打ち足す」のではなくて、まるごと建て替えてしまうのだ。上塗りすれば、その下の色彩や表情が隠れてしまいかねない。

訳者が、何人もの注釈者の意見を参考にしたのは当然だが、その注釈者たちの声々は読者の耳には届かない。なぜなら、訳文の表面には見えないからである。現代語訳の読者は、あくまで訳者の理解した『源氏物語』の読者でしかない。訳者を信用して、紫式部の肉声はおそらくこんな感じだったろうと想像しているだけのことである。

だからこそ、原文を元のままで残し、注釈の部分のみを増補してゆく『源氏物語湖月抄』のスタイルは、まだ古びてはいない。原文に込められた作者の肉声と、それぞれの時代の解釈者（注釈者）たちの声が、きちんと区別されて多層構造になっている。わたしたちは、声の違いを簡単に聞き分けられる。そして、紫式部本人の肉声に、いつでも立ち返って耳を傾けることができる。

わたしたちが「黄金の釘」を一本打つとは、同時代の最良の解釈を「〇〇氏云く」として「増註」することであるし、最小限度の範囲で「愚按」（＝自分の考え）を書き足すことである。そういう釘の打ち方が、紫式部の肉声を消さないための方法であり、季吟の方法でもあった。

人生の真実

季吟が『源氏物語』などの不朽の古典文学に求めたものは、いつの世にも変わらない人の世の真実であった。いつの時代にも通用する「正しく生きるための知恵・教訓」だったと言い換えてもよい。

例えば、桐壺巻。桐壺帝の寵愛をほしいままにした桐壺更衣が、ある年の夏に病んでしまう。『源氏物語湖月抄』の頭注は、ここで、

盛者必衰《じやうしやひつすい》のありさまを、見せたるなるべし。

と、書き記す。出典が明示されていないので、先行する注釈書からの引用ではなく、季吟本人のコメントであることがわかる。瀕死《ひんし》の更衣は内裏《だいり》を辞して、実家に里下がりする。これが二人の終《つい》の別れとなるとも知らずに。この別れの場面の頭注で、季吟は、

会者定離《ゑしやぢやうり》の理《ことわり》を見するなり。

と、述べる。そして、帝の願いも空しく更衣が逝去《せいきよ》した場面の頭注では、

有為転変《うゐてんぺん》のためしを、示すなるべし。

と、コメントしている。季吟が、桐壺巻から読み取ったのは、「盛者必衰」「会者定離」「有為転変」という、人の世の真実だった。

こういう読みを、「平凡・凡庸」だと思う読者は、季吟という注釈家を低く評価してしまうことだろう。わたし個人は、『源氏物語』の主題を、紫式部が作中人物に託して自らの「心」の成熟と崩壊と再構築の歴史を描いたものだ、と理解している。ただし、季吟流の「教訓読み」を否定しようとは思わない。わたしの読みも、所詮《しょせん》は「よく生きるとは、こういうことだ」という教訓にほかならないと思うからである。

以前、社会人を対象に、『源氏物語』の最大の山場である若菜巻の世界を講演したことがあった。かつては桐壺帝の后だった藤壺と過ちを犯した光源氏だが、今度は自分の若い妻である女三の宮を柏木に密通されてしまう側に回ってしまう。ここには、作者の冷徹なまでの「人生の残酷さ」の凝視がある。青年・壮年・老年という加齢に伴う「幸福を求める心」の微妙な変化も、心理学的にあますところなく描かれている。

わたしの熱弁に耳を傾けていた聴講者の一人が、最後にぽつりと言った。「お蔭様で、大変によく理解できました。この物語は、因果応報を主題とするものだったのですね」。わたしは、一言も「因果応報」という四字熟語を口にしなかった。けれども、その聴講者は、「因果応報」という教訓を聞き取った。それに心から納得し、感動していたのである。

むろん、「因果応報」で物語のすべてが説明されるわけではない。けれども読者は、この四字熟語に深く共感することができる。わたしが、「人生教訓」の深さを思い知らされた瞬間でもあった。

物語は教訓ではないとして、「もののあはれ」という美学（ないし情緒）を主題として認定した本居宣長の方法も、「人間の心の真実」を摑《つか》み取ろうとした点において、それほど季吟と違っていたわけではなかろう。

『源氏物語湖月抄』の最後に、季吟は漢文で跋文《ばつぶん》を記している。それによれば、『源氏物語』からは、数々の深い教えを読み取ることができるという。すなわち、

君臣之交《まじはり》
仁義之道
風雅之媒《なかだち》
菩提之縁《えん》

の四つである。『源氏物語湖月抄』の冒頭の「凡例《はんれい》」には、これと対応するかのように、『孟津抄《もうしんしょう》』からの引用文が掲げられている。

『孟津抄』云はく、『源氏』を見るは心地を正《ただ》して、盛者必衰の心を守りて見るべし。悪《あ》しく心得ては、好色の方にいたづらに傾くなり。故《ゆゑ》に、『源氏』をば、よく習ひて見るべし、云々《うんぬん》。

この物語の表面に書かれている「不義密通」「三角関係」などという好色な出来事に目を奪われる

のではなく、それらのストーリーの全体を統括している巨大なシステムに着目すれば、「盛者必衰」という深い教訓が引き出せる、というのだ。

ここが、季吟の譲れぬ文学観であり、人生観だった。これを「凡庸」として退けた宣長たちの国学、さらには明治以降の国文学が、『源氏物語』からどれだけ深い主題を引き出すことができたか。

あえて、言う。『源氏物語湖月抄』と全く原理の異なる注釈書のスタイルを開発できなかった「季吟以後」の研究史は、『源氏物語湖月抄』を完全には否定できていないのではないか。その点を、現代人はもっと謙虚に反省すべきではないか。

そうすれば、その時々の欧米で流行している美学や思想に影響を受けた『源氏物語』の主題把握が、季吟の「君臣之交・仁義之道・風雅之媒・菩提之縁」よりも素晴らしい、などという優越感を抱くことなどできないはずだ。

わたしは、本書を書き下ろすことで、やっと「本居宣長」という知の巨人と、正面から批判的に向かい合う決心がついた。その次には、原文を捨てて現代語訳に走った「近代」における文化の変質を、問い直したい。

季吟をめぐる紀行

本書の執筆の前後で、季吟の足跡を求める「文学散歩」を行った。出身地の野洲では、野洲町立歴史民俗資料館（銅鐸博物館）の方々の好意で、たくさんの貴重な資料を入手することができた。同館主事（当時）の吉野弘一氏と参与の古川与志継氏には、有益な助言を賜った。京の新玉津島社では、柳本久子さんの好意を受けた。

江戸に出た季吟が住んだ神田小川町は、現在の学士会館とも近く、学生時代から何度も歩いた場所である。季吟の墓のある正慶寺は、わたしが十年半も在学した東京大学のすぐそばである。そして、季吟の「古典」への思いが柳沢吉保に乗り移って造営させたかのような壮大な六義園にも、何度か足を運び、「新玉松《にいたままつ》」のあったのはどのあたりだろうかなどと、推測を逞《たくま》しくしたりした。

心残りは、青年時代を過ごした長岡のどのあたりに「拾穂の庵」があったのか、特定する材料が皆無なので、現地を散策したものの土地勘をつかむことができなかったことである。

その一方で、最晩年に住んだ疏儀荘は、大体の場所がわかるので、深い思いを込めて目白台を逍遙《しょうよう》することが可能だった。目白台は、地元の桑原敦子さんに案内していただいた。

また、資料収集で、岡部悦子さんの協力も得た。

北村季吟墓碑（正慶寺境内）

学恩のありがたさ

季吟の師の松永貞徳には、『戴恩記《たいおんき》』というタイトルの著書がある。学恩を受けた先学たちへの感謝の念を書き綴ったものである。季吟の注釈も、まさに「戴恩」の塊とも言えるもので、先学たちの注釈を前提として紡ぎ上げられていた。古典は、そして古典の読みは、連綿と受け継がれることで伝承され、そのうえで初めて変革されるのである。

本書も、先学の恩の数々に与《あずか》っている。野村貴次氏は、ひたすら季吟の研究に一生を捧げてこられた方であるが、膨大な基本資料を所蔵しておられることに羨望の念を抱く。本書は、『疏儀荘記』に光を当てた点に独自性があると自負しているが、季吟自筆とされる『疏儀荘記』も野村氏の所蔵である。もしも閲覧の機会を得て、完璧な『疏儀荘記』の校本を作ることができれば、この作品の価値がもっと明らかになることだろう。

また、俳諧の読みの深さと、伝記的事実の解明の鋭さにおいて、榎坂浩尚氏の研究は他の追随を許さない実証性を誇っている。このお二人の業績がなければ、わたしの季吟研究は一歩も進めなかった。けれども、わたしは俳諧の専門家ではないので、貞徳や芭蕉たちの俳諧作品の読みの浅さを露呈させていることを、深く恥じるものである。ただし、彼らが句作の際に脳裏に浮かべていた「古典」を少しでも明らかにできた箇所もあるのではないかとも思ったりしている。

すなわち、先学の研究を踏まえたうえで、季吟が受け継いできた「古典」なるものの意味を、『伊勢物語』や『源氏物語』の側から改めて探究してみたのが、本書の創意と言えば言えるかもしれない。拾穂軒という号と『伊勢物語』との関係、『伊勢物語拾穂抄』の注釈の本質、『源氏物語湖月抄』の卓越性、六義園に見え隠れする季吟の祈りなどを、新たに発掘できたかと思う。ただし、その執筆の途中でも、さまざまな先行研究の学恩を受けた。心から感謝したい。

この「ミネルヴァ日本評伝選」シリーズは、取り上げる人物の残した名言・名句を切り出して、副題にするという方針になっている。これまで刊行された人物の副題を見てみると、広く知られた力強い言葉が使われている。

決め台詞の不在

さて季吟の言葉なら、何を選べばよいのか。これが、最初から最後までわたしの悩みの種であった。季吟は、自分自身の考えを個性的な言葉で表現するのではなく、これまでで最も優れた他人の言葉を「引用」する、すなわち「他人に語らせる」という「黒衣《くろご》の方法」を愛用していた。だから、これぞという決め台詞《ぜりふ》がない。

迷った挙げ句に、大田南畝も強い関心を示していた季吟の辞世の和歌から抜き出すことにした。

花も見つほととぎすをも待ち出でつこの世のちの世思ふことなき

どこまでも澄み切り、晴れ渡った青空を仰ぐかのごとき、満足感が溢れている。遺作『疏儀荘記』の一節である。これは、『方丈記』の流れを汲《く》む閑居記であるが、『方丈記』の末尾で自分の生き方の是非を自問自答した鴨長明の厳しい心とは、何と隔たっていることだろう。

けれども、藤原道長の「この世をば我が世とぞ思ふ望月《もちづき》の欠けたることもなしと思へば」という楽天的な歌とも違っている。

季吟は、家の学問の継承と発展を期待した二人の優秀な息子に、逆縁《ぎゃくえん》で先立たれた。だから、人間的に必ずしも幸福だったわけではない。しかし、『源氏物語湖月抄』などの著作を完成させることで、彼の愛した古典文学は原文のままで生命力を保ったまま次の時代へと確実に手渡された。

季吟は、「劫初よりつくりいとなむ殿堂」のまさに中心点に、すばらしく巨大な「黄金の釘」を「一つ」打ち付けた。その充実感や満足感が、「この世のちの世思ふことなき」と歌われているのだろう。「生きてきてよかった」「古典の研究に命を賭けてよかった」という思いである。まさに、万感の思いを込めて和歌に詠んだのだろう。

さて、わたしも、季吟研究に釘を一本打つことができたであろうか。

これからは、『源氏物語湖月抄』のスタイルを参考にしながら「理想の古典注釈」のあり方を模索し、なおかつ『源氏物語』の注釈の完成を目指すこと、そして『源氏物語湖月抄』の基本理念を根本から批判しようとした本居宣長の「国学」の意味を問い直すこと、それらの作業を続けたい。わたしの一生を賭けて、第二の釘、第三の釘を打ち続けることで、二十一世紀の今、瀕死の状態であえいでいる「不朽の古典」を蘇生させる方法が見えてくるのではないかと予感している。

それが、幸いにもこの世に生を享《う》けて古典研究者となった自分の天命であると思う。

二〇〇四年は季吟生誕三百八十年であり、二〇〇五年は没後三百周年に当たる。ということは、二〇〇四年つまり今年が、数えてちょうど三百回忌ということになる。命日は、六月十五日である。この記念すべき時期に本書を刊行できることは、無上の喜びである。ミネルヴァ書房の田引勝二氏をはじめ、編集部の方々の熱意には本当に感謝している。その丁寧な本作りの姿勢に助けられ、また勇気づけられて、何とか刊行に漕ぎつけることができた。

これからも古典を現代に活かすことの意味と方法を考え続けることが、わたしの御恩返しであると思っている。

二〇〇四年三月

島内景二

主要参考文献

Ⅰ　単行本

①　北村季吟の人生全般に関して

石倉重継『北村季吟傳』（クレス出版、一九九五年）　三松堂松邑書店（一八九七年）の復刻

北村季吟顕彰会・第一集『北村季吟』（同会、一九七九年）　祇王小学校編『北村季吟』（一九五五年）の復刻

北村季吟顕彰会・第二集『続北村季吟』（同会、一九七六年）

北村季吟顕彰会・第三集『国学大家北村季吟』（同会、一九七七年）　野洲郡役所編纂『国学大家北村季吟』（一九二〇年）の復刻

北村季吟顕彰会・第四集『北村季吟大人』（同会、一九七八年）

野村貴次『北村季吟の人と仕事』（新典社、一九七七年）

野村貴次『季吟本への道のり』（新典社、一九八三年）

榎坂浩尚『北村季吟論考』（新典社、一九九六年）

野洲町立中央公民館『国文学の先駆者　北村季吟展資料目録　第一回～第七回』（同館、一九八八～九四年）

野洲町立歴史民俗資料館（銅鐸博物館）『北村季吟――俳諧・和歌・古典の師』（同館、一九九五年）

②　北村季吟の作品を収録したもの

北村季吟大人遺著刊行会『北村季吟著作集・第一集　道の栄』（同会、一九六二年）『新玉津島記』『新玉津島花

草記』『新玉津島らくがき』『新玉津島奉納百首和歌』を収録
北村季吟大人遺著刊行会『北村季吟著作集・第二集　北村季吟日記』（同会、一九六三年）『北村季吟日記』と
『伊勢紀行』を収録
『北村季吟古註釈集成・全四十四巻、別六巻』（新典社、一九七六〜八三年）季吟の主要注釈書を影印で網羅
勝峰晋風『日本俳書大系　第7巻』（日本図書センター、一九九五年）一九二六年の復刻『山之井』を収録
朝倉治彦『貞門俳論集・上下』（古典文庫、一九五七年）『蠅打』を収録
尾形仂『季吟俳論集』（古典文庫、一九六〇年）『誹諧埋木』を収録
古典俳文学大系『貞門俳諧集・一』（集英社、一九七〇年）
古典俳文学大系『貞門俳諧集・二』（集英社、一九七一年）『増山の井』『続山井』を収録
近世文学書誌研究会『近世文学資料類従　古俳諧編20』（勉誠社、一九七四年）『師走の月夜』（『独琴』）を収録
佐藤りつ『女郎花物語・写本系』『女郎花物語・翻刻篇』（古典文庫、一九七〇年）『女郎花物語』の写本系の影
印、写本系と版本の翻刻を収録
森川昭『俳人の書画美術・1・貞徳・西鶴』（集英社、一九七九年）
『増註源氏物語湖月抄・上中下』（名著普及会、一九七九年）
『源氏物語湖月抄・増注・上中下』（講談社学術文庫、一九八二年）
『三十輯・第二巻』（国書刊行会、一九一七年）（大東出版社、一九三九年）『疏儀荘記』を収録
田中善信『初期俳諧の研究』（新典社、一九八九年）『北村季吟書簡抄』を収録
③　季吟をめぐる文学史に関して
藤井乙男『史話俳談』（晃文社、一九四三年）「季吟の『師走の月夜』」などを収録
小高敏郎『新訂・松永貞徳の研究』（臨川書店、一九八八年）至文堂、一九五三年の新訂版

小高敏郎『新訂・松永貞徳の研究・続篇』（臨川書店、一九八八年） 至文堂、一九五六年の新訂版
中村俊定『俳諧史の諸問題』（笠間書院、一九七〇年）
金子金治郎『連歌師宗祇の実像』（角川書店、一九九九年）
『上野市史　芭蕉編』（上野市、二〇〇三年）『誹諧埋木』の影印写真を収録
『首書源氏物語』（和泉書院、一九八一〜） 影印で巻別に刊行中
日野龍夫『宣長と秋成』（筑摩書房、一九八四年）
秋山虔・島内景二・小林正明・鈴木健一『批評集成・源氏物語・全五巻』（ゆまに書房、一九九九年）
島内景二『文豪の古典力』（文藝春秋、二〇〇二年）

Ⅱ　論文

① 北村季吟の人生に関して

香川泰子「北村季吟・本居宣長」（『文学遺跡巡礼　国学篇　第二輯』光葉会、一九四〇年）
小野典子「北村湖春」（『文学遺跡巡礼　国学篇　第四輯』光葉会、一九四三年）
小高敏郎「貞徳・季吟」（『文学』一九五五年一一月号）
野村貴次「江戸に於ける季吟」（『近世文芸』一九五七年三月号）
佐藤恒雄「北村季吟古典註釈の方法——先行説引用における一事実」（『香川大学　一般教育研究』一九七六年一一月号）

② 北村季吟の作品に関して

野村貴次「季吟の古典注釈について」（守随憲治『近世国文学・研究と資料』三省堂、一九六〇年）
宇佐美喜三八「季吟の日記を中心とする一つの問題」（『語文（大阪大学）』一九五八年六月号

青木賜鶴子「『伊勢物語拾穂抄』の成立」(『女子大文学(大阪女子大)』一九八七年三月号)
松尾真知子「絵俳書の成立――『いなご』の検討」(『梅花日文論叢』一九九六年三月号)
倉島利仁「『師走の月夜』試論――俳文創作と『枕草子』享受をめぐって」(『立教大学日本文学』二〇〇一年七月号)

③　季吟をめぐる文学史に関して

檀上正孝「撰集論　貝おほひ」(有精堂『芭蕉講座・第三巻・文学の周辺』一九八三年)
市古夏生「大和田気求のこと――仮名草子作者小伝」(『国文白百合』一九八八年三月号)
西田正宏「貞徳歌学の方法――『傳授鈔』を中心に」(『文学史研究』一九九四年一二月号)
西田正宏「『諸注集成』の再評価――契沖『勢語臆断』と貞徳流『伊勢物語秘々注』と」(『女子大文学(大阪女子大)』一九九九年三月号)
井上宗雄「『再昌』の基礎的考察――柳沢文庫本の紹介を兼ねて」(『和歌文学研究』一九九五年六月号)
植谷元「素龍――楽只堂の学輩達・上中下」(『山辺道』一九六五年三月号～一九六七年三月号)
島本昌一「貞徳と『伊勢物語秘訣』・一～四」(『近世初期文芸』一六～一九号、一九九九年一二月号～二〇〇二年一二月号)
宮川葉子「徳川大名柳沢吉里の文芸活動――歌人としての成長を中心に」(『文学・語学』一九九一年六月号)
宮川葉子「徳川大名柳沢吉里と『源氏物語』――『詠源氏巻々倭歌』を中心に」(『近世文芸』一九九二年一月号)
宮川葉子「柳沢吉保と六義園――『六義園図巻』と『松蔭日記』を中心に」(『国際経営・文化研究(淑徳大学)』二〇〇三年三月号)
宮川葉子「六義園――その初期の姿をめぐって」(『国際経営・文化研究(淑徳大学)』二〇〇三年一一月号)

北村季吟略年譜

和暦	西暦	齢	関係事項	一般事項
元和 九	一六二三			7・27家光、将軍宣下。
寛永 元	一六二四	1	12・11宗円の長男として出生。	4・11林羅山、家光の侍講となる。
二	一六二五	2		この年、八条宮智仁親王、後水尾天皇に古今伝授を行う。
五	一六二八	5		この年、松永貞徳の子、松永尺五、春秋館を開く。
六	一六二九	6		12・30林羅山、法印に叙される。
八	一六三一	8		この年、曲直瀬玄朔（宗円の師）『日用灸法』刊。
一二	一六三五	12		春、烏丸光広、江戸へ下る。
一四	一六三七	14		10・25島原の乱、起こる。
一六	一六三九	16	この頃、安原貞室に入門。	7・4鎖国の完成。
一七	一六四〇	17	この年、従弟・宗雪、誕生。	この年、一竿斎の『首書源氏物

	一九	一六四二	19	5・14祖母（九十一）没。	語』成る。8・20貞徳、定家四百年忌・幽斎三十三回忌を行う。
	二〇	一六四三	20		貞徳『新増犬筑波集』刊。
正保	元	一六四四	21	11・26祖父・宗龍（九十二）没。この頃結婚して、京都三条山伏山町に住む。	この年、松尾芭蕉、誕生。
	二	一六四五	22	12・26松永貞徳に入門。	
	三	一六四六	23	冬至『山之井』（四巻本）成る。	
慶安	元	一六四八	25	正・—『山之井』（五巻本）刊。6・15長男・湖春誕生。	貞室『正章千句』刊。
	二	一六四九	26	この頃、長岡に住む。『師走の月夜』（『独琴』）成る。	6・15木下長嘯子（八十一）没。
	三	一六五〇	27		『貞徳文集』刊。
	四	一六五一	28		4・20徳川家光（四十八）没。8・18家綱、将軍宣下。この年、貞徳『御傘』刊。
承応	元	一六五二	29	8・19父・宗円（五十七）没。	この頃、貞徳『なぐさみ草』刊。
	二	一六五三	30	5・—『大和物語抄』刊。11・15師・貞徳（八十三）没。これ以後、和歌の指導を飛鳥井雅章と清水谷実業に受けたとされる。	貞室『貞徳終焉記』成る。
	三	一六五四	31		この頃、野々口立圃『十帖源

明暦元	一六五五	32	11・26『仮名烈女伝』の跋文を記す。12・29『誹諧埋木』成る。	氏』成る。里村紹巴『狭衣下紐』刊。
二	一六五六	33	この頃、俳諧の宗匠として独立し、貞室と不和となる。8・5『いなご』刊。この年、次男・正立誕生。	貞室『玉海集』成る。
三	一六五七	34		正・23林羅山（七十五）没。
万治元	一六五八	35	この年、『藤川百首拾穂抄』成る。	大和田気求『方丈記泗説』刊。
二	一六五九	36	9・7雲瑞院従高（暫酔）より古今伝授を受ける。	
三	一六六〇	37	正・7『季吟暫酔両吟集』。この年、『新続犬筑波集』成る。	
寛文元	一六六一	38	この年の自筆日記残る。12・28『土佐日記抄』の刊行準備整う。この年、『女郎花物語』刊。	加藤磐斎『徒然草抄』刊。
二	一六六二	39	伯父・宗与（八十二）没。	
三	一六六三	40	4・―『伊勢物語拾穂抄』の跋文を南可和尚が執筆。7・6『歌仙拾穂抄』成る（刊行は正徳四年）。11・冬至『増山の井』成る。	能登永閑『万水一露』刊。
四	一六六四	41		松江重頼『佐夜中山集』、貞恕『蠅打』刊。
五	一六六五	42	11・15蟬吟主催の貞徳十三回忌追善興行に参加。	

六	一六六六	43		4・25蟬吟（二十五）没。
七	一六六七	44	10・15湖春『続山井』刊。12・―『徒然草文段抄』刊。この年、『新続犬筑波集』刊。	7・28吉川惟足、家綱に拝謁。
八	一六六八	45		加藤磐斎『伊勢物語新抄』刊。
九	一六六九	46	この年、季吟判の『百五十番誹諧発句合』刊。	
一〇	一六七〇	47	12・28『和漢朗詠集註』の序文を記す。	
一一	一六七一	48	6・―『和漢朗詠集註』刊。	
一二	一六七二	49		正・25芭蕉、『貝おほひ』を奉納して江戸へ向かう。
延宝 元	一六七三	50	10・―『誹諧埋木』刊。12・冬至『源氏物語湖月抄』成る。	一竿斎『首書源氏物語』刊。井原西鶴『生玉万句』成る。2・7貞室（六十四）没。
二	一六七四	51	2・22『源氏物語湖月抄』を将軍家綱に献上。3・17芭蕉に、『誹諧埋木』を伝授。7・―『枕草子春曙抄』成る。この頃、『師走の月夜』刊。	加藤磐斎『方丈記抄』『清少納言枕草紙抄』刊。8・11加藤磐斎（五十）没。
三	一六七五	52	12・―湖春・正立との三吟『花千句』刊。この頃、『源氏物語湖月抄』刊。	この頃、松尾芭蕉、「桃青」と名のる。
四	一六七六	53	8・15『いわつゝじ』執筆（刊行は正保三年）。	
五	一六七七	54	11・18『続連珠』刊。	貞徳『逍遊集』刊。

	七	一六七九	56	8・―この頃から天和二年にかけて、『八代集』の注釈に従事。	10・12飛鳥井雅章（六十九）没。
	八	一六八〇	57	8・―『伊勢物語拾穂抄』刊。	5・8徳川家綱（四十）没。8・23徳川綱吉、将軍宣下。
天和	元	一六八一	58	9・18伊勢神宮に、『伊勢物語拾穂抄』と『枕草子春曙抄』を奉納。11・冬至『百人一首拾穂抄』の跋文を記す。	
	二	一六八二	59	5・―『八代集抄』刊。11・―この頃から貞享三年にかけて、『万葉拾穂抄』の注釈に従事。この頃、熊谷茘斎から、新玉津島社に移るように勧められる。	12・25吉川惟足、幕府神道方となる。西鶴、『好色一代男』刊。松永貞徳『戴恩記』刊。桃青、この頃より、芭蕉と号す。
	三	一六八三	60	2・14新玉津島社の社司として、移り住む。それまで、間ノ町二条下ルに住んでいたらしい。	
貞享	元	一六八四	61	2・20玉津島社を訪れるべく、紀伊を旅する。5・―『万葉拾穂抄』の清書に着手。この頃、『新玉津島記』成る。一月から七月までの詠草をまとめた『季吟子和歌』成る。8・―地誌『菟芸泥赴』成る。	8・―芭蕉、『野ざらし紀行』の旅に出る。
	二	一六八五	62	この年、『万葉拾穂抄』の執筆に没頭。	佐藤直方の『徒然草』からの抜書『しののめ』、『女郎花物語』からの抜書『おだまき』成る。

三	一六八六	63	この年も、『万葉拾穂抄』の執筆に没頭。	3・26住吉具慶、幕府御用絵師となる。
四	一六八七	64	正・13清書と再考の終わった『万葉拾穂抄』の秘訣を記す。4・18湖春に、歌道の伝授を行う。4・25〜6・6伊勢を旅する（『伊勢紀行』）。7・7『新玉津島草花記』を記す。10・12前年入手した長柄橋の橋柱で文台を作る。	正・28幕府、生類憐みの令を出す。2・11林鳳岡、法印に叙され、弘文院と号す。冬、芭蕉、『笈の小文』の旅に出る。
元禄元	一六八八	65	この頃、湖春『源氏物語忍草』成るか。	11・12柳沢吉保、将軍側用人となる。西鶴『日本永代蔵』刊。
二	一六八九	66	この頃、『万葉拾穂抄』を将軍綱吉に献上す。2・7『新玉津島後記』を記す。12・6湖春と共に京都町奉行に呼ばれ、幕府に召し抱えられるという通知を受ける。羽前山形藩主・松平直矩の推挙か。12・10湖春と共に、江戸へ向かう。12・20幕府歌学方に任じられ、二百俵（湖春は二十人扶持）で抱えられる。	春、芭蕉、『おくのほそ道』の旅に出る。10・26幕府、奥右筆組頭を創設。
三	一六九〇	67	2・—神田鷹匠町（後に小川町）に邸を賜り、季吟三百俵、湖春二百俵となる。邸内の建物を近水亭・向南亭と称す。家族も江戸に下る。次男・正立は、	契沖、『万葉代匠記（精撰本）』成る。芭蕉、『幻住庵記』成る。

			京の新玉津島社に残る。この頃、『万葉拾穂抄』刊。	
四	一六九一	68	七月から一一月にかけての日記の断簡が残る。12・2住吉具慶と共に、法眼に叙せられる。	正・13林鳳岡、大学頭となり、蓄髪を認められる。
五	一六九二	69	2・2再び『新玉津島記』を書写す。3・5将軍綱吉に、『古今和歌集』の切紙を献上し、紅裏御免となる。	中島随流『貞徳永代記』刊。この年までに、契沖『勢語臆断』成る。
六	一六九三	70		8・10井原西鶴（五十二）没。9・10幕府、鷹匠町を小川町と改称し、鷹部屋の鷹を放つ。
七	一六九四	71	正・25祖父・宗円の五十回忌を営む。3・10三百俵加増され、六百俵となる。	10・12松尾芭蕉（五十一）没。11・16吉川惟足（七十九）没。12・8柳沢吉保、老中に準じる。
八	一六九五	72	この年、『源氏物語微意』成る。	4・15松平直矩（五十四）没。4・21柳沢吉保、駒込六義園の造営に着手。8・1熊谷茘斎没。
九	一六九六	73	この頃、『新玉津島月次百首和歌』を清書する。	この頃、柳沢吉保、荻生徂徠を召し抱える。
一〇	一六九七	74	正・15長男・湖春（五十）没。孫の湖元（十九）が跡を継ぐ。この頃までに、『八代集口訣』成る。	
一一	一六九八	75	7・3烏山村・小机村・池辺村・佐江戸村の四つの	

			村を領地として与えられる。	
一二	一六九九	76	12・18法印に叙せられ、再昌院の号を授かる。この年、『古今和歌集教瑞抄』成る。	
一三	一七〇〇	77	8・15季吟・湖元ら、柳沢吉保の私邸に招かれる。これが、記録上は柳沢吉保との接点の最初。9・27柳沢吉保に古今伝授を授ける。	
一四	一七〇一	78	7・29自邸の向南亭で宗祇二百年忌の詩歌を詠み、宗祇の菩提寺である箱根の早雲寺へ奉納。8・15柳沢家の詩歌合に参加。9・13柳沢家の詩歌合に参加。12・11二百俵を加増され、八百俵となる。	正・25契沖（六十二）没。3・14浅野長矩、吉良義央に江戸城内で斬り付ける。11・26綱吉、柳沢吉保（当時まで保明）に「松平」姓と、「吉保」という名を与える。
一五	一七〇二	79	正・18柳沢家の歌会に参加。6・13従弟・宗雪（六十三）没。7・12柳沢家の火事で焼亡した秘伝書を補うため、再び柳沢吉保に古今伝授を行う。8・15柳沢家の歌会に出席。8・21次男・正立（四十七）没。養子の季任が跡を継ぐ。季任を分家させて、禄三百俵をわかつ。	7・5柳沢吉保の駒込六義園が落成す。その「八十八境」の中に「新玉松」あり。8・13柳沢吉保、初めて六義園を訪れる。12・15大石良雄ら、吉良義央を討つ。
一六	一七〇三	80	正・18柳沢家の歌会に出席。正・29八十の賀を祝う。柳沢吉保から、八十の賀の祝いの品々が贈られる。	

			2・26湖元・季任ら、向南亭で祝宴を開く。柳沢吉保から再度の贈物あり。8・15、9・13、柳沢家の歌会に出席。9・17柳沢吉保の亡父の十七回忌追悼詩歌合に出席。9・28駒込六義園での新玉松法楽和歌会に参加。	
宝永　元	一七〇四	81	正・18柳沢家の歌会に出席。3・―綱吉に、『徒然草拾穂抄』を献上。4・8『徒然草拾穂抄竟宴和歌』催される。6・23『六義園新玉松奉納和歌百首』に出詠。7・7、8・14、10・16、柳沢家の歌会に出席。	柳沢吉保『六義園記』成る。
二	一七〇五	82	正・18柳沢家の歌会に出席。3・―湖元に職を譲り、小石川関口に隠棲する。5・―『疏儀荘記』を記す。6・15逝去。正慶寺に葬られる。	4・3住吉具慶（七十五）没。6・21綱吉生母・桂昌院（七十九）没。

本年譜は、北村季吟顕彰会刊『続北村季吟』（一九七六）に掲載されている野村貴次編「北村季吟年譜稿」を参考にし、晩年の事項など若干の補訂を加えたものである。

ニコライ　中村健之介
出口なお・王仁三郎　川村邦光
島地黙雷　阪本是丸
新島　襄　太田雄三
澤柳政太郎　新田義之
河口慧海　高山龍三
大谷光瑞　白須淨眞
李　方子　小田部雄次
久米邦武　髙田誠二
岡倉天心　木下長宏
徳富蘇峰　杉原志啓
内藤湖南・桑原隲蔵　礪波　護
岩村　透　今橋映子
西田幾多郎　大橋良介
喜田貞吉　中村生雄
上田　敏　及川　茂
柳田国男　鶴見太郎
厨川白村　張　競
辰野　隆　金沢公子
矢内原忠雄　等松春夫

薩摩治郎八　小林　茂
福地桜痴　山田俊治
田口卯吉　鈴木栄樹
陸　羯南　松田宏一郎
竹越與三郎　西田　毅
宮武外骨　山口昌男
吉野作造　田澤晴子
野間清治　佐藤卓己
北　一輝　宮本盛太郎
北里柴三郎　福田眞人
南方熊楠　飯倉照平
寺田寅彦　金森　修
石原　純　金子　務
J・コンドル　鈴木博之
小川治兵衛　尼崎博正

現代

昭和天皇　御厨　貴
吉田　茂　中西　寛
マッカーサー　柴山　太
重光　葵　武田知己
和田博雄　庄司俊作

竹下　登　真渕　勝
松永安左ェ門　橘川武郎
鮎川義介　井口治夫
松下幸之助　米倉誠一郎
本田宗一郎　伊丹敬之
井深　大　武田　徹
幸田家の人々　金井景子
正宗白鳥　大嶋　仁
*川端康成　大久保喬樹
松本清張　杉原志啓
R・H・ブライス　菅原克也
金　素雲　林　容澤
柳　宗悦　熊倉功夫
バーナード・リーチ　鈴木禎宏
イサム・ノグチ　酒井忠康
川端龍子　岡部昌幸
藤田嗣治　林　洋子
手塚治虫　竹内オサム
山田耕筰　後藤暢子
武満　徹　船山　隆

西田天香　宮田昌明
安倍能成　中根隆行
G・サンソム　牧野陽子
和辻哲郎　小坂国継
青木正児　井波律子
矢代幸雄　稲賀繁美
石田幹之助　岡本さえ
平泉　澄　若井敏明
前嶋信次　杉田英明
竹山道雄　平川祐弘
保田與重郎　谷崎昭男
佐々木惣一　松尾尊兊
*瀧川幸辰　伊藤孝夫
福本和夫　伊藤　晃
フランク=ロイド・ライト　大久保美春

*は既刊
二〇〇四年八月現在

二代目市川團十郎　田口章子
与謝蕪村　佐々木丞平
伊藤若冲　狩野博幸
鈴木春信　小林　忠
円山応挙　佐々木正子
＊佐竹曙山　成瀬不二雄
葛飾北斎　岸　文和
酒井抱一　玉蟲敏子
西郷隆盛　草森紳一
＊吉田松陰　海原　徹
徳川慶喜　大庭邦彦
和　宮　辻ミチ子

近代

明治天皇　伊藤之雄
大久保利通　三谷太一郎
山県有朋　鳥海　靖
木戸孝允　落合弘樹
井上　馨　高橋秀直
松方正義　室山義正
北垣国道　小林丈広

伊藤博文　坂本一登
井上　毅　大石　眞
桂　太郎　小林道彦
林　董　君塚直隆
高宗・閔妃　木村　幹
高橋是清　鈴木俊夫
小村寿太郎　簑原俊洋
加藤高明　櫻井良樹
田中義一　黒沢文貴
平沼騏一郎　堀田慎一郎
宮崎滔天　榎本泰子
浜口雄幸　川田　稔
幣原喜重郎　西田敏宏
関　一　玉井金五
広田弘毅　井上寿一
安　重根　上垣外憲一
グルー　廣部　泉
東條英機　牛村　圭
蔣　介石　劉　岸偉
木戸幸一　波多野澄雄
乃木希典　佐々木英昭

加藤友三郎・寛治　麻田貞雄
宇垣一成　北岡伸一
石原莞爾　山室信一
五代友厚　田付茉莉子
安田善次郎　由井常彦
渋沢栄一　武田晴人
山辺丈夫　宮本又郎
武藤山治　阿部武司・桑原哲也
小林一三　橋爪紳也
大原孫三郎　猪木武徳
イザベラ・バード　加納孝代
林　忠正　木々康子
森　鷗外　小堀桂一郎
二葉亭四迷　ヨコタ村上孝之
島崎藤村　十川信介
泉　鏡花　東郷克美
有島武郎　亀井俊介
永井荷風　川本三郎

北原白秋　平石典子
菊池　寛　山本芳明
宮澤賢治　千葉一幹
正岡子規　夏石番矢
F・クローデル　内藤　高
高浜虚子　坪内稔典
与謝野晶子　佐伯順子
種田山頭火　村上　護
斎藤茂吉　品田悦一
＊高村光太郎　湯原かの子
萩原朔太郎　エリス俊子
原阿佐緒　秋山佐和子
高橋由一・狩野芳崖　古田　亮
竹内栖鳳　北澤憲昭
黒田清輝　高階秀爾
中村不折　石川九楊
横山大観　高階秀爾
橋本関雪　西原大輔
小出楢重　芳賀　徹
土田麦僊　天野一夫
中山みき　鎌田東二

*京極為兼　今谷　明
兼　好　島内裕子
重　源　横内裕人
運　慶　根立研介
法　然　今堀太逸
慈　円　大隅和雄
明　恵　西山　厚
親　鸞　末木文美士
恵信尼・覚信尼　西口順子
道　元　船岡　誠
叡　尊　細川涼一
忍　性　松尾剛次
*日　蓮　佐藤弘夫
一　遍　蒲池勢至
夢窓疎石　田中博美
宗峰妙超　竹貫元勝

南北朝・室町

後醍醐天皇　上横手雅敬
護良親王　新井孝重
北畠親房　岡野友彦
楠正成　兵藤裕己
新田義貞　山本隆志
足利尊氏　市沢　哲
佐々木道誉　下坂　守
円観・文観　田中貴子
足利義満　川嶋將生
足利義教　横井　清
大内義弘　平瀬直樹
日野富子　脇田晴子
世阿弥　西野春雄
雪舟等楊　河合正朝
宗　祇　鶴崎裕雄
満　済　森　茂暁
一休宗純　原田正俊

戦国・織豊

北条早雲　家永遵嗣
毛利元就　岸田裕之
*今川義元　小和田哲男
武田信玄　笹本正治
三好長慶　仁木　宏
上杉謙信　矢田俊文
吉田兼倶　西山　克
織田信長　三鬼清一郎
豊臣秀吉　藤井讓治
前田利家　東四柳史明
蒲生氏郷　藤田達生
伊達政宗　伊藤喜良
支倉常長　田中英道
北政所おね　田端泰子
淀　殿　福田千鶴
ルイス・フロイス　エンゲルベルト・ヨリッセン
*長谷川等伯　宮島新一
顕　如　神田千里

江戸

徳川家康　笠谷和比古
徳川吉宗　横田冬彦
後水尾天皇　久保貴子
崇　伝　杣田善雄
池田光政　倉地克直
シャクシャイン　岩崎奈緒子
田沼意次　藤田　覚
林羅山　鈴木健一
中江藤樹　辻本雅史
山崎闇斎　澤井啓一
*北村季吟　島内景二
ケンペル　ボダルト・ベイリー
雨森芳洲　上田正昭
前野良沢　松田　清
平賀源内　石上　敏
杉田玄白　吉田　忠
上田秋成　佐藤深雪
大田南畝　沓掛良彦
菅江真澄　赤坂憲雄
鶴屋南北　諏訪春雄
良　寛　阿部龍一
滝沢馬琴　高田　衛
山東京伝　佐藤至子
平田篤胤　川喜田八潮
シーボルト　宮坂正英
本阿弥光悦　岡　佳子
小堀遠州　中村利則
尾形光琳・乾山　河野元昭

ミネルヴァ日本評伝選

企画推薦　梅原猛　ドナルド・キーン　佐伯彰一　角田文衞

監修委員　上横手雅敬　芳賀徹

編集委員　石川九楊　伊藤之雄　猪木武徳　今谷明　今橋映子　熊倉功夫　佐伯順子　坂本多加雄　武田佐知子　竹西寛子　西口順子　兵藤裕己　御厨貴

上代

俾弥呼　古田武彦
日本武尊　西宮秀紀
雄略天皇　吉村武彦
蘇我氏四代　遠山美都男
推古天皇　義江明子
聖徳太子　仁藤敦史
斉明天皇　武田佐知子
天武天皇　新川登亀男
持統天皇　丸山裕美子
阿倍比羅夫　熊田亮介
柿本人麻呂　古橋信孝
聖武天皇　本郷真紹
光明皇后　寺崎保広
孝謙天皇　勝浦令子
藤原不比等　荒木敏夫
吉備真備　今津勝紀
道鏡　吉川真司
大伴家持　和田萃
行基　吉田靖雄

平安

桓武天皇　井上満郎
嵯峨天皇　西別府元日
宇多天皇　古藤真平
醍醐天皇　石上英一
村上天皇　京樂真帆子
花山天皇　上島享
三条天皇　倉本一宏
後白河天皇　美川圭
小野小町　錦仁
菅原道真　竹居明男
紀貫之　神田龍身
慶滋保胤　平林盛得
安倍晴明　斎藤英喜
藤原道長　朧谷寿
清少納言　後藤祥子
紫式部　竹西寛子
和泉式部　ツベタナ・クリステワ
大江匡房　小峯和明
式子内親王　奥野陽子
建礼門院　生形貴重
阿弖流為　樋口知志
坂上田村麻呂　熊谷公男
*源満仲・頼光　元木泰雄
平将門　西山良平
平清盛　田中文英
藤原秀衡　入間田宣夫
空海　頼富本宏
最澄　吉田一彦
源信　小原仁
守覚法親王　阿部泰郎

鎌倉

源頼朝　川合康
源義経　近藤好和
後鳥羽天皇　五味文彦
九条兼実　村井康彦
北条時政　野口実
*北条政子　関幸彦
北条義時　岡田清一
北条時宗　近藤成一
安達泰盛　山陰加春夫
竹崎季長　堀本一繁
西行　光田和伸
藤原定家　赤瀬信吾

刊行のことば

歴史を動かすものは人間であり、興趣に富んだ人間の動きを通じて、世の移り変わりを考えるのは、歴史に接する醍醐味である。

しかし過去の歴史学を顧みるとき、人間不在という批判さえ見られたように、歴史における人間のすがたが、必ずしも十分に描かれてきたとはいえない。二十一世紀を迎えた今、歴史の中の人物像を蘇生させようとの要請はいよいよ強く、またそのための条件もしだいに熟してきている。

この「ミネルヴァ日本評伝選」は、正確な史実に基づいて書かれるのはいうまでもないが、単に経歴の羅列にとどまらず、歴史を動かしてきたすぐれた個性をいきいきとよみがえらせたいと考える。そのためには、対象とした人物とじっくりと対話し、ときにはきびしく対決していくことも必要になるだろう。

今日の歴史学が直面している困難の一つに、研究の過度の細分化、瑣末化が挙げられる。それは緻密さを求めるが故に陥った弊害といえるが、その結果として、歴史の大きな見通しが失われ、歴史学を通しての社会への働きかけの途が閉ざされ、人々の歴史への関心を弱める危険性がある。今こそ歴史が何のためにあるのかという、基本的な課題に応える必要があろう。評伝という興味ある方法を通じて、解決の手がかりを見出せないだろうかというのも、この企画の一つのねらいである。

狭義の歴史学の研究者だけでなく、多くの分野ですぐれた業績をあげている著者たちを迎えて、従来見られなかった規模の大きな人物史の叢書として、「ミネルヴァ日本評伝選」の刊行を開始したい。

平成十五年（二〇〇三）九月

ミネルヴァ書房

《著者紹介》

島内景二（しまうち・けいじ）

1955年　長崎県生まれ。

1979年　東京大学文学部国文科卒業。

1984年　東京大学大学院人文科学研究科博士課程単位取得満期退学。

現　在　電気通信大学総合文化講座教授（日本文学専攻）。

博士（文学）（東京大学）。

著　書　『源氏物語の話型学』ぺりかん社，1989年。

『光源氏の人間関係』新潮選書，1995年。

『源氏物語と伊勢物語』PHP 新書，1997年。

『伊勢物語の水脈と波紋』翰林書房，1998年。

『漱石と鷗外の遠景』ブリュッケ発行・星雲社発売，1999年。

『源氏物語の影響史』笠間書院，2000年。

『歴史小説真剣勝負』新人物往来社，2002年。

『文豪の古典力』文春新書，2002年。

『楽しみながら学ぶ作歌文法・上下』短歌研究社，2002年。

『歴史を動かした日本語100』河出書房新社，2003年，ほか多数。

ミネルヴァ日本評伝選

北《きた》村《むら》季《き》吟《ぎん》

――この世のちの世思ふことなき――

2004年9月10日　初版第1刷発行　〈検印省略〉

定価はカバーに
表示しています

著　者　島　内　景　二

発行者　杉　田　啓　三

印刷者　江　戸　宏　介

発行所　株式会社　ミネルヴァ書房

607-8494 京都市山科区日ノ岡堤谷町1

電話（075）581-5191（代表）

振替口座 01020-0-8076番

共同印刷工業・新生製本

ISBN4-623-04055-0

Printed in Japan

人名索引

あ　行

か　行

さ　行

は　行

ま　行

や　行

ら　行

事項・書名索引

さ　行

た　行

な　行

は　行

ま 行

や 行

ら 行

わ 行